el lado oscuro

OCEANO

SIETE ESQUELETOS DECAPITADOS

el lado oscuro
OCEANO

Siete esqueletos decapitados

© 2009 Antonio Malpica

Edición: Daniel Goldin
Diseño de portada: Roxana Deneb y Diego Álvarez

D.R. © Editorial Océano, S.L.
Milanesat 21-23, Edificio Océano
08017 Barcelona, España
www.oceano.com

D.R. © Editorial Océano de México, S.A. de C.V.
Blvd. Manuel Ávila Camacho 76, piso 10
11000 México, D.F., México
www.oceano.mx
www.oceanotravesia.mx

Primera edición: 2009
Segunda edición: 2013

ISBN: 978-607-735-104-7

HECHO EN MÉXICO / MADE IN MEXICO
IMPRESO EN MÉXICO / PRINTED IN MEXICO

SIETE ESQUELETOS DECAPITADOS

ANTONIO MALPICA

el lado oscuro
OCEANO

Para Bruno, justo a tiempo

PRIMERA PARTE

Nicte, segunda labor

A través de los arbustos, Nicte acechaba.

Sus ojos no se apartaban del bulto que había depositado en la puerta de la casa del otro lado de la calle. Era una casa bonita de dos pisos. La familia que vivía en el interior era de clase media alta. Pero a Nicte no le preocupaban las etiquetas sociales; en su plan no cabían este tipo de consideraciones. Sólo se fijaba, y con gran escrúpulo, en el físico de sus víctimas.

Miró su reloj de pulsera. Pasaban de las diez y media de la noche. Sabía que las luces en el interior de la casa denotaban preocupación. A esa hora ya sólo debería estar encendida la televisión. Pero no ese lunes. No. Prácticamente todas las ventanas estaban vivas. Los corazones de los miembros de la familia se habían vuelto uno; y éste latía agitadamente. Un ir y venir de los padres a través de ciertos marcos de luz delataba su angustia. "Eso es bueno", se decía Nicte desde su oculta posición. "Eso es muy bueno".

Se acomodó en la hierba del jardín. Detrás, había un letrero: "Se renta". En esa casa no habitaba nadie. Y eso le concedía diversas ventajas. No tener que cubrirse las espaldas, para empezar. Aguardar toda la noche, en caso de ser necesario. Pero Nicte sabía que las angustias crecen exponencialmente. Y que, al llegar a cierto punto, son imposibles de controlar. En ese momento, en el que ella, la madre, abriera la puerta de la casa…. O él, el padre, diera con el espantoso obsequio… podría poner punto final a su segunda misión. Por ello, Nicte no se desesperaba. Porque sabía que en una hora, cuando mucho, todo detonaría. La angustia, el miedo y la desesperación forman un coctel letal.

Berlín, la calle, estaba oscura. Sólo los autos de los trasnochados de lunes se detenían en el semáforo de la esquina con Marsella para esperar el cambio de luz y seguir su marcha. Nicte aprovechó para sacar de su cartera dos fotografías. Las acomodó sobre el pasto de modo que les pegara la luz del farol. Sintió satisfacción. Con ése, ya eran dos. Ahora faltaban cinco. Y cinco niños es menos que siete. Su labor estaba en marcha.

Escuchó, del otro lado de la calle, que el volumen de las voces aumentaba. Los padres peleaban. El coctel hacía efecto. "Hay dolor", se dijo Nicte. "Eso es muy bueno". El padre y la madre se recriminaban mutuamente la falta de cuidado, la nula vigilancia. Que su hijo de once años no hubiera vuelto a casa después de dos días y que nadie supiera nada de él los tenía al borde de la locura. No había habido llamadas de ninguna especie. La policía no sabía nada. Probablemente fuera un secuestro pero... ¿cuánto tardaría el secuestrador en hacerles saber lo que pediría por el muchacho y si éste se encontraba bien? Nicte respiró en paz. Sabía que la incertidumbre terminaría pronto. Por eso no quería perder detalle. Devolvió las fotos a su cartera, junto con las otras cinco. Y volvió a posar su mirada sobre la gran bolsa café de gruesa tela que hacía su propia guardia a los pies de la puerta de la casa.

La madre comenzó a llorar. El padre guardó silencio. Los dos hermanos, totalmente mortificados, probablemente habrían renunciado ya al sueño. Todas las luces de todas las habitaciones seguían encendidas.

Entonces, ocurrió. La desesperación. La angustia. El miedo. La señora decidió salir de la casa, como otras tantas veces, a mirar en una y otra dirección de la calle con la esperanza de ver a su hijo volver, dar la vuelta a la esquina, bajarse de algún taxi.

No fue así. A sus pies ya la esperaba un misterioso obsequio. Nicte volvió a sentir un torrente de paz. Hizo una anotación mental: "Siete menos dos, da cinco". Contó los segundos mientras la señora intentaba levantar la bolsa, descorrer el nudo, insertar la mano...

Luego, el grito fulminante. Un grito que se quedaría en los oídos del padre durante años. Un grito de dolor como nunca han escuchado los oídos humanos.

El final era previsible: la madre caería desmayada. El padre acudiría con el rostro desfigurado de terror. Los hermanos, con la piyama puesta, bajarían las escaleras a toda prisa, renunciando para siempre al sueño.

De la mano de ella se desprendería la camisa de la escuela primaria a la que por cuatro años asistió su hijo, sucia de sangre. El padre apenas alcanzaría a distinguir, por un hueco del espeluznante saco, algo que no podía ser sino un desnudo hueso. Abrazó a sus otros hijos para evitarles contemplar la escena. Pero era demasiado tarde. La casa se llenó de gritos. Esa zona de la colonia Juárez, en cambio, siguió quieta, silenciosa, indiferente.

Nicte miraba con aprobación el llanto de toda la familia. "El dolor es bueno", se dijo, antes de recostarse sobre el pasto de la casa en renta, antes de sonreír complaciente. Esperaría a que la confusión se trasladara al interior de la casa para salir de su escondite y volver a su guarida.

Siete menos dos, da cinco.

Capítulo uno

Eran las siete de la noche. El sol ya se ocultaba. Comenzaron a sonar los primeros acordes de "I can't quit you, baby" cuando Sergio tecleó el password de su cuenta para ingresar al Messenger. Justo en ese momento volvió a fallar el monitor de su computadora y todo se puso negro. Miró su rostro en el reflejo. "A quién miras, calvo", se dijo a sí mismo. Estaba tan orgulloso de su greña —cuando había podido tenerla— que, ahora que lo obligaban en la escuela a llevar casquete corto, siempre que se veía en algún reflejo se lo recriminaba. Se estiró por encima del escritorio y jaló el cable de corriente del monitor. Éste parpadeó tres veces hasta que volvió a encender. Cuando se restableció la pantalla, Sergio ya tenía un par de saludos en puerta: un amigo de su antigua escuela primaria y Jop. Al de su antigua escuela prefirió sacudírselo, le dijo que no podía atenderlo, que se había conectado al Internet para hacer una tarea. A Jop, en cambio, lo saludó con entusiasmo.

—*¿Tienes el nombre del grupo, Jop?*

Jop era la forma breve de *Hopeless* (sin remedio) con que se autonombraba Alfredo Otis, el único amigo de Sergio en la escuela secundaria. El padre de Jop había concluido que éste no tenía ninguna esperanza para ser un empresario de éxito, como lo eran todos en su familia. Y de ahí el mote.

—*Estoy platicando con una nena que dice que es ejecutivo de cuenta de un banco en Edimburgo. ¿Tú crees?* —respondió Jop.

Sergio y Jop se habían hecho amigos por el simple hecho de que Jop hablaba perfectamente inglés y le había traducido varias letras de sus discos a Sergio. Sergio, en pago, le ayudaba a aprobar los exámenes; al menos para garantizar un siete y que no lo expulsaran (como ya había ocurrido antes con otras escuelas) de la secundaria

"Isaac Newton" en la que ambos formaban parte del grupo 1°E. Al final resultó una amistad muy afortunada, pues eran más similares de lo que hubieran deseado admitir, ya que ambos reconocían que el otro encajaba perfectamente en ese tipo de muchachos que todo mundo reconoce como "inadaptados".

—*Pásame la dirección del grupo, Jop. Y ya no te molesto* —tecleó Sergio.

—*Estoy a punto de proponerle matrimonio. A ver qué me dice.*

Sergio comprendía que Jop tenía un humor retorcido. Y que uno de sus mayores divertimentos era hacerse pasar por gente mayor en la Red. Pero no lo criticaba. Cada quién se entretiene como puede.

—*Te voy a copiar la* URL *del grupo y la cuenta con la que me di de alta.*

—*Te debo una.*

La única otra cosa que podía volver loco a Sergio, además de tocar la batería, era todo lo referente a Led Zeppelin. Y Jop, en sus múltiples navegaciones en Internet había descubierto un foro de discusión en Argentina —sólo para socios— con un montón de fotos inéditas y otras curiosidades de la banda de rock inglesa de los años 70. Así pues, le envió a Sergio en el siguiente mensaje la dirección del grupo, la cuenta y la clave de acceso. A Sergio sólo le restaba entrar y bajar todos los archivos que pudiera sin entablar conversación con nadie, que eso de la suplantación no se le daba tan bien como a Jop.

—*Bueno, Jop, te dejo. Nos vemos mañana en la escuela.*

—*Ja. Dice que lo va a pensar.*

—*¿Quién?*

—*La nena escocesa.*

—*Ni hablar. Tiene pegue tu primo.*

Jop siempre mandaba, en ese tipo de aventuras, una foto de un primo suyo que tenía una beca deportiva en la Universidad de California. Sergio le dio un click a la dirección del grupo, en donde se le pidió que se identificara. Tecleó la cuenta y el password. "Bienvenido a ZeppelinManía", fue el mensaje que le arrancó a Sergio una enorme sonrisa.

Hizo hacia atrás la silla y, por flojera a colocarse la prótesis, caminó en saltitos hacia el baño. Ya tenía bien estudiado el movimiento y por ello prefería caminar por el interior del departamento sin la pierna ortopédica. No encendió ninguna luz porque, después de ocho meses de vivir ahí, conocía el espacio a la perfección. Se recargó en la pared del baño, hizo pipí y volvió al escritorio. Al sentarse, se frotó las manos, como hace quien está a punto de devorar un delicioso manjar. Pero una ventana nueva en el monitor consiguió borrarle la sonrisa.

Farkas desea iniciar una conversación contigo. ¿Aceptas?

Sergio pensó que alguien del foro de discusión lo estaba localizando. Y no pudo evitar contestar que sí aceptaba. Si el material contenido en la página del grupo lo valía, era capaz de decir cualquier cosa o de platicar con quien fuera.

—*¿Por qué un niño de doce años está interesado en música tan vieja?* —fue con lo que inició Farkas la conversación.

La mente de Sergio se revolucionó. Según él, no tenía alimentado ningún dato personal en la cuenta con la que entraba al Messenger. ¿Cómo podría haberse dado cuenta el tal Farkas de que era un niño de doce?

—*No sé. Me gusta el grupo* —contestó.

Farkas no añadió nada. Así que, para no dejar hilos colgando, Sergio preguntó:

—*¿Puedo bajar algunos archivos aunque esté chico?*

—*Por mí haz lo que se te dé la gana* —contestó groseramente Farkas. Luego agregó—. *Yo no tengo nada que ver con esa página.*

—Gracias —respondió, confundido, Sergio.

Entró a la sección de archivos y vio, complacido, que había varias carpetas con fotos, entrevistas y otras curiosidades de su grupo de rock favorito. Se dio a la tarea de explorarlo todo cuando llegó otro mensaje de Farkas.

—*¿CUÁNTO MIEDO PUEDES SOPORTAR, MENDHOZA?*

Los ojos de Sergio se abrieron enormes. "¿Cuánto miedo puedo soportar?"

Luego, el mismo mensaje, repetido.

—¿Cuánto miedo puedes soportar, Mendhoza?

El monitor volvió a fallar, dejándolo todo en penumbra. Ya era noche cerrada y la oscuridad se lo comió todo en la pequeña habitación. Sergio sintió un escalofrío en la parte baja de la nuca que se expandió como una araña que abriera sus patas y se posara en su cabeza, en su espalda, en sus brazos.

¿Cómo había sabido su apellido? Su nick en el Messenger era "Poor Tom", igual que una canción de Led Zeppelin. Su cuenta de correo era sma1910 (sus iniciales y la fecha de su cumpleaños). No entendía qué estaba pasando. Además, el uso de puras mayúsculas en el mensaje le pareció ofensivo, casi una provocación. "¿Qué está pasando aquí?", se dijo.

Un ruido se coló desde el exterior de su habitación. Un pequeño crujido que consiguió, de nuevo, erizarle los cabellos. El crujido se volvió un golpeteo.

Más por costumbre que por voluntad, se estiró nuevamente para torcer el cable del monitor y remediar el "falso contacto". Éste encendió al instante. La pregunta de Farkas seguía ahí, suspensa, como flotando a mitad de la pantalla. Lo primero que hizo Sergio fue revisar su perfil en el Messenger. Tal y como pensaba, no había ninguna referencia personal, ni siquiera el sexo. Mucho menos la edad o el nombre. El crujido aumentó de volumen en el pasillo.

Crrt. Crrrrt. Crrrrt.

—¿Cuánto miedo puedes soportar, Mendhoza? —preguntó Farkas de nuevo.

El crujido, fuera de su habitación, era molesto. Y parecía estar ligado a la pregunta de Farkas. Sergio sintió que eran pasos. O golpes en la puerta del departamento. O un rechinido de goznes. O leves jadeos. Podía ser cualquier cosa. Podía no ser nada.

"¿Qué demonios pasa aquí?", volvió a preguntarse.

—Poor Sergio. Poor, poor, poor Sergio —lo molestó Farkas. "Pobre, pobre, pobre Sergio".

Crrrrt. Crrrrrrrt. Trató de comparar el ruido con algo, cualquier cosa, para determinar su origen. Aun pensó que podría ser el vecino del piso inferior, quien a veces golpeaba el techo con un palo de escoba para conseguir que Sergio dejara de tocar los tambores. Pero no, era algo distinto. Era algo como...

Crrrrrt.

Prefirió no indagar más. Con dos clicks presurosos al *mouse* abandonó el Messenger. Su respiración era violenta. Aún sentía el escalofrío recorrerle el cuerpo. El crujido no se iba. Lo que le acontecía era algo muy parecido a una pesadilla. Le dolió el muñón de la pierna ausente. Miró la prótesis recargada sobre su cama. Por alguna razón sintió que debía ponérsela por si necesitaba correr. Pero... ¿por qué correr si nada lo estaba realmente amenazando? ¿O sí? Seguramente el ruido era algo perfectamente explicable. O probablemente no. "¿Qué pasa aquí?"

Se puso de pie y miró por la ventana hacia la calle. La estatua impasible de Giordano Bruno, como siempre, miraba hacia la plaza. La gente caminaba apática. Los autos transitaban con lentitud.

"No pasa nada, Sergio. No pasa nada", intentó tranquilizarse. Por razones muy íntimas creyó escuchar, a lo lejos, el lastimero aullido de un lobo. "Es una ambulancia", volvió a decir.

El aullido le mordía los tímpanos. "Tiene que ser una ambulancia". Otro aullido. "Una ambulancia, una ambulancia, una ambulancia", intentó tranquilizarse.

Miró el monitor. Todo estaba en calma en la computadora. Por un momento había temido que ni cerrando el Messenger se libraría del misterioso individuo que lo había molestado con tanta insistencia.

Crrrrrt. Crrrt. Crrrrt.

Tomó la prótesis y se la colocó con rapidez. Luego, caminó a la puerta de su cuarto y encendió la luz. Todo en paz, aparentemente. Pero el crujido... el crujido...

Pudo notar, entonces, que la puerta del departamento estaba abierta. Una suave brisa la golpeaba contra la pared una y otra vez.

Una y otra vez. Una y otra vez. "¿Dejé la puerta abierta cuando llegué de la escuela? Dios mío. ¡Alguien se metió a la casa!"

Temblando, caminó al pasillo y encendió la luz. Lo mismo hizo en el cuarto de Alicia. En el baño. En la cocina. No había nadie. Los latidos de su corazón pulsaban frenéticos. Se recargó en el refrigerador, tratando de serenarse, preguntándose si eso no tendría algo que ver con su pasado, con lo que había ocurrido en el Desierto de Sonora cuando era casi un recién nacido.

"¿Cuánto miedo puedo soportar? ¿Cuánto miedo puedo…?"

—¡Oye, inconsciente!

No pudo evitar el sobresalto al ver la cara de su hermana en el dintel de la puerta.

—¿Crees que somos ricos? ¿Por qué tienes todas las luces de la casa prendidas, eh?

Capítulo dos

Sergio no estaba tan seguro de no ser un cobarde. Y eso le inquietaba. A diferencia de muchas otras personas que nunca se detienen a preguntarse algo así, Sergio lo hacía con frecuencia. "¿Soy un miedoso?" Siempre que se enfrentaba a algo que podía causarle temor, se preguntaba si no lo estaría evitando por miedoso. Y al no encontrar una respuesta satisfactoria se deprimía. En ocasiones sólo encontraba consuelo al sentarse a la batería y pegarle a los tambores.

Desde pequeño había desarrollado una especial desconfianza por todo y por todos, que luego se había traducido en una perspicacia muy aguda. Sergio solía ver más allá de lo que las demás personas veían. No se le iba ningún detalle. A simple vista era capaz de reconocer rasgos, minucias, particularidades en las que la mayoría de sus compañeros jamás se fijarían. Pero tal vez era ésta una cualidad que se había desarrollado gracias al miedo, a la necesidad de estar siempre alerta.

Después de haber huido con su hermana a través del Desierto de Sonora, todos sus sentidos se agudizaron. Naturalmente, él no se acordaba porque era apenas un bebé, pero el solo relato que hacía su hermana de lo que le había pasado aquella lejana y fría noche de enero bastaba para explicar por qué desconfiaba hasta del sonido más minúsculo, de la sombra más inofensiva, del menor presentimiento. Y cuando lo evocaba, inmediatamente sentía un singular cosquilleo por debajo de la rodilla derecha, justo en el sitio en el que había perdido la pierna.

—¿Estás bien? —preguntó Alicia, al notarlo tan agitado. Tenía la costumbre de preocuparse por su hermano en cuanto veía algún signo de alarma en su rostro. El haberlo cuidado ella sola desde hacía doce años había hecho de su atención por Sergio casi un instinto.

—Sí. Es que me agité tocando la bataca.

Y aunque Alicia pudo notar que mentía, prefirió no insistir.

—Ayúdame a vaciar las bolsas del súper, anda.

—¿Tú abriste la puerta?

—Claro. ¿Pues quién más?

El espíritu de Sergio descansó. Y dedujo lo que seguramente habría pasado: que Alicia habría entrado sin que él lo notara, cargada con dos bolsas del supermercado. No habría prendido la luz por no perder tiempo y habría bajado los tres pisos hasta la puerta del edificio para recoger el resto de las compras, todo esto sin anunciarse.

—Traje pan de dulce para que merendemos.

Vaciaron las bolsas en silencio.

A sus veinticinco años, Alicia estaba estudiando la carrera de medicina y, a la vez, trabajaba como representante de ventas de una empresa farmacéutica. Casi no tenía tiempo de estar en la casa y Sergio pasaba la mayor parte del tiempo solo. Pero acaso no habría otra manera de que su particular familia de dos elementos subsistiera. Alicia se había encargado de cuidar de Sergio desde que ella tenía trece años, sin la ayuda de ningún adulto.

Por lo demás, eran poco parecidos. Él tenía la nariz afilada, ella redonda; él tenía el cabello castaño quebrado (aunque con su corte tan al ras era difícil de apreciar), ella completamente lacio y oscuro; él tenía los ojos negros y vivarachos; ella verdes y diminutos. Ella era muy segura de sí misma; Sergio, no tanto.

"¿Cuánto miedo puedo soportar?"

La pregunta parecía surgida de su propio interior, no de un desconocido.

Esa noche, como era de esperarse, casi no durmió. Los ruidos del exterior lo hacían despertar con frecuencia. Y los mensajes de Farkas cruzaban por su mente en cuanto cerraba los ojos.

Al otro día, a la hora del recreo, aún se encontraba taciturno.

—¿Qué me cuentas, Serch? ¿Estuvo buena la página? —preguntó Jop, dando una gran mordida a su sándwich.

Se habían sentado en la banca de siempre, la más alejada del patio en el que jugaban los demás. Y contemplaban, como siempre, los juegos de los otros.

—Sí. Estaba buena.

—¿Entonces por qué no me has platicado nada?

Miraban a sus compañeros jugar a la distancia una especie de futbol sin reglas, en el que se valía hasta jalarse de la camisa. Jop era demasiado bajito como para desear participar (siempre terminaban cometiéndole faltas) y Sergio prefería no exponerse a perder la prótesis cada cinco minutos.

—Ayer me pasó algo raro. Un desconocido me hizo la plática en el Messenger — comentó.

—¿Y qué te dijo o qué?

—Era como si me conociera. Me llamó por mi nombre y apellido.

Jop terminó su sándwich y volvió a su carpeta de dibujo. Un vampiro aparecía en la ventana de la habitación de una mujer dormida.

—Algún tarado del salón —opinó—. Uno de esos zonzos se enteró de tu correo y te quiso jugar una broma pesada.

—Ya lo había pensado. Pero fue un poco más... cómo te digo... más aterrador.

Sergio miró a los demás niños. Recordó que en los primeros grados de la escuela primaria, varias veces sus compañeros le habían quitado la prótesis para hacer mofa de él. Se vio a sí mismo de ocho años diciéndose que no debía llorar, que él era más fuerte que eso, que no debía tener miedo. Con el paso de los años los demás niños habían aprendido a respetarlo. Y en la escuela secundaria nunca había habido un incidente como ése. Pero no dejaba de estar siempre a la defensiva. Una especie de halo de temor lo rodeaba todo el tiempo.

Jop levantó los ojos. Miró a lo lejos cómo el balón salía despedido hacia el área de los salones gracias a un fallido puntapié.

—Cuando tenga dieciocho años ya voy filmar cortos de terror

como Brian de Palma. Y todos esos babosos, en cambio, van a seguir pateando la pelota igual de mal.

Sergio sonrió. Estaba seguro de que Jop no tenía miedo casi de nada. Lo habían expulsado de tantas escuelas, estaba tan acostumbrado al regaño de sus padres y al rechazo de los demás niños, que se había creado una especie de cápsula de confort en la que no necesitaba de nadie y él mismo era su mejor amigo. En su aislamiento, el cine de terror, el Internet y el dibujo parecían bastarle para ser feliz.

El color en la capa del vampiro se teñía de azul por el reflejo de la luna.

"Es una tontería", pensó Sergio. "No hay ninguna razón para tener miedo".

Se rascó, distraídamente, la unión de la rodilla con la pierna. Se interesó mecánicamente en el dibujo de Jop.

* * *

De pronto se volvió una tarde lluviosa. Cuando el teniente Guillén llegó a los velatorios en donde se practicaba el funeral de Adrián Romero, el niño de la casa de la colonia Juárez, un sol esplendoroso brillaba en el cielo. Y ahora, a las cuatro horas de hacer la guardia del ataúd cerrado, la lluvia había comenzado a caer, convirtiendo automáticamente el ambiente en uno más melancólico, más sombrío.

Recargado en una de las columnas del salón, Guillén sentía una enorme necesidad de prender un cigarro. Pero en tales circunstancias era imposible. De ahí que su nerviosismo se incrementara poco a poco. De ahí que no dejara de pasear la mirada por todos los rostros de los familiares. Con su evidente sobrepeso, su eterno traje café oscuro y su bigote de cepillo, con las manos entrelazadas sobre la barriga y una inquietud evidente, más parecía un burócrata ansioso por volver a su oficina cuanto antes, que un detective en busca de sospechosos.

A la distancia, el padre del menor difunto le hizo un gesto de saludo. Aún tenía el rostro congestionado por las lágrimas. El teniente inclinó la cabeza, respondiendo el saludo. Su patrulla había llegado al velatorio casi al mismo tiempo que el catafalco y desde entonces no se había querido desprender de ese sitio, convencido de que era lo menos que podía hacer por la familia, dada la poca ayuda que les habían podido brindar. Además, se los debía. Los padres habían aceptado mantener el crimen oculto y evadir a la prensa, según lo que les había solicitado el procurador para "ayudar en la investigación", aunque Guillén sabía que había algo más de fondo en dicha solicitud.

—¿Usted lo conocía? —le preguntó de pronto un hombre mayor.

—Eh… sólo por su fotografía —respondió el teniente.

—Su risa —continuó el hombre—. Su risa es lo que más recuerdo de él. Se reía mucho con las caricaturas de la tele.

El teniente Guillén se sorprendió a sí mismo tratando de hacer encajar ese segundo asesinato con el del primer niño. Porque sabía que las coincidencias de ambos crímenes apuntaban hacia un solo asesino. Y ahora había que intentar una nueva línea de investigación, ahora había que fijarse en las similitudes que compartían ambos niños antes de ser asesinados para detectar un motivo. Guillén pensó, de todos modos, que el hecho de que *tal vez* ambos se rieran con las caricaturas de la tele no podía ser razón suficiente para que sufrieran la misma suerte. Tenía que haber otra cosa.

Miró su reloj y se dijo a sí mismo que bien podía salir un momento para fumarse un cigarro. Ya llevaba más de cuatro horas en la misma posición. Pero el llanto de la madre volvió a retenerlo en su columna, a un lado del féretro. Sentía que era su obligación permanecer ahí. La culpa lo carcomía por dentro. La policía no había hecho nada por impedir ese segundo crimen.

—Era mi nieto —volvió a hablar el viejo—. Un excelente muchacho.

Guillén forzó una sonrisa. De pronto le atemorizó pensar que ese fuera sólo el segundo de una larga serie de asesinatos de la misma índole. Necesitaba pistas o no podría impedir que continuaran los crímenes. Imaginó a los abuelos de las futuras víctimas recordando las risas de sus desaparecidos nietos.

Se aflojó la corbata nuevamente. En tantas horas de pie, ya había adoptado el tic nervioso de aflojarla y apretarla inconscientemente. Entonces, sonó su teléfono celular. Aliviado, se disculpó. Era una excelente excusa para abandonar el funeral y encender un cigarro. Llegó a la calle y, procurando que la lluvia no lo alcanzara, se pegó a la pared del edificio. Vio el mensaje que le había llegado al aparato. Ya no le quedaron ganas de encender el cigarro.

"Sólo hay un modo de que detengas esto", decía el texto.

Era como si hubieran estado leyendo su mente. Miró en todas direcciones, confundido. A su lado no había sino un par de personas protegiéndose de la lluvia bajo el cobertizo del edificio de los velatorios.

Se apresuró a responder.

"¿Quién es usted?", fue el mensaje que envió. Al poco rato recibió la contestación.

"Sólo hay un modo de que detengas esto", decía nuevamente el texto.

El teniente decidió marcar directamente al teléfono del remitente. Sonó varias veces pero nadie contestó. Volvió a enviar un nuevo mensaje. Sólo contenía una palabra, una muy significativa: *"¿Nicte?"*

En vano esperó que volvieran a responderle. Insistió. *"¿Es usted Nicte?"*. La lluvia, de pronto, arreció. El frío le calaba los huesos.

"Detener esto", se dijo a sí mismo sombríamente. "Entonces… va a continuar".

Capítulo tres

—Pon atención, Sergio —dijo Brianda, dando saltitos—. "Jeté, Jeté. Pas de Bourré".

Miró de soslayo a Sergio.

—No te fijaste. Te enseño otra vez —exclamó.

—Sí me fijé —respondió él.

Brianda se colocó en posición y volvió a mostrarle lo aprendido en su clase de ballet. Siempre que lo visitaba por las tardes se presentaba con el mismo atuendo: un tutú rosa, pantalón de mezclilla, zapatos tenis y el cabello amarrado en forma de cola de caballo.

—"Pas de Bourré. Pas de Bourré." ¿Te fijaste?

—¿Para qué quieres que me fije, eh?

—Porque es lo que se supone que hacen los novios, Checho. Interesarse en las cosas que hace su novia.

Sergio exprimió el trapeador con fuerza y lo regresó al piso de la cocina.

—Tú y yo no somos novios, Brianda. Y deja de decirme Checho.

A los pocos días de haberse ido a vivir con Alicia a ese departamento de la calle de Roma, en la colonia Juárez, Sergio había descubierto a Brianda hablando con la estatua de Giordano Bruno. Una tarde de un viernes la había visto, desde su ventana, pararse frente a la figura de piedra del monje y hablarle sin descanso, como si éste pudiera oírla. Luego, la vio a la semana siguiente repetir la misma locura. Y de nuevo al tercer día. No pudo más con la intriga y bajó a la calle a observar con atención. Con cautela se acercó a la escena, creyendo que tal vez habría una cámara oculta en la estatua o que acaso Brianda le estuviese hablando a alguien que quedaba fuera de la vista de Sergio. Al no descubrir nada se convenció de que la niña estaba loca e intentó volver a su casa, pero antes de que pudiera siquiera darle la espalda, ella ya lo había abordado. En menos de dos horas Sergio ya sabía toda su vida, con pelos y señales. La niña hablaba con Giordano Bruno cuando necesitaba desahogarse, ni más ni menos. Y lo hacía con gran regularidad porque en su casa "no la comprendían y la regañaban por todo", según sus propias palabras.

—Claro que somos novios. O bueno… lo seremos un día.

—¿No te lo tengo que pedir yo?

—No a fuerzas. Mi mamá le pidió a mi papá que se casara con ella.

Sergio terminó de pasar el trapeador por el piso de la cocina y levantó la cubeta para tirarla al fregadero. Mientras veía el agua irse por el desagüe sonrió levemente. Brianda era una niña hermosa. Es cierto que estaba chiflada pero eso no la hacía menos bonita. Desde la primera vez que Sergio notó sus grandes ojos cafés, detrás de los anteojos redondos que portaba sobre la respingada nariz morena, admitió para sí mismo que era en verdad bonita. Pero eso no significaba necesariamente que la quisiera como novia. Y menos si ella era tan insistente a este respecto.

—Lo que pasa es que ya somos amigos. Y vamos a crecer. Y cuando crezcamos yo te voy a empezar a gustar. Por eso vamos a ser novios. Y por eso es como si ya lo fuéramos —dijo ella, juntando las manos por encima de su cabeza y parándose en un solo pie.

—No me digas —gruñó Sergio al llevar el trapeador y la cubeta hacia el cuarto de lavado. Se secó las manos y volvió a la estancia.

—Esto es un "Arabesque" —presumió Brianda al inclinar su cuerpo hacia delante y levantar una pierna hacia atrás, abriendo los brazos.

—Te vas a caer como el otro día, boba.

Brianda forzó la pose y Sergio la contempló recargado en la puerta de la cocina, deseando en secreto que se cayera. Por el contrario, Brianda se sostuvo, sobre la punta de su tenis, por unos instantes, haciendo fuerza con ambas piernas y ambos brazos.

—Puedes aplaudir si quieres.

—Otro día —dijo Sergio, y caminó hacia su cuarto.

Ella suspendió su función de ballet y corrió hacia él, tomándolo de un brazo.

—No, espérate. No te vayas a poner a tocar. Quiero que me acompañes a un lado.

Sergio ya veía que no podría practicar la batería otro día por culpa de Brianda. Pero sintió un extraño alivio, un consuelo que no supo explicarse.

—¿Qué lado?

—Es que metí la pata con algo... —tomó a Sergio de la mano y lo arrastró hacia la sala, obligándolo a sentarse.

Al contemplarla, Sergio no pudo evitar pensar que ella, como Jop, eran niños felices, carentes de miedo. O, si tenían miedos, éstos eran perfectamente explicables, como el temor a ser regañado o a no lograr un permiso para salir. Muy distintos a ciertas angustias que lo acometían a él de vez en cuando, que lo hacían despertarse a media noche o que lo sorprendían con el corazón agitado antes de atravesar un oscuro pasillo. En cierto modo, la envidió.

—¿Metiste la pata? ¿Tú? ¡No me digas! —se burló.

—Tienes que ayudarme —insistió ella—. Es que mi mamá me dio doscientos pesos para que el señor de la tiendita los abonara a nuestra cuenta.

—Ya sé. Te los gastaste en vez de dárselos.

Ella lo golpeó, juguetonamente, en un hombro.

—¡Claro que no! —subió los pies al sillón. Luego, se comenzó a morder las uñas. Era algo que hacía cuando estaba preocupada.

—¿Entonces?

—Es que le dí el dinero pero el señor no me dio ningún recibo. Y tengo miedo de que luego vaya a negar que le pagué. ¡Ayúdame, Checho!

—Deja de decirme Checho.

Sergio sabía que Brianda era capaz de hacer ese tipo de cosas todo el tiempo. Su teléfono celular era el más austero porque siempre acababa perdiendo los aparatos u olvidándolos en cualquier lugar. No era difícil ver una liga amarrada a su muñeca derecha como recordatorio de algo que, al final, tampoco recordaba tan sencillamente.

—¿Me ayudas?

—Bueno. Pero nada más porque está bien fácil —dijo, socarronamente, entrelazando las manos detrás de su cabeza.

—No tanto. Ya ves que ese señor es bien especial. ¿Sí te dije que una vez me regresó mal el cambio y ni porque le reclamé me dio mi dinero?

—¿Si te consigo el recibo me compras unas papas?

—Bueno. Papas y refresco. Pero acuérdate que no puedo llegar y decirle como si nada que me dé el recibo. Seguramente lo va a negar. Hay que hacer que lo admita sin que se dé cuenta.

Sergio se puso de pie y Brianda detrás de él, feliz. No se lo dijo pero iba pensando, mientras bajaban las escaleras del edificio, que esas son las cosas que hacen los novios por sus parejas: ayudarlas en todo. Llegaron a la tienda, a dos cuadras de la casa de Sergio, y se detuvieron antes de entrar.

—¿Qué le vas a decir? —preguntó Brianda.

—Le vas a decir tú. Pero ahora que entre algún cliente.

—¿Por qué?

—Para que tengas testigos.

Aguardaron algunos minutos y entonces entró una señora a la tienda.

—Este es el momento —dijo Sergio—. Le vas a decir: "Señor, disculpe la molestia pero quiero un recibo por los trescientos pesos que le pagué hace rato".

—¡Cómo! ¡Pero si sólo fueron doscientos, ya te dije!

—Precisamente.

Brianda lo pensó por un momento y comprendió. Ambos entraron a la tienda. El tendero, un hombre hosco y malhumorado, ya despachaba a la señora que se les había adelantado. Brianda exclamó:

—Señor. Usted disculpe pero… quiero un recibo por los tres-cientos pesos que le pagué hace rato.

El tendero dejó de hacer lo que estaba haciendo y se volteó, enojado.

—¿QUÉ? ¡Qué te pasa, niña! ¡Pero si sólo fueron doscientos!

Sergio le guiñó un ojo a Brianda mientras tomaba unas papas del anaquel.

—Tiene razón. Se me olvidaba que fueron doscientos… ¿me da mi recibo?

En un santiamén ya estaban ambos en la plaza de Giordano Bruno comiéndose las papas y compartiendo el refresco. Brianda tampoco lo diría, pero sabía que ese tipo de cosas también las ha-cen los novios: compartirlo todo.

Mientras ella le mostraba cómo se hace un *port de bras*, Sergio miró desde la plaza hasta su casa. Y comprendió por qué había sentido un extraño consuelo cuando Brianda lo sacó de ésta. No se trataba de sus ejercicios en la batería sino de lo que seguramente vendría después: el momento en el que había de prender la compu-tadora y, por costumbre, conectarse a Internet.

La sola mención del nombre, "Farkas", lo hacía sentir un ligero temblor en todo el cuerpo. "Tal vez deba platicarlo con Alicia", pensó.

Un menesteroso pasó entonces frente a la banca en que ambos niños se encontraban sentados. Era un hombre de la calle que solía deambular por la colonia y tanto para Sergio como para Brianda re-sultaba muy familiar; lo llamaban, entre ellos, "el hombre del abrigo".

Por lo general, el pordiosero nunca se metía con nadie. Lleva-ba el cabello enmarañado, el rostro y las manos completamente sucios. Portaba un gran abrigo maloliente y sus pies calzaban za-patos muy desgastados. Al cuello llevaba amarrada una extraña bolsita de cuero. En su caminar, hablaba solo, como si padeciera alguna locura. Manoteaba, también. Y, a ratos, bufaba. Entonces, por un muy breve momento, un momento en el que Sergio apartó la vista de la ventana de su cuarto a la distancia, percibió que el hombre clavaba sus ojos en él. Por un brevísimo instante en el que

Brianda seguía haciendo cabriolas, otros niños jugaban en la plaza, los autos transitaban por la calle, la gente seguía su camino hacia sus casas o trabajos… por un minúsculo instante en el que todo se volvió ausente… Sergio tuvo la certeza de que el hombre lo miró e hizo una horrible mueca. Como si hubiese estado fingiendo, como si su desvarío y su parloteo fueran sólo actuación, por ese fugaz momento, el hombre fue dueño de su voluntad y forzó un rostro grotesco con la intención de que lo viera un único destinatario: Sergio. Por ese insólito segundo sólo existieron ellos dos.

En seguida el muchacho miró a Brianda, para constatar que ella hubiera notado lo mismo que él, los ojos ciegos y desorbitados, la lengua de serpiente, las narices arrugadas, los enormes colmillos. Pero no. Brianda seguía en lo suyo, feliz. Los otros niños también, los autos, las personas…

Un instante después, el hombre del abrigo volvía a su incomprensible monólogo. Volvía a su manoteo. Seguía su camino para ser, nuevamente, un demente más de la vasta Ciudad de México. Pero Sergio no pudo dejar atrás el escalofrío que se le instaló en la base de la nuca, que le produjo un gélido sentimiento de desamparo, de inexplicable pesar. Miró hacia su habitación vacía desde la plaza.

"¿Cuánto miedo puedo soportar?", se dijo. "¿Por qué? ¿Qué quiere decir?"

Brianda le mostró, riendo, que tomaba la última papa de la bolsa.

Nicte, tercera labor

Nicte se inclinó sobre la serie de siete fotografías alineadas. Esbozó una sonrisa mientras ponía de espaldas las dos primeras. Detrás de ellas ya se veían sendas cruces hechas con bolígrafo, el par de marcas con las que daba por terminadas las labores. Por ello, dedicó toda su atención a la tercera. Un niño moreno de cabello lacio. Entre diez y doce años. Algo bajito. La sonrisa incipiente de

Nicte se tradujo entonces en una completa. Ya podía imaginar la ira, el llanto, la desesperación de los padres, de los hermanos. Con ternura acarició la fotografía y la echó en su cartera. La tercera misión estaba en marcha.

Abandonó el recinto y subió a la destartalada camioneta. Se dio el lujo de silbar la melodía de un concierto de piano. "El dolor es bueno", pensaba mientras conducía por las calles de la ciudad. La noche ya tendía su manto. El ánimo de Nicte era jovial, más cuando podía actuar en complicidad con la oscuridad. Seguía silbando. Al detenerse en un semáforo sacó el papel con la dirección. Corroboró que, en efecto, ya había llegado a la calle prevista. En pocos minutos identificó el número exterior. Se trataba de una humilde vecindad de un solo piso, con varios departamentos interiores. Afuera, jugaban todavía un par de chiquillos sucios.

Estacionó la camioneta y esperó. Esperó. Esperó. No dejaba de silbar. Al poco rato, los niños entraron a la vecindad. La calle se quedó sola. Sólo se oían los perros ladrar a lo lejos. La noche lo pintó todo de negro.

Pudo ver por el espejo retrovisor que se aproximaba un auto. Sonrió. La tercera tarea estaba en marcha. El auto se detuvo sin apagar el motor y de éste se apeó un niño. Moreno. Cabello lacio. De entre diez y doce años. Nicte volvió a sonreír. Los del auto no esperaron a asegurarse que el muchacho entrara a la vecindad. Lo abandonaron en la calle vacía.

—¿José Luis Rodríguez Otero? —dijo Nicte, a través de la ventanilla.

Llevaba indumentaria de karate. Volvía de alguna clase de artes marciales. Tenía puesta una cinta amarilla. Se veía feliz.

—Sí, soy yo —respondió—. ¿Por?

Capítulo cuatro

El teniente Guillén se frotaba las sienes detrás de su escritorio. El cenicero estaba rebozante de colillas. El teléfono seguía descolgado: no quería ser molestado por nadie. Un uniformado ingresó a la oficina sin antes llamar a la puerta.

—Teniente, el número del celular que nos dio corresponde a uno que fue reportado como perdido ese mismo día.

Guillén dejó de frotarse las sienes. La jaqueca no se iba de todos modos.

—Me lo imaginaba, sargento.

—¿Alguna otra cosa? —le preguntó el policía.

"Un masaje no me vendría mal", pensó el teniente, como si pudiera bromear al respecto. Pero llevaba varios días de no bromear para nada. El asunto de los crímenes lo tenía descompuesto. No dormía, comía mal, tenía frecuentes dolores de cabeza.

—Prepare una patrulla. Quiero hacer una visita.

Miró los tres expedientes sobre su escritorio: eran los reportes de niños desaparecidos en los últimos días, todos residentes de las cercanías de la colonia Juárez. Entre ellos había uno que, por pura corazonada, le parecía que podía encajar en la serie de los dos recientes asesinatos. Miró sus ojos en la fotografía entregada por los angustiados padres. Leyó el nombre en voz alta: "José Luis Rodríguez Otero". Se ocupó en los pormenores, tratando de encontrar una similitud con los otros dos muchachos muertos, tratando de hallar una pista que le permitiera evitar el siguiente crimen. Algo que no fuera tan evidente como que todos eran vecinos de la misma colonia.

Una cosa obsesionaba al teniente sobre todo: que los padres de José Luis no tenían ni idea de lo que podía pasarle a su muchacho cuando lo reportaron desaparecido. La policía se había encargado de ocultar que había un asesino en serie, un maniático que asesinaba niños y entregaba los restos a sus padres en sus propias casas. Cierto que el primero de la serie sí había salido a la luz de los noticieros, pero no el segundo, no el del pequeño Adrián Romero, el de la risa estridente. Por ello no había pánico en la ciudad, porque nadie podía imaginar, todavía, que hubiera un asesino despiadado de niños suelto por las calles.

"Tenemos que actuar con rapidez", se dijo Guillén. "O no podremos mantener esto por más tiempo en silencio. Y habrá pánico. Mucho pánico. Además… es mi responsabilidad prevenir a la ciudadanía si esto no se detiene", se lamentó. Él hubiera querido sacar a la luz pública el asunto entero cuanto antes, pero el procurador había sido muy claro en sus órdenes: "Evitemos notificar a la prensa. Así nadie entorpecerá las investigaciones".

Se frotó las sienes por última vez. Quería hablar con los padres de José Luis Rodríguez Otero para ver si podía obtener alguna información más detallada, rascarle a la vida del muchacho y obtener una pista, algo que lo pusiera en la dirección correcta, algo que le permitiera devolverlo a su casa con vida. A él y a los otros desaparecidos.

Tomó su saco y la pistola, que encajó en la sobaquera. Sonó su celular. Un nuevo mensaje.

—Maldita sea —dijo en voz alta.

"Esta es la segunda pregunta", decía el mensaje de texto, remitido desde un teléfono cualquiera, un teléfono que, en cuanto fuera investigado, aparecería como robado o sin dueño.

—Maldita sea.

* * *

Sergio seguía el ritmo de "Inmigrant song" en la batería. Sudaba copiosamente y eso lo hacía sentir bien. Como no tenía ningún problema para hacer sonar el bombo con la pierna ortopédica, al sentarse frente a los tambores no sólo era un niño normal, era un niño extraordinario. Se imaginaba a sí mismo en un gran escenario, miles aplaudiendo, las luces estroboscópicas creando un efecto fantasmal de su solo en la batería.

—Cuando tenga dieciocho años voy a tocar como el "Oso Bonham" —dijo, recreando la frase de Jop de hacía algunos días respecto a su anhelo de hacer cine de terror.

Terminó la canción por octava vez y fue a la computadora para hacer que ésta dejara de tocar cíclicamente. Tomó la toallita que ponía encima del bombo y se secó la frente. Luego, fue al baño y, al regreso a su habitación, dio un largo trago a su botellita de agua. Estaba seguro de que a los dieciocho, o antes, iba a tocar como el baterista de Led Zeppelin, muerto prematuramente a sus treinta y dos años.

Se acercó a la ventana y miró a través de ella. La tarde amenazaba lluvia, por eso la plaza se veía desierta. Sergio pensó, de manera distraída, que la vista de la estatua de Giordano Bruno desde su habitación le hacía sentir bien por algún motivo. Era como observar un cuadro hermoso.

Se sentó a la computadora. Habían pasado tres días desde su última conexión a Internet y consideró que ya era tiempo.

"No hay nada que temer", se dijo a sí mismo. Pero el cosquilleo debajo de la rodilla parecía contradecirlo.

El ruido del módem al conectarse le hizo sentir bien. En Internet tenía muchas cosas buenas: camaradas con quienes chatear, docenas de sitios de fanáticos de la batería y de Led Zeppelin, juegos virtuales...

Respiró profundamente, se acomodó en la silla y enfrentó al instante lo que más temía, precisamente tratando de conjurar ese miedo que lo había atormentado durante los últimos días: entrar al chat.

Notó en seguida que seguía teniendo la cuenta de Farkas entre sus contactos. Y llevó el cursor del *mouse* hasta ésta, con el propósito de eliminarla. Pero algo en su interior lo hizo sentir mal, como si estuviera evadiendo el problema, como si fuera su deber enfrentar al sujeto. "No tengo nada que temer. Si entra, le digo que me deje de molestar y asunto arreglado". Una reacción muy típica en Sergio. Ante algo espeluznante, prefería abrir grandes los ojos aunque después no pudiera dormir por varias noches. Era eso o sentir que sucumbía a sus temores, que era el miedo el que lo vencía. Una especie de valor obligado.

Un *Hola* en grandes caracteres apareció en la pantalla. Luego, una carita feliz guiñando un ojo. Era Brianda.

—*Hola* —respondió él.

—*Pensaba ir a tu casa, pero no me dejó mi mamá. Estoy castigada sin salir por dos días.*

—*¿Qué hiciste?*

—*Me sorprendió viendo* La profecía.

Sergio rió. Y después tecleó:

—*Jajajajaja.*

—*No te burles. Estaba aburrida. ¿Tú ya la viste?*

—*La verdad, no.*

—*Sí está fea. Y eso que no vi más que media hora. Por algo me la tenían prohibida. A ver, espérame tantito.*

A Sergio no le costó ningún trabajo imaginarse a Brianda tomando la película del montón de DVDs de sus padres. Era capaz de hacer casi cualquier cosa con tal de no aburrirse. Una vez se puso a calcular el gasto mensual de su madre y dedujo que le podían comprar mil pesos más de ropa al mes si la señora ahorraba en ciertos renglones. Se ganó una buena regañada y dos semanas sin tele por entrometida.

—*Tengo que despedirme* —dijo Brianda. Y una carita triste apareció también.

—*¿Qué pasó?*

—*Dice mi mamá que el castigo incluye el Internet. Ni modo. Bye.*

Sergio ya no pudo responder. El mensaje de "Brianda acaba de desconectarse" fue inmediato.

Llevó el *mouse* hasta el menú de sitios favoritos y pulsó uno en el que se daban consejos para mejorar la técnica para pegarle a los tambores. Al poco rato ya estaba abstraído leyendo cómo podía arrojar las baquetas al aire y atraparlas sin perder el ritmo. Pero la tranquilidad no le duró mucho.

"Farkas acaba de iniciar sesión".

No pudo evitarlo. El corazón comenzó a latirle con rapidez. Las manos le sudaron. Su rostro, no obstante, no delató ningún cambio.

—Maldito. Ojalá que no empiece a molestar —exclamó en voz alta.

Siguió leyendo. Pero a cada minuto le costaba más trabajo concentrarse. Y, extrañamente, también a cada minuto se sentía mejor. Farkas no parecía estar interesado en él.

Fue a la batería y puso en práctica un par de los consejos que había leído, aunque no podía quitarle de encima los ojos a la computadora. Sabía que en cualquier momento podía aparecer en la pantalla un mensaje, uno que le produjera un extraño escalofrío.

Terminó de practicar y volvió a su silla. Y en cuanto se sentó, ya lo esperaba una pregunta. En cierto modo lo prefirió. La angustia de la espera lo estaba matando.

—*¿Miedo, Mendhoza?* —preguntó Farkas.

Sergio aspiró aire con fuerza y se animó a teclear:

—*Ja ja, Diego. Me matas de la risa.*

Diego Cravioto era el único en el que podía pensar Sergio para perpetrar una broma como ésa. En la escuela, Diego era célebre por cometer fechorías que se acercaban mucho al delito flagrante. Una vez había incendiado las cortinas del salón; otra, le había puesto purgante a la vitrolera de las aguas en una fiesta. Al final terminaba riéndose él solo de sus maldades.

—*El miedo es bueno* —aseveró Farkas—. *El miedo te puede salvar la vida.*

—*Deja de molestar, Diego. Puedo hacer que te expulsen.*

Suponía Sergio que con una amenaza de ese tamaño podía ponerlo en su lugar sin problemas. No es que fuera cierta, pero sí podía hacer recapacitar a cualquiera. Más a alguien como Diego Cravioto, el único niño al que habían expulsado de más escuelas que a Jop.

—*Poor Sergio. Poor Sergio. Poor Sergio.*

En ese momento pensó Sergio que no tenía por qué tolerar a un abusón cibernético. "Se acabó. Saco a éste de la lista y sigo con mi vida". Pero el siguiente mensaje de Farkas ya no parecía venir de ningún latoso de trece años. Sergio no pudo evitar sentir el escalofrío nuevamente en la espalda.

—*¿No dice tu hermana que no son ricos? ¿Por qué entonces dejas que se tire el agua del baño?*

Apartó instintivamente las manos del teclado. "¿El agua del baño?"

Miró por encima de su hombro. Aguzó el oído. En efecto. La última vez que había ido al baño no había regresado bien la palanca a su lugar, como ocurría algunas veces. Se escuchaba el gorgoreo del agua tirándose en el depósito de la taza.

"¡Dios mío! ¡Está aquí dentro!"

Fue al baño y se cercioró. En efecto, el agua se tiraba. Corrigió el problema y tomó instintivamente lo primero que encontró a la mano: un destapacaños. Caminó por el departamento con sigilo, blandiendo su ridícula arma. Entró al cuarto de Alicia y examinó el clóset. Fue a la sala. Entonces, otro pensamiento lo acometió: "¿Cómo puede estar aquí dentro y también en Internet?"

Se detuvo entre la sala y el comedor. "Sí, pero… ¿cómo pudo saber lo del agua tirándose?" El escalofrío no se iba. Tuvo que volver a su cuarto. No había ningún nuevo mensaje de Farkas, así que él mismo tomó la iniciativa.

—*¿Quién eres?*

La respuesta no se hizo esperar.

—*Llámame Tío Farkas.*

—*¿Cómo supiste lo del agua?*

—*¿Cómo sé lo del destapacaños?*

Fue golpeado por un súbito mareo. Volvía la pesadilla del primer día. Se puso de pie al instante y corrió por todo el departamento. Entró a la cocina, salió al balconcito, entró al cuarto de la lavadora, volvió a la sala, al comedor; entró al baño, se asomó a la regadera, al cuarto de Alicia, debajo de la cama...

"Está en mi cuarto", pensó cuando terminó de examinar toda la casa. Se detuvo en la puerta de entrada a su habitación y lo meditó un segundo. "A lo mejor está usando una computadora portátil y una conexión inalámbrica". Revolucionó su mente, tratando de encontrar alguna salida al dilema. La tarde cedía ya su lugar a la noche. El corazón le latía como si hubiera tocado la batería por dos horas seguidas. "Esto no puede estar pasando. No puede". Se frotó la cara, tratando de encontrar una explicación a lo que le ocurría.

El miedo, uno como no había sentido más que en sueños, cuando era alcanzado por grandes terrores a mitad de la noche, lo invadió e hizo presa de él. Corrió a la puerta de salida de su casa con toda la intención de llegar a la calle dando de gritos. Pero casi en seguida se detuvo. "¿Y a quién voy a recurrir? ¿Qué voy a decir?" Terminó por soltar la perilla de la puerta y volver adentro. Sólo una cosa pudo pensar y la puso en práctica.

"Está en mi cuarto. Y algo quiere. Así que ya veremos".

Fue a la cocina y tomó el cuchillo más grande que pudo encontrar.

Entró en su habitación con el corazón en la garganta, apuntando el cuchillo hacia delante. Sabía que el intruso sólo podía estar escondido bajo la cama o en el clóset. Así que, después de limpiarse el sudor de las manos en el pantalón, se agachó. Nada debajo de la cama. "Tiene que estar en el clóset". Se paró frente a éste y trató de dominarse. Pero no podía. Trataba de controlar los latidos de su corazón, el ligero temblor que ya comenzaba a adueñarse de él, pero no podía. Sabía que al abrir la puerta se enfrentaría a algo. Un algo que no tenía buenas intenciones y que se hacía presente de una forma terrorífica en su vida. Un algo que tenía que enfrentar de una vez o no podría volver a conciliar el sueño jamás.

Volvió a aspirar con fuerza y, de un rápido movimiento, abrió la puerta del clóset procurando no cerrar los ojos.

Nada.

Dentro no había nada. Y el reducido espacio que dejaban sus cosas (su ropa, sus útiles escolares, sus juguetes viejos) no permitía pensar que alguien, ni siquiera un niño pequeño, pudiera ocultarse ahí.

Se llevó una mano a la cara y se limpió el sudor. "Esto no puede estar pasando". Se asomó por la ventana, pensando que probablemente fuera a través de ésta que Farkas lo estuviera espiando. Nada. Era igualmente imposible. Frente al edificio no había otro inmueble de la misma altura. Nadie podía observarlo desde ningún lado.

Se sentó a la computadora, aunque el ritmo de su respiración aún era muy agitado. No obstante, en seguida comenzó a volver a la normalidad. El mensaje en la última línea del chat lo alivió: "Farkas ha abandonado la sesión".

Suspiró con alivio. Dejó de sentirse mareado. El temblor desapareció. Su ánimo se compuso… hasta que leyó la penúltima línea de la conversación.

—*Mesones 115 bis. Colonia Centro. Pregunta por Doña Santa.*

Capítulo cinco

Guillén encendió otro cigarrillo. Ya iba en la segunda cajetilla de esa noche.

—No debería fumar tanto, teniente —dijo el sargento, detrás del volante del automóvil.

Llevaban casi cinco horas custodiando la entrada de la vecindad de la familia Rodríguez Otero, únicamente por una terrible corazonada de Guillén: que probablemente ya no había modo de rescatar al muchacho, pero sí de capturar al asesino cuando se presentara con el paquete. Dio el teniente un gran jalón al humo del cigarro.

—¿En qué piensa, teniente? —dijo el sargento, paseando entre sus dedos una bala recién extraída de su arma.

Guillén llevaba tanto tiempo viviendo solo en un pequeño departamento en la colonia Escandón, que no le era nada difícil adecuarse al silencio. En cambio el sargento Miranda, quien convivía diariamente con cuatro ruidosos hijos pequeños, dos perros y un gato, era un caso distinto; la quietud excesiva lo ponía muy nervioso.

Guillén, en contestación, apagó el cigarro y encendió uno nuevo. Pensaba en lo rutinaria que se había vuelto su vida, en lo fácil que había entrado en una gris monotonía de hombre maduro sin aspiraciones. Lo mismo le daba que fuera jueves, domingo o martes, igual se presentaba todos los días a la delegación, a falta de vida social, a trabajar en casos totalmente insípidos, crímenes pasionales en los que no había que hacer ningún tipo de investigación. Su única distracción era el cine y aun éste ya le empezaba a parecer insulso. La mayoría de las veces se quedaba dormido en la sala y tenían que despertarlo los hombres de la limpieza. Le dolía admitirlo pero el caso de Nicte había llegado a sacarlo de su letargo; irónicamente, era como si las muertes de esos niños le hubieran inyectado vida.

Miró los expedientes de los menores desaparecidos sobre el tablero del auto. Todos habían sido encontrados. Todos excepto uno. Y ahora vigilaban la entrada de su casa.

—Tal vez me equivoqué —exclamó Guillén. Miró su reloj. Pasaban ya de las doce de la noche—. Probablemente el asesino no venga hoy. O venga hasta mañana.

—O el muchacho sigue vivo y el asesino quizá no venga —respondió, tácitamente, el sargento.

Guillén asintió. Pero no consentía mucho esa idea. Sabía que los locos como Nicte no cambian caprichosamente sus métodos. Y de acuerdo al patrón de las otras dos víctimas, José Luis Rodríguez Otero ya debía haberse sumado a la lista.

—Ojalá, sargento. Ojalá me equivoque.

La calle estaba completamente oscura. Y ambos vigilaban desde el interior de un auto cualquiera a varios metros de la entrada de la vecindad. Ambos en traje de civil. "Seguro me equivoqué. Ya se habría presentado", pensó de nuevo Guillén.

—Encienda el auto. Vámonos a descansar —dijo.

Entonces, como si hubiera estado esperando esta frase para aparecer, surgió una camioneta de repartos a lo largo de la calle.

—¡Espere! —detuvo el teniente al sargento.

La camioneta, en efecto, se detuvo delante de la vecindad.

—¡Rápido!

Ambos policías se bajaron del automóvil y, pistola en mano, corrieron a interceptar al hombre que ya se bajaba de la camioneta.

—¡Alto! ¡Ponga las manos donde las pueda ver! —gritó Guillén.

El conductor, un hombre joven de unos veinte años, les dio la cara. Estaba sorprendido. Obedeció de inmediato. Guillén lo empujó contra el auto. Y pudo darse cuenta: se trataba de un servicio de mensajería express.

—¿Qué pasa? ¿Qué hice? —preguntó el joven, totalmente confundido.

—No se nos ocurrió esta opción —confesó el sargento, decepcionado.

—No puede ser. No puede tener tanta sangre fría —respondió Guillén, quien ya soltaba al muchacho y lo encaraba—. ¿Trae un paquete urgente para la familia Rodríguez?

El chofer miró su hoja de ruta. Miró el apellido. Sí. Rodríguez Otero. Un paquete que carecía del nombre del remitente.

—¡Maldita sea! —rugió Guillén—. ¡Muéstremelo!

El sujeto abrió la parte trasera de la camioneta y subió. En seguida bajó con una caja pesada, en la que se leía, en letras rojas: "Urgente". Se la entregó a Guillén, quien la abrió a toda prisa. A sus ojos se mostró lo que tanto temía: dentro sólo había un saco grande, café, atado con una soga.

Y claro. Una nota. Idéntica a las otras dos que habían recibido los padres de las otras víctimas.

Todo ocurre por una razón.
Nicte

Sólo para estar seguro, Guillén soltó un poco la soga, lo suficiente para apenas alcanzar a ver una cinta amarilla y un traje de karate, ambos enrojecidos por la sangre. Se sintió enfermo. Pateó la banqueta, se llevó las manos a la cabeza horrorizado, impotente, burlado. Tardó unos cuantos minutos en calmarse.

—¿Aviso a los padres? —preguntó el sargento, cuando lo vio más tranquilo.

Guillén se sentó en la banqueta. No se sentía nada bien. Por puro reflejo encendió un cigarro. Y tomó el teléfono celular para avisar a su jefe de lo ocurrido. Entonces se dio cuenta: tenía un nuevo mensaje en el buzón. Apretó un par de botones para abrirlo. *"Esta es la tercera pregunta"* decía el texto inicial.

Tanto el muchacho de la mensajería como el sargento se sorprendieron al ver cómo Guillén arrojaba el teléfono contra el suelo, en un nuevo arranque de ira e indignación.

* * *

—¡Mendhoza! ¡Mendhoza! ¡Sergio Mendhoza!

Sergio reaccionó hasta que Jop lo zarandeó un poco. Todos sus compañeros de salón rieron al unísono.

—Perdón, maestra. Estaba distraído —respondió poniéndose de pie.

—¿Estabas distraído o estabas dormido? —replicó la maestra—. Pasa a resolver esta ecuación, ya que tienes tanto tiempo para pensar en otras cosas.

Sergio pasó al frente, tomó el plumón y comenzó a resolver la fórmula. Para su fortuna, no era nada que no hubiera hecho antes, así que pudo salir del trance en pocos minutos. Pero al volver a su lugar, al lado del de Jop, todavía llevaba la misma cara de consternación con la que se había levantado.

—¿Qué te pasa, Serch? ¿Te sientes bien? —le preguntó Jop en voz baja.

—Sí. Al rato te cuento.

Tenía la cabeza en las nubes porque en varios días lo había obsesionado una idea: que estaba loco, que él había inventado a Farkas y ahora su propia imaginación lo atormentaba. No sólo era aquel rostro grotesco que había visto por un segundo en la cara del hombre del abrigo, era también que, desde el día en que Farkas casi lo mata del susto, había estado oyendo ruidos por todos lados, viendo sombras inexistentes, sintiendo hormigueos en el cuerpo. Para él sólo había una explicación: Farkas era una especie de materialización de su miedo. Su mente lo había inventado para justificar sus temores. No hallaba otra forma de explicar que el individuo supiera tanto de él.

Cuando llegó el recreo, Jop se lo llevó aparte.

—Cuéntame. Tú traes algo.

—Creo que estoy loco paranoico.

Jop rio con ganas.

—¿Ves? Por tanto oír Heavy Metal.

Sergio aprovechó el camino que hicieron hacia la tiendita de la escuela para contarle lo mejor que pudo todo lo que le había pasado en los últimos días. Cuando ya tenían sus refrescos, fueron a sentarse a su banca de siempre.

—¿Por eso no te he visto en el chat últimamente?

—Sí. Me da miedo encontrarme a ese loco.

—Sí está raro —reflexionó Jop—. Pero no creo que lo hayas inventado. Como que tú no eres así.

Sergio sonrió. Pero él mismo no estaba seguro de no estar arrastrando alguna especie de trauma desde su infancia, dado lo acontecido en el desierto muchos años atrás.

—Ven. Ya sé cómo podemos averiguarlo —dijo Jop.

Sergio lo siguió. Sabía que cuando a su amigo se le ocurría una idea, no había modo de pararlo. Jop se metió al salón de los maestros y fue directo con la maestra Luz, la directora de la escuela, quien charlaba con algunos otros colegas.

—Maestra, necesito un pase para el salón de computadoras, porfa.

—¿Y para qué, si se puede saber? —dijo ella, suspicaz, dando un sorbo a su taza de café. Conocía a Jop y sabía que era capaz de ponerse a jugar o algo peor, probablemente tirar toda la red escolar.

—Mendhoza dice que Maximiliano era rubio como yo. Pero yo digo que era pelirrojo. Quiero demostrarle que está equivocado.

La maestra torció la boca.

—¡Ayúdeme a ganar esta apuesta, porfa, porfa, porfa!

Terminó cediendo. Ni siquiera ella recordaba de qué color era el cabello del personaje histórico.

Faltaban pocos minutos para que terminara el recreo, así que fueron al salón de computadoras y entregaron el pase al encargado. "Ya saben. Si los agarro jugando o chateando los reporto", dijo éste. Ambos asintieron y tomaron la primera computadora que vieron desocupada. Jop, que podía teclear fácilmente usando todos los dedos, escribió rápidamente "Maximiliano" en el cuadrito del Buscador y presionó el botón para que desplegara sólo las imágenes. Al instante aparecieron diversos cuadros de Maximiliano de Habsburgo. Con eso bastó para que el encargado de desinteresara y volviera al libro que estaba leyendo. Con mucho cuidado, entraron al Messenger. Todos los maestros creían que no estaba instalado en las computadoras sólo porque los niños habían eliminado el icono, pero Jop, como casi todos los otros niños, sabía acceder al programa directamente, navegando por el disco duro.

—Anda. Pon tu cuenta y tu password. Rápido —luego agregó en voz alta, para despistar:—. ¡Te dije que Maximiliano era pelirrojo!

Sergio tecleó su cuenta de correo y la clave de acceso. Al instante se desplegaron todos sus contactos, uno por uno. Jop fue el que se lo hizo notar.

—No sólo sí existe el tal Farkas sino qué crees.

—Ya vi. Está conectado —respondió Sergio, sufriendo un ligero temblor en las manos.

De todos modos, ahí, en la computadora de la escuela, se sintió más confiado. Incluso hasta supuso que el individuo no se atrevería a molestarlo. Apareció un mensaje de Alicia preguntándole dónde andaba, al que contestó rápidamente: "En la compu de la escuela. Luego platicamos", y se apresuró a cambiar el status de la sesión para que nadie pudiera contactarlo. Pero no lo hizo lo suficientemente rápido.

—¿Mesones? ¿Qué es eso? —dijo Jop, súbitamente.

Sergio en ese momento estaba cuidándose del encargado, quien se había puesto de pie para estirar los músculos. Volvió a sentir un peculiar frío en la espalda.

—¿Qué dices?

—Tu amigo Farkas te mandó eso.

Era el mismo mensaje con el que se habían despedido la última vez, aquél con la referencia a un domicilio en la colonia Centro. Mesones 115 bis.

—A ver, se acabó el recreo. Entreguen sus equipos y regresen a sus salones —dijo el encargado a los niños que ocupaban alguna computadora.

Sergio y Jop cerraron todas las ventanas y salieron disparados del salón. El primero, al paso que se lo permitía su prótesis; Jop, tomando la delantera.

—Al menos ya sabes dos cosas —dijo Jop sagazmente mientras se sentaban en sus pupitres.

—¿Cuáles?

—Una, que el tipo existe. Y dos...

—Sí, ya sé. Que no eres tú —se adelantó Sergio.

En la tarde, Sergio volvió a evadir el Internet. Estuvo tanto tiempo practicando la batería que era obvio que estaba rehuyendo el momento de sentarse a la computadora. No se atrevía a conectarse y, a la vez, tampoco quería eliminar a Farkas de sus contactos. Lamentablemente, ambos actos los veía como producto de la cobardía. Y le costaba mucho trabajo enfrentar esa faceta de sí mismo. "A lo mejor sí soy un cobarde y no hay nada más que hacerle".

Durante el resto de la tarde prefirió ponerse a estudiar para un examen y oír música. Nada de Led Zeppelin, cierto, aunque sí de Heavy Metal viejo.

Al llegar Alicia, poco después de las ocho, se alegró. Necesitaba hablar con alguien. Y Alicia era la mejor opción cuando se sentía mal. Brianda tenía a Giordano Bruno, él tenía a su hermana.

—Ahorita que merendemos quiero pedirte un consejo —disparó.

Alicia se preparaba para darse un baño. Pero la imagen de su hermano, con un libro de Geografía en las manos, la piyama puesta, el ánimo apachurrado, detonó ese sentimiento maternal que casi toda la vida había abrigado por él.

—Mejor de una vez porque tengo trabajo. ¿Qué pasó? —respondió.

—Es una tontería.

—No, no creo que lo sea. Platícame.

Se sentaron en el comedor. Sergio suspiró y, lentamente, esbozó su pregunta.

—Si algo te da mucho miedo... ¿Es importante que lo enfrentes para que te deje de dar miedo? ¿O puedes huir y hacer como que nunca existió?

Alicia conocía este modo tan críptico, tan huidizo de Sergio para hablar. Y muchas veces sus interrogantes tenían que ver con esa necesidad tan íntima de no sentir miedo, de saberse dueño de su propia vida.

—Lo que tú quieres saber… —completó Alicia—, es si no te va a atormentar la idea de haber hecho algo que, según tú, es una cobardía.

—Pues sí.

—Eso no lo puede saber nadie más que tú. Pero sí ten por seguro que no tienes que demostrarle nada a nadie. Ni siquiera a ti mismo. Haz lo que te haga sentir mejor.

"El miedo te puede salvar la vida". El problema, entonces, tal vez no fuera sentir miedo… sino tomar la elección correcta al respecto. Avanzar hacia el monstruo o darle la vuelta. "¿Qué es lo que me hace sentir mejor?"

Casi sin pensar, cambió de tema:

—Alicia… ¿tú crees que mi papá todavía esté vivo?

—Sí. Honestamente, sí —una sombra cruzó por sus ojos. Era un tema difícil para ambos. Hacía mucho que no hablaban de eso.

—¿Y tú crees que nos encuentre algún día?

Alicia sintió una especie de electricidad corriendo por su cuerpo. Como si enfrentara una fotografía muy dolorosa. El sentimiento fue fugaz, sí, pero también horriblemente familiar. Como si en un segundo hubiera tenido que vivir de nuevo los días de terror al lado de su padre, como si hubieran cruzado frente a ella, en un segundo, los crueles ojos, la malévola sonrisa, las toscas manos del hombre a quien más temían ambos en el mundo.

—Escúchame —dijo ella seriamente—. Nunca nos va a encontrar. Y si un día lo hiciera…

Llevaban doce años juntos soportando esa maldición. Y un halo de solidaridad, de compañerismo, los rodeó. "Cualquiera puede tener miedo", pensó Sergio. "Hasta Alicia. Lo importante es qué haces al respecto".

—No. Olvida lo que dije —sentenció Alicia—. Nunca nos va a encontrar. Nunca.

Capítulo seis

El capitán Ortega, el jefe de Guillén, colgó de un golpe el teléfono. El teniente lo observaba desde el otro lado del escritorio. Ambos estaban verdaderamente mortificados.

—¿Sabe quién era, Guillén? —escupió Ortega, un hombre delgado que siempre parecía estar de mal humor.

—Me lo puedo imaginar, capitán —admitió el teniente, cohibido.

—Los padres de la segunda víctima. El niño scout.

—¿Y qué querían?

—Dicen que van a hablar con los periódicos y con los noticieros. Que si no resolvemos esto en una semana, van a hablar con todo el mundo. Y nos van a acusar de irresponsables.

—¿Cómo se enteraron que ya son tres niños?

—Ése es el problema. Que no lo saben. No me puedo imaginar cómo va a arder esta ciudad en cuanto se sepa que nos callamos que había un loco suelto asesinando niños.

—¿Y por qué no nos adelantamos y hablamos de una vez con la prensa, capitán? —sugirió Guillén. Todo el tiempo había pensado que la orden del procurador era un tanto insensata. Tal vez fuera momento de desobedecerla.

—Óigame bien, Guillén, porque no se lo voy a repetir —gruñó Ortega.

—Sí, capitán.

—No puede haber una cuarta víctima. No PUEDE. ¿Quedó claro? Haga lo que tenga que hacer, pero no quiero que esto crezca. Mi jefe me va a crucificar si esto sigue y todo el mundo se entera de que nos lo estuvimos callando.

—Sí, señor.

—¿Comprendió?

—Perfectamente.

—¡Entonces qué demonios hace aquí! ¡A TRABAJAR!

Guillén salió a toda prisa de la oficina de Ortega y lo primero que hizo fue encender un cigarro. Malhumorado, entró a su propia oficina. Sobre su escritorio estaban, numeradas en un papel, sus únicas pistas: 1) las cuatro preguntas que le habían mandado anónimamente por teléfono celular, 2) el apodo con el que firmaba el autor de los crímenes y 3) la única similitud que había encontrado entre los tres casos: que todas las víctimas vivían en una zona más o menos cercana del centro de la ciudad, la colonia Juárez. Fuera de eso, no tenía nada. Excepto, claro, una terrible jaqueca que no se aliviaba con nada. Y la horrible certeza de que sí, en efecto, sí podía haber una cuarta víctima.

* * *

Al menos dos cosas tenía en claro Sergio. La primera, que no iría de noche. La segunda, que no iría solo. Pero la tardanza de Brianda ya pasaba de la media hora. "A ver si no termino yendo solo y ya tarde". No quería ir a buscar a su amiga a su casa; si su mamá sospechaba a dónde irían, probablemente los encerraría a ambos en un clóset antes que dejarlos ir. Lo cierto es que sí estaba decidido a ir de una buena vez. Había llegado a la conclusión de que, si no iba, no podría jamás quitarse de encima esa obsesión. Y cuanto antes, mejor.

Sentado en una de las bancas de la plaza, veía con detenimiento la ventana del departamento en el que vivía Brianda, sobre la calle de Bruselas. Nada podía distinguir desde ahí. A lo mejor ni se encontraba en casa.

—A ver si no se le olvidó… —murmuró.

Entonces apareció ella por la puerta del edificio. Pero su aspecto no denotaba nada bueno. Llevaba los ojos húmedos, se veía que había llorado.

—No me digas. No te dejaron —se anticipó Sergio.

—Perdóname, Checho. Es que había quedado de acompañar a mi mamá a ver a mis primas. Y no me acordaba.

—Ni modo.

—Le dije que se fuera sola, que siempre no quería ir, que ya había quedado de ayudarte en una tarea, pero no me dejó por mucho que le rogué —exclamó ella, con la voz quebrada por el llanto.

—No te apures —respondió Sergio seriamente afligido. Desvió la mirada hacia su propio departamento. "¿Y si no voy? ¿Y si lo dejo para otro día?"

—No vayas a ir solo, Sergio —le pidió Brianda, adivinando sus pensamientos.

Sergio ya estaba harto de estar teniendo pesadillas con la dirección proporcionada por Farkas. Ya quería poner punto final a ese asunto, darse cuenta de que no había nada de sobrenatural en eso. Ya quería traspasar esa puerta y seguir con su vida. Necesitaba volver a dormir tranquilamente y sin sobresaltos.

—Ya te dije que puede ser uno de esos viejos cochinos que molestan a los niños por Internet. No te vaya a secuestrar o algo. Tengo miedo —admitió Brianda mordiéndose las uñas.

—Yo también. Pero una cosa sí te aseguro: no es un viejo cochino. Lo malo…

—¿Lo malo qué? —lo urgió.

—Lo malo es que no sé si sea algo aun peor.

Estaba pensando en alguna especie de espíritu maligno. O algo más terrible todavía: que fuera su padre. Pero esto no podía transmitírselo a Brianda. Aún no era tiempo.

—¿Ves? ¡No vayas solo, porfa! Yo te acompaño mañana, te lo juro.

—No sé. Le voy a hablar a Jop.

—¿Me lo prometes?

—Te lo prometo.

Ella lo abrazó rápidamente, cosa que él no se esperaba. Acaso por eso, o porque no sabía cómo reaccionar, no le devolvió el abrazo. Brianda corrió a su casa pero, antes de entrar, se detuvo y le gritó:

—¡Mándame un mensajito cuando ya hayas vuelto!

Sergio asintió y volvió a sentarse en la banca. Tomó su celular y escogió, en su agenda, el número de Jop. Esperó ansioso a que éste contestara. Ya pasaban de las cinco y media de la tarde.

—¿Qué onda, Serch? —dijo la voz de su amigo, del otro lado de la línea.

—Necesito un favorzote. Quiero que me acompañes a ver qué quiere el tal Farkas.

—¡Claro! ¡Hay que desenmascarar al infeliz! ¿Cuándo?

—Ahora mismo.

Jop vivía lejos del centro, específicamente en la colonia Del Valle. Eran varias estaciones del Metrobús desde su casa hasta la de Sergio. Haciendo cálculos mentales, Sergio sabía que, aun si aceptaba, tendría que esperarlo por más de media hora. Temía que la noche se les echara encima.

—¿Ahora? No hay problema. Nada más necesito que me aguantes a que termine de lavar los coches de mi papá.

—¡Cómo! ¿Qué hiciste ahora?

Era bien sabido que a Jop lo ponían a lavar los cuatro coches de colección de su padre cuando se portaba mal.

—Me agarró jugando a la Bolsa por Internet con su cuenta. Ya ni la hace. Ni porque le hice ganar ochocientos dólares con una venta de acciones de una empresucha de salsa de tomate.

—Mmmh… mejor entonces voy solo.

—¿Solo? —exclamó Jop—. ¡No, Serch! ¡No! ¡Qué tal que te destripa!

Sergio sintió un vacío en el estómago.

—Gracias —ironizó—. Es lo que necesitaba oír para animarme a ir.

—En serio. No vayas solo. Mejor espérame. Lavo dos y te caigo. A lo mejor convenzo al chofer.

Sergio tomó aire. A lo lejos el hombre del abrigo recogía basura de un bote de la calle. Sentía que todo estaba conectado. Ya quería salirse de eso.

—¿Conoces ese sentimiento de haber estudiado toda la noche para un examen y que al otro día el maestro te diga que mejor lo va a posponer?

—No. Nunca he estudiado toda la noche para un examen.

—No importa, imagínatelo. Es lo que siento. Ya me preparé para este momento y quiero que de una vez se haga el examen. Ya quiero quitarme de encima este peso.

Hubo un silencio. Uno largo.

—Bueno. Pero prométeme que me llamas si hay algo que te dé un mal presentimiento.

Colgaron y Sergio se puso de pie. Para llegar a la calle de Mesones, en el centro histórico de la ciudad, tendría que tomar el metro, bajarse en la estación Salto del Agua y caminar algunas cuadras. Probablemente podría ganarle a la noche si se apuraba. Probablemente, dentro de unas cuantas horas, ya habría visto que la dirección ni existía y se estaría riendo de todo. "Por lo menos no creo que hoy llueva", se dijo, tratando de darse ánimos.

Cuando llegó a la transitada calle de Mesones, el ritmo de sus pasos comenzó a aminorar. En su mente estaban todas las veces que había ingresado al Messenger a preguntarle a Farkas para qué quería que se presentara en esa dirección y en las que siempre obtenía como respuesta lo mismo. "Mesones 115 Bis. Pregunta por Doña Santa". También comenzaba a sentir algo de culpa por no haberle dicho nada a Alicia, ni de Farkas ni de la manera en que éste lo hostigaba. "Si algo me pasa, me voy a arrepentir toda mi vida de no haberle dicho, de no haberla puesto sobre aviso", se dijo. Sus pasos eran lentos, cada vez más lentos. Pero el sol aún estaba bastante alto.

No era la primera vez que andaba solo por la ciudad. Para ir al Tianguis del Chopo, allá por Buenavista, donde compraba mucha de la música que escuchaba, nunca tuvo ningún reparo en ir sin compañía. Al principio iba con él Alicia, cierto, pero después ella empezó a trabajar también los sábados y ya no pudo seguir yendo con él. Además, en el Chopo Sergio se sentía como en casa, todos

los rockeros más grandes que él y que compartían sus aficiones lo estimaban y cuidaban. Así que el temor que sentía Sergio en ese momento no era por andar solo. Era por el sitio que debía visitar.

"Esto está mal", se dijo. "Cualquier adulto lo desaprobaría. Que venga a la casa de un tipo del que no conozco ni el nombre. Y es cierto. Esto está muy, muy mal".

Llegó a la dirección. Era una casa muy derruida. Las paredes eran de adobe y la puerta era sólo una delgada hoja de madera que no encajaba bien en el marco. Con carbón tenía dibujado el "115 Bis" sobre una pared. Se alcanzaba a ver un foco de poca potencia a través de una de las orillas de la puerta.

"Esto está mal. Muy mal".

Se arrepintió en seguida. Comprendió que lo que tenía que hacer era sacar a Farkas de sus contactos y seguir con su vida. Además, ya había demostrado que no le temía. Había llegado hasta el final. No tenía por qué darle el gusto de ir más allá.

Antes de que pudiera dar un paso atrás, una mano muy menuda lo tomó por la muñeca izquierda. Era un niño moreno, bajito, de unos siete años. Sus ropas eran viejas y humildes. En sus ojos había algo que hizo sentir confianza a Sergio. O probablemente fuera la sonrisa. O la calidez del apretón. Por un momento dejó de acordarse de Farkas.

—Dice mi abue que pases —lo instó el niño.

—Este… pero… —titubeó Sergio.

—Dice que no tengas miedo. No ahora.

Soltó el brazo de Sergio, quien sintió ganas de detener a alguno de los hombres que pasaban por ahí y pedirle que, si no volvía a la calle en menos de quince minutos, llamara a la policía, justo como hubiera hecho con sus amigos si lo hubieran acompañado. Pero los ojos del niño… O quizá la sonrisa…

Se decidió a entrar. El ambiente, detrás de la frágil puerta, era oscuro pese al sol del exterior. Y la luz del foco era tan tenue que no ayudaba nada. Había un fogón de leña echando humo, un par

de catres y muchas yerbas, atadas en grandes paquetes. Hasta que sus ojos se acostumbraron a la oscuridad pudo Sergio ver a la anciana, sentada en una silla de madera, al fondo de la diminuta covacha. Sus ojos estaban completamente ciegos, blanquecinos como leche turbia.

—Acércate, mediador —dijo ella.

—¿Usted es Doña Santa? —preguntó Sergio. No pudo evitar sentir miedo. El rostro de la vieja era desagradable a primer golpe de vista. Estaba surcado de arrugas, no tenía un solo diente y los ojos eran como dos lámparas vivas. Pero la sonrisa que sostenía era idéntica a la del niño, tal vez por ello es que Sergio se aproximó a ella.

La vieja tomó el rostro de Sergio entre sus nudosas manos y lo palpó sin delicadeza, obligándolo a cerrar los ojos. El corazón de éste comenzó a latir apresuradamente.

—Tienes miedo, mediador... —observó ella—. Eso es bueno.

—¿Por qué me llama así, "mediador"?

—Cómo. ¿No lo sabes? —respondió la vieja—. ¿Pues quién te manda?

Sergio dudó. ¿Sabía quién lo mandaba? ¿Y para qué? No. De pronto tuvo la certeza de que le sucederían cosas malas porque se había metido por su propio pie a la garganta del monstruo.

—Tienes miedo —volvió a señalar la vieja—. Es bueno sentir miedo. Pero no ahora, mediador. No ahora. ¿Quién te manda?

—Farkas —se animó a decir Sergio.

Algo en el rostro de la anciana se transformó. Sus ojos se clavaron en un punto, como si pudiera ver por ellos. Dejó de palpar a Sergio.

—Farkas... hace mucho que no escuchaba ese nombre en tu lengua. Mucho, mucho tiempo.

—Usted perdone señora, pero... ¿qué estoy haciendo aquí?

La vieja abandonó sus pensamientos y volvió a sonreír.

—Eres muy joven. Claro que no lo sabes. No tienes por qué saberlo. Pero... antes, tengo que estar segura.

Fue al fondo de la habitación y, de un grupo de repisas, removió algunas cosas. De entre ellas extrajo un libro grande, pesado, con las pastas duras y algunas inscripciones en relieve. La vieja sopló sobre la cubierta, retirando de ella una gruesa capa de polvo. Volvió al lado de Sergio y abrió el libro a la mitad. Sergio miró de reojo, en las páginas interiores, uno de los grabados que contenía el antiquísimo libro: se veía un hombre con grandes colmillos mordiendo a otro en el cuello, haciéndole saltar la sangre en borbotones. Volvió a tener miedo.

—No puedo saber tu nombre. Me está prohibido —sentenció la vieja—. Pero hay un modo de saber si no eres un impostor.

—¿Un impostor? No entiendo.

Sergio comprobó que, entre las páginas del libro, justo donde lo abrió la vieja, se encontraba un sobre. Ella le pidió que lo tomara con un gesto.

—Ábrelo —le pidió—. Te está esperando desde el siglo trece de esta era.

El sobre, de papel amarillento, estaba lacrado: tenía un sello hecho de cera que lo mantenía cerrado. El dibujo del sello era bastante peculiar: una mano con una espada de un lado y un rostro cornudo del otro. A ambos los separaba un rayo. Sergio sintió que si rompía el sello estaría desatando alguna fuerza con la que no quería lidiar. Sintió que se comprometería de algún modo. Se detuvo.

—No quiero abrir ningún maldito sobre —repuso—. Quiero que me explique qué hago aquí o, si no, me largo. Y le dice por favor a Farkas que me deje de molestar o aviso a la policía.

La abuela arrugó la frente. No esperaba esa reacción. Pero no tardó en sonreír nuevamente. Tomó el libro y se fue a sentar a su silla de madera. Desde ahí, arrojó algunas briznas de hierba al fuego que calentaba el recinto. Sergio percibió el nuevo aroma que se desprendía de las llamas. Era, en cierto modo, pacificador.

—¿Cuánto miedo puedes soportar, eh, mediador? —exclamó la vieja.

Sergio sintió un escalofrío. No se le había ocurrido que la vieja pudiera ser Farkas. ¿Pero cómo ingresaba a Internet estando tan vieja, ciega y viviendo en tal pocilga? Lo supo en seguida porque no había otra conclusión posible: era una bruja. Instintivamente dio un paso atrás. Esperaba poder salir corriendo, pero algo lo detuvo. Un par de manos presionaron su espalda. Giró el cuello y vio al niño. Ya no sonreía. Le obstruía el paso con toda intención.

—¡Déjenme ir! ¡Déjeme ir, bruja! ¿Qué quiere de mí? —exclamó Sergio gritando, apartándose del niño. Ahora éste tenía los ojos ciegos, igual que su abuela. Y su sonrisa no era más la de un niño pequeño, parecía la de un hombre muy anciano.

—Claro que soy una bruja —respondió la vieja—. Pero me está prohibido hacerte daño. Yo sólo tengo que entregarte el libro.

Le extendió la mano a Sergio y éste, después de unos instantes, comprendió que no podría salir de ahí si no les seguía la corriente. Tomó la mano de la abuela y se dejó conducir. Ésta lo llevó a una silla al lado de ella y le puso las manos sobre las rodillas.

—Un mediador... mantiene el equilibrio —dijo ella, de pronto—. Un mediador... soporta el terror. Un mediador... discierne. Por eso se le encomienda la misión.

—¿La misión? ¿Qué misión?

—Pues la misión más antigua del mundo, claro. Aniquilar demonios.

El niño se había sentado en un rincón, abrazando sus rodillas. Dejaba salir de sus labios un cántico en una lengua desconocida.

—Una buena parte de lo que se dice es cierto —continuó la vieja—. Cada leyenda que has escuchado tiene algo de verdad. Monstruos, engendros, aberraciones... muchos de ellos han existido desde hace milenios. Sólo que, a partir de la publicación de este libro que tengo en mis manos... se produjo un equilibrio. Los héroes y los demonios pactaron una tregua. Y ésa, mi estimado mediador, es la única razón por la que hoy en día no te cruces en la calle con un servidor del maligno que te arranque el cuello de una mordida.

El niño rió, divertido. No era un niño. Era un ente. Un algo perverso.

—¿Y yo qué tengo que ver con eso?

Parecía un mal sueño. Sergio lo único que deseaba era irse a su casa y hacer como que nunca había ocurrido nada de eso.

—Los mediadores descubren a los demonios a través del miedo. Ayudan a los héroes a aniquilarlos. Para mantener el equilibrio, por supuesto.

—Hay un error. Yo no soy ningún mediador. De eso estoy seguro —replicó Sergio.

La abuela sonrió.

—Mírame, muchacho. ¿Cuántos frascos tengo sobre las repisas?

Sergio lo sabía. Catorce. No podía explicar por qué, pero lo sabía. Y no los había contado conscientemente. Le quitó la vista de encima a la vieja y miró a las repisas. Sí, catorce. La mayoría de ellos con fetos de extraños animales flotando en el interior. Sus ojos se detuvieron en uno que parecía tener múltiples ojos y un par de diminutos cuernos.

—Tú observas, muchacho —añadió la vieja—. Eso ayuda mucho en un mediador. Tu capacidad de observación y de tolerar el miedo hacen de ti un buen mediador.

—No importa. ¡Yo no quiero ser mediador! ¡No quiero! —refunfuñó Sergio. No dejaba de tener miedo. No quería seguir teniendo miedo. Estaba harto del miedo.

—Es tu elección —espetó la vieja forzando una mueca de desagrado—. Yo sólo tengo que entregarte el libro.

Se lo extendió. Sergio lo tomó temblando. Sabía que no podría irse sin el libro. Ya lo tiraría o lo quemaría después.

—Libro de los héroes —leyó Sergio en voz alta.

La abuela dejó salir una tétrica carcajada. Luego, también el niño, que a cada segundo se transformaba en un simio. O en algo que parecía un simio.

—¡Abre el sobre! —gritó la abuela.

—Pero…

—¡Que lo abras!

Sergio quería terminar ya con todo eso. Rasgó el sello del sobre, separando para siempre al demonio y la espada. Del interior extrajo una hoja que, con el puro contacto, amenazaba con deshacerse. El escalofrío se apoderó de él. Era un miedo terrible, enorme, insoportable. Quería gritar, quería despertar, quería huir, quería salir corriendo, no detenerse jamás.

—¡Dime! ¿Está bien? ¿Está bien? —gritó la vieja, ansiosa.

Sergio quería soltar la hoja pero no podía. Era una pesadilla. Era algo peor que una pesadilla porque en verdad estaba ocurriendo. Con trazos de una singular tinta color marrón había una cifra en caracteres estilizados.

$$2\,0\,0\,7\,0\,5\,2\,2\,2\,3\,0\,7\,3\,8$$

No tardó en darse cuenta de lo que se trataba. La cifra representaba ese mismo día, ese mismo momento. Lo supo porque miró su reloj de pulsera y advirtió que los números eran idénticos. En cuanto posó los ojos sobre el cambiante tiempo de su reloj, los segundos de pronto ya no eran 38 sino 39. De las once de la noche con siete minutos. Del veintidós de mayo del 2007.

—¿Está bien? —insistió la vieja.

Pero Sergio seguía mudo. Porque lo que le heló la sangre no fue la exactitud preparada por siglos del momento en que abriría el sobre, sino el retrato que estaba debajo de la cifra. "A quién miras, calvo", pensó sin proponérselo. Todo en el rostro que lo miraba desde la hoja era idéntico a un reflejo. Y le horrorizó pensar que su propia cara había estado tantos siglos aguardando en ese papel a que él mismo la descubriera. Alguien en el siglo trece había anticipado con tanta precisión sus facciones que no pudo dejar escapar un sollozo de angustia, de desamparo. De terror.

—¿Está bien? ¿Es correcto? —gritó la vieja.

—¡No sé de qué me habla! ¡El sobre está vacío! —mintió Sergio mientras traspasaba la puerta cargando el libro y escapando de las garras de eso en lo que se había convertido el niño y que ya no pudo o no quiso distinguir.

La calle estaba oscura, vacía. Efectivamente, pasaban de las once de la noche. Había estado metido en la guarida de la bruja casi cinco horas.

Nicte, cuarta labor

Nicte estudiaba a través del cristal a los candidatos. Ya no los acechaba en el monitor pues temía cometer una equivocación. El patrón debía conservarse.

Aprovechó la rutina para ir a la consola de la música y presionar el botón de *play*. El concierto para piano número dos de Rachmaninoff comenzó a sonar. Nicte se deleitó en las notas. Sonrió. Era una sonrisa concupiscente, una sonrisa cínica, de placer malvado. Cualquiera lo habría podido decir; pero Nicte se encontraba fuera de las miradas del mundo. Desde su cómodo sitio, podía mirar hacia afuera. Nadie, en cambio, podía mirar hacia adentro. Observaba y esperaba. Sin prisa. Sin urgencia, sí, pero también sin descanso. Mientras más pronto culminara su misión, mejor. Por eso no retiraba la vista del vidrio. Y esperaba. Esperaba. Esperaba.

Siete menos tres, da cuatro.

Miró las fotografías sobre la tabla rasa que utilizaba a modo de escritorio. Tres niños, tres metas. Estaba a punto de lograr la mitad. Pensaba que tal vez pudiera celebrar después del cuarto, aplaudirse la eficiencia con que habría llegado a concluir la mitad de su misión. Lo pensaba, pero no lo admitía del todo. Si la misión era truncada antes de los siete, nada tendría sentido. Jugaba con los siete rostros entre sus manos. Sabía que podía hacer lo mismo con siete destinos. Y, con todo, le preocupaba una de las tareas pendientes. Una que no sería tan fácil de concluir, porque se refería a un muchacho tan especial que sólo si los dioses le favorecían, daría con él pronto. Mientras tanto, trataría de concluir con los otros tres lo antes posible. "Nada de celebraciones hasta concluir los siete", se reprendió.

Levantó el rostro, de ojos cerrados, justo en el momento en que terminaba el primer movimiento del concierto e iniciaba el segundo, el *Adagio sostenuto*. Era como degustar una buena comida, gozar una excelente vista del mar, acariciar seda muy fina. Y al abrir los ojos, lentamente, volvió a sonreír. Un muchacho de cabello rizado de unos once años se había detenido del otro lado del cristal.

—Es él —dijo, reacomodando con los dedos las fotografías—. Es el cuarto.

En silencio agradeció a los dioses. Probablemente seguirían favoreciéndolo cuando tuviera que buscar al séptimo, el de las capacidades especiales.

Capítulo siete

Detuvo su carrera. Se volvió. Levantó la vista. Había llegado a una zona del bosque donde la vegetación era menos densa. Concentró los ojos en un punto de la ladera que conducía a dicho paraje. Contó las bestias a la distancia. Cinco o seis. Las suficientes para que hicieran con él una carnicería. Volvió a correr.

Se internó entre los árboles nuevamente. Se golpeó con un tronco. Luego, con otro. Podía sentir el dolor, el sabor de la sangre manar de su boca. No podía detenerse. Cambió el rumbo. Detrás de él podía escuchar claramente cómo el número de fieras ya había aumentado. Seguro ahora serían diez o más.

No era una noche con luna. Por el contrario, era tan oscura que echaba por tierra toda su mitología conocida. Los lobos no se congregan sólo en noches de luna llena; prefieren atacar a sus víctimas en la más profunda de las tinieblas.

Los gruñidos eran aterradores. El cansancio era terrible. La oscuridad era cada vez más densa. Se detuvo nuevamente. Miró hacia atrás. Entre el follaje se distinguía a la jauría avanzando a toda prisa hacia él. Volvió a correr. Siguió golpeándose contra los árboles, dejando pedazos de su ropa y de su carne herida en el follaje. Su alterada respiración le dolía. La esperanza lo abandonaba. Sólo un milagro lo salvaría.

Diez o más. Quince o veinte. O, tal vez, treinta o cuarenta. "Por lo menos", pensaba Sergio mientras avanzaba, "será un festín sangriento que terminará pronto. Quizás no tendré tiempo de sufrir. Quizás muera instantáneamente."

La prótesis cedió. Tuvo que seguir la huida con una sola pierna. Luego, cayó, y se vio obligado a arrastrarse por el suelo fangoso. Los feroces animales se aproximaban a cada segundo. Comprendió que no tendría caso resistirse. Dejó de escapar. Cerró los ojos ante el espantoso aullido que hizo eco en la noche sin luna. Se hizo un ovillo y aguardó. Una mordida. Otra. Otra más. Los colmillos de un furioso lobo en un costado. El dolor. El llanto. La impotencia. Las tarascadas asesinas de la manada, cientos de púas incandescentes en su cuerpo sangrante. El dolor...

—¡Sergio! ¡Sergio!

Apenas abrió los ojos vio el rostro angustiado de Alicia frente a él.

—Hacía más de dos años... —murmuró ella mientras trataba de arrancarle de las manos la almohada que Sergio trituraba con todas sus fuerzas.

—Perdón, Alicia —se disculpó éste, soltando el cojín.

—Hacía más de dos años que no tenías pesadillas así de violentas.

Sergio se sentó contra el respaldo de su cama. Estaba sudando. Su respiración apenas se normalizaba.

—Dime dónde anduviste ayer hasta tan tarde. Pensaba guardarte el castigo para cuando amaneciera, pero en vista de esto...

Sergio titubeó. El regreso a su casa había sido como otro mal sueño. Apenas había alcanzado a tomar el metro antes de que lo cerraran. Y el camino a la calle de Roma en medio de la noche, una vez que salió de la estación Insurgentes, lo había colmado de todo tipo de miedos; creía ver seres infernales en cada hombre que se cruzaba con él, en cada perro callejero, en cada gato negro. Al llegar a su casa, Alicia lo esperaba viendo la televisión. "Estaba a punto de hablarle a la policía, inconsciente. ¿Por qué no me contestas el teléfono? ¿Te quedaste sin batería o qué?". Y sólo hasta ese momento se dio cuenta Sergio de que tenía más de veinte llamadas perdidas, unas de Brianda, otras de Jop y, por último, las más numerosas, de Alicia. Pensó explicarle: "Nunca sonó", pero ni él mismo entendía cómo había perdido varias horas de su vida en un sitio en el que no había estado más que unos cuantos minutos.

—¿Dónde estuviste? —volvió a preguntar Alicia. Ahora eran las tres y media de la mañana. No se escuchaba un solo ruido, ni siquiera en la calle.

Sergio quería contarle. Pero también quería dejarla fuera de eso. Era tan disparatado lo que había vivido el día anterior que no sabía ni cómo expresarlo.

—No andas en malos pasos, ¿verdad? No andarás en rollos de drogas o juntándote con rateros —preguntó ella nuevamente, con otro tipo de angustia pintado en la cara.

—No, cómo crees —respondió Sergio, complacido de poder decir la verdad en eso—. Lo que pasa…

El libro, sobre su escritorio, a un lado de la computadora, confirmaba la visita a la casa de Mesones.

—Lo que pasa… es que fui a que un amigo me prestara ese libro para una tarea. Y se nos fue el tiempo con sus videojuegos.

Sergio temió que Alicia tomara el libro y le cuestionara acerca de la naturaleza de dicha tarea. Pero no lo hizo. Simplemente se puso de pie y, arrastrando las pantuflas, se aproximó a la puerta.

—No soy tonta, Sergio —dijo, recargada en el marco—. Qué tarea ni qué tarea. Pero tú sabrás. Así que nada más te pido que, si vas a andar tan tarde fuera de la casa, te reportes, porque la próxima vez te castigo los tambores un año. ¿Entendiste?

—Sí, Alicia.

Ella apagó la luz del cuarto de Sergio y volvió al suyo a continuar su sueño interrumpido. Sergio esperó sentado en la penumbra, sin atreverse a recostarse. Temía volver a la misma pesadilla. Temía que el libro comenzara a brillar en la oscuridad o que se abriera solo. Temía que algo saliera del clóset o entrara por la ventana. Temía. Temía. Temía… "No sé qué me hizo ir a esa dirección", se lamentó. "Ahora sí que no voy a volver a dormir en toda mi vida".

Terminó por tomar su celular y ponerse a jugar con él. Antes, respondió a los mensajes de sus amigos, aunque sólo Brianda le agradeció el gesto en seguida. Alicia se dio cuenta, desde su habitación, por el ruido al presionar las teclas en el aparato, de la incapacidad de Sergio de conciliar el sueño. Sabía que eso le ocurría a su hermano siempre que tenía esas horribles pesadillas. Y, aunque sí se preocupó, no tardó en quedarse dormida.

A Sergio, en cambio, lo sorprendió la madrugada con el teléfono entre las manos. Ya había roto todos los récords posibles de los pocos juegos con los que contaba. Y aparentemente seguía sin sueño, aunque con un terrible cansancio encima.

—¡Qué pasó! —le reclamó Jop en cuanto se vieron en la escuela—. ¡Yo juraba que ya te habían puesto a pedir limosna en Tijuana!

—Ja, qué chistoso.

—¿Viste al tal Farkas? ¿O a la tal Doña Santa?

—A la señora sí. Al rato te platico.

En el recreo, Sergio le contó todo lo que le había ocurrido. Y aunque Jop se mostró asombrado, tampoco se atrevió a dudar de la palabra de su amigo.

—Esto es como de una película de Darío Argento, Serch. Le voy a hablar a mi papá para que no mande a Pereda hoy. Le voy a decir que hoy como contigo, ¿te parece?

—Está bien —aceptó Sergio—. Pero… ¿por qué?

—Quiero ver el libro.

Sergio, por el contrario, no se había atrevido ni a hojearlo. Tenía que admitir que le asustaba, que no quería continuar con nada de eso. La amenaza era terrible: miedo, miedo, miedo: Un mediador hace uso de su miedo. No obstante, en compañía de Jop, la cosa cambiaba. Tal vez hasta le encontraran algún encanto al mentado libro. Tal vez hasta se pudieran reír de los viejísimos grabados y sus ridículos personajes.

Para su mala suerte, el padre de Jop no lo dejó acompañar a Sergio a comer. Así que, de vuelta en su casa, solo como siempre, tuvo que enfrentarse a la presencia del libro y a la necesidad interna de hablar con Farkas cuanto antes para poner las cosas en claro de una buena vez.

Ni siquiera calentó su comida. Ni se quitó el uniforme de la escuela. Tampoco descansó de la prótesis. En cuanto llegó a su cuarto, se sentó a la computadora y entró al Messenger. Estaba, incluso, un poco ansioso, por eso puso música de Led Zeppelin en las bocinas de la computadora para tranquilizarse. Farkas se encontraba en sesión.

—¿*Cómo se aniquila una gorgona, Mendhoza?* —fue con lo que acometió a Sergio.

—*No sé, ni quiero saberlo* —respondió éste. Se daba cuenta, mientras tecleaba, que al menos había un logro: ya no temía a Farkas. El haberse presentado en la casa de Mesones, el haber enfrentado a la bruja y haber llevado el libro hasta su escritorio, eran pequeños triunfos. Ya no sentía, al hablar con el sujeto, ningún tipo de estremecimiento. Por el contrario, poner las cosas en claro lo hacía sentir mejor.

—*Tienes el libro, ¿o no?*

—*Como si no lo supieras.*

—*Claro que lo sé. Pero no porque estuviera ahí. Me ofende que me hayas confundido con esa vieja decrépita.*

—*Es una tontería eso del mediador. No quiero participar.*

—*No se trata de que quieras, Mendhoza. Si tienes el libro es porque te corresponde. En el sobre estaba todo.*

Sergio le echó una mirada al libro. Ahí, a la luz de la tarde, el vetusto volumen parecía del todo inofensivo. Repentinamente, se sintió confiado. Aun para decirle a Farkas que se fuera al diablo con todo y sus rollos de monstruos, miedos y equilibrios.

—*Presta atención, Mendhoza. A principios del siglo* VI —continuó Farkas— *Teodorico el grande, rey de los ostrogodos, cometió una traición vil: acabó con otro rey, Odoacro de Verona, a través de un acto de cobardía terrible. Teodorico invitó a Odoacro a un festín en el que le dio muerte, abusando del exceso de confianza de este último. Dicho acto, que parece tan insignificante, fue el inicio del fin de la concordia entre dos mundos. Detrás del nombre de Teodorico está oculto el nombre del Señor de los héroes; detrás del nombre de Odoacro, el del Señor de los demonios. Desde entonces, y hasta el siglo* XIII, *se desató una cruenta lucha entre héroes y demonios, entre la luz y las tinieblas. Dragones, hidras, vampiros, ogros… toda clase de servidores del Maligno pelearon en contra de los héroes en venganza de su señor, arrojado de la tierra de tan ruin manera el día en que se debió haber pactado la paz.*

—*Tengo tarea, no tengo tiempo de esto* —tecleó Sergio. No le gustaba nada lo que le estaba contando Farkas.

—*No te confundas. Los demonios habían prometido dejar a la humanidad vivir en paz. Fue el Señor de los héroes el que traicionó, no los demonios.*

—*Tengo tarea tengo tarea tengo tarea tengo tarea tengo ta*

A lo que siguió, no pudo Sergio simplemente hacer oídos sordos. El escalofrío volvió de la peor manera. Sintió que la sangre lo abandonaba. Un mareo lo acometió como una bofetada. Pensó que se desmayaría pero… simplemente no lo hizo. "¿Cuánto miedo puedo soportar? ¿Cuánto?"

La puerta de su habitación se azotó con fuerza. Las ventanas estaban cerradas, no había modo de que fuera producto del viento. Sergio supo que no podía escapar. La música se detuvo. El silencio era ensordecedor.

—*¿Quién eres?* —tecleó Sergio con lentitud.

—*Ahora tengo tu atención.*

—*¿Quién eres?* —insistió Sergio.

—*Por siglos el mundo estuvo a merced de los demonios. Y los héroes tuvieron que controlarlos a fuerza de espada. Todo esto quedó consignado en un libro. Un libro que apareció el día que la oscuridad fue subyugada, justo en el siglo trece. El mismo día que surgieron los mediadores.*

Sergio miró nuevamente el ejemplar que descansaba a un lado del monitor.

—*El Libro de los héroes contiene los secretos para mantener a los demonios a raya. Secretos que sólo conocen los mediadores. En el siglo trece se copiaron a mano veintidós ejemplares. Uno de ellos está ahora en tu poder.*

—*No quiero el libro* —tecleó, furioso, Sergio.

—*En la Historia de la literatura germánica se consignó la aparición del Libro de los héroes como un hecho aparentemente insignificante. Los copistas crearon ejemplares que narraban sucesos sin importancia para despistar a los historiadores. El verdadero Libro de los héroes, el que ahora tú posees, narra la historia real de la lucha centenaria entre héroes y demonios.*

—*No quiero el libro no quiero el libro no quiero el libro no qui*

—Pon atención, Mendhoza. El equilibrio se está rompiendo. Hacen falta mediadores. La oscuridad avanza. Es tarde ya. Los monstruos surgen de sus guaridas.

—No quiero el libro no quiero el li

—No tienes alternativa. Muestra el libro a tu amiga y verás por qué.

—No quiero el libro no qu

El mensaje de que Farkas abandonaba la sesión tomó por sorpresa a Sergio. Seguía tecleando rabiosamente cuando llamaron a la puerta de su casa.

"Muestra el libro a tu amiga".

Se le volvió a helar la sangre. Sabía, por la afirmación de Farkas, que tenía que ser Brianda la que llamaba. Y que tendría, por fuerza, que mostrarle el libro.

—¿Te sientes bien? ¡Estás súper pálido! —dijo ella en cuanto Sergio le abrió la puerta.

—Sí. Estoy bien. Es que no he comido.

—¡Ay, Checho! Yo te ayudo a calentar tu comida, si quieres.

—Gracias. Pero antes quiero enseñarte una cosa.

La llevó a su habitación y le señaló el libro a la distancia, como si prefiriera no acercarse. Ella lo tomó.

—Qué viejo. Y qué pesado, ¿no? ¿De dónde lo sacaste, eh?

—¿Notas algo raro?

Brianda frunció el ceño. Se lo puso en las rodillas y acarició las letras doradas de la portada en relieve. Leyó en voz alta:

—"Heldenbuch".

—¿Cómo dijiste? —preguntó, azorado, Sergio.

—No te burles. Ya sé que está mal pronunciado.

—No importa. Léelo otra vez.

—"Heldenbuch".

Sergio se aproximó. A sus ojos estaba clarísimo. Libro de los héroes. En cambio, para Brianda...

—Heldenbuch —repitió ella—. ¿Qué significa?

—No sé. Alguna tontería, seguramente.

Brianda iba a abrirlo y Sergio se interpuso en seguida, obligándola a cerrar el libro de golpe.

—Luego lo vemos, si quieres. Ahorita ayúdame a calentar mi comida, porfa.

Capítulo ocho

—¿Y el libro? —preguntó Jop, ansioso, aprovechando que aún no llegaba el profesor de español, su primera clase del día.

—Lo tiré a la basura —respondió malhumorado Sergio, acomodándose en su banca.

—¡Cómo que lo tiraste!

—Estaba maldito, Jop —explicó Sergio—. No tienes idea. Era horrible. Era un libro del diablo. Fue mejor deshacerme de él, te lo aseguro.

—Mal amigo. Yo quería verlo. Hubiera podido usarlo para sacar ideas de guiones de cine.

—No te perdiste de nada. Ni estaba tan interesante.

Entró el maestro de español y dejaron la plática. La verdad es que Sergio jamás había abierto el libro. Pero sí estaba seguro de que estaba maldito. En el recreo, como era de esperarse, Jop volvió a reclamarle.

—Te hubiera convenido más venderlo, burro.

—Ya hablas como tu padre —respondió Sergio—, viendo todo como un negocio.

—Es que si era tan viejo, seguro que le sacabas buen dinero.

—Pues sí, pero ya ni modo.

Sergio le invitó a Jop de su lunch en compensación. Era mejor así. El mal debe permanecer lejos de todo y de todos.

—¿Y sacaste a Farkas de tus contactos?

Sergio se encogió de hombros.

—Ya no le tengo miedo.

Era cierto. Esa era la mejor parte. No importaba que se sintiera vigilado todo el tiempo por la mirada del oscuro personaje, o que éste fuera capaz de azotar puertas y hacerse presente de modos terrorificos, el más reciente diálogo con él había desterrado el temor de las entrañas de Sergio. "No soy un cobarde", se repetía constantemente. Y esa era su principal victoria. Incluso había dormido bien esa última noche. Sin sueños ominosos de ninguna especie.

Al volver a su casa, comió de buen talante y vio un poco de televisión. Luego, se sentó a la batería. Ahora, más que otras veces, sentía un mayor placer cuando presionaba el pedal del bombo, el tambor más grande de toda su batería, con todas las fuerzas que le permitía su pierna ortopédica. A cada golpe, se sentía más a salvo. A cada golpe, un nuevo torrente de paz y liberación corría por sus venas. Tocó varias veces sus canciones preferidas. En momentos como ése, en el que la actividad física lo colmaba, sentía que podía enfrentar cualquier cosa. Vampiros y gárgolas. Espectros y brujas. Si la puerta de su habitación se hubiera azotado en ese momento, se habría permitido reír.

Dejó su práctica y se secó el sudor. Fue al baño, como solía hacer después de cada sesión. Luego, se sentó a la computadora. Avanzó en las tareas escolares que tenía pendientes y, hasta entonces, se conectó al Internet. Entró a aquella página de Led Zeppelin, el foro de discusión que lo había detonado todo, y se dedicó a bajar fotos y algunos videos. Lamentó no tener una conexión rápida al ciberespacio, seguir dependiendo del módem telefónico. Pero faltaba poco para que Alicia le hiciera ese regalo, lo sabía; la navidad pasada había prometido que ése sería el último año de conexión lenta.

Por fin, entró al Messenger. Farkas, para variar, se encontraba conectado.

—*¿Por qué no te consigues una vida, eh?* —le reclamó Sergio. Se dio el gusto de imaginar que Farkas fuera un fantasma. Su frase cobraría un sentido verdaderamente humorístico si hubiese dado en el blanco.

—*¿Estás listo, Mendhoza?* —fue todo lo que éste respondió.

—*¿Para la tontería esa del mediador? Ya te dije que no estoy interesado. Además, ya me deshice del libro para siempre.*

—*Podrás mentirle a otros. No a mí.*

—*Pues es la verdad. No me importa si no me quieres creer.*

—*La maquinaria ya está andando. Y si no participas, seguro es por una razón que sólo tú y yo sabemos. Poor Sergio… Poor Sergio…*

Sergio dejó de reír. Se le olvidaba la increíble capacidad que tenía el individuo para sacarlo de sus casillas.

—*No me importa lo que creas.*

—*Podrás esconder tu miedo a otros…*

—*No es miedo.*

—*Como quieras.*

La conversación se detuvo. Sergio tenía que admitir que Farkas lo conocía tan íntimamente que a ratos no podía estar seguro de no estar hablando con una oculta parte de sí mismo.

—*No es miedo* —insistió Sergio. Y abandonó el Messenger.

Se cruzó de brazos y observó por un largo rato el monitor, vacío de diálogos siniestros. Por su mente desfilaban todo tipo de conjeturas. No sabía si hacerles caso o desatenderlas. Hasta hacía unos minutos se sentía perfectamente bien consigo mismo y, ahora, nuevamente volvía a abrigar la duda de estar siendo sometido al miedo. "El miedo no es malo", se dijo. "Lo malo es no saber qué hacer con él. Si enfrentarlo o desecharlo".

Miró a través de la ventana. Estudió por un momento a las personas. Era fácil distinguir que todo el mundo tiene miedo de algo, de morir de cáncer o de ser asaltado, de no poder pagar las deudas o de defraudar a los seres queridos. Y no por eso la gente se avergüenza de sí misma. La gente sabe vivir con sus miedos, sabe acotarlos, darles su lugar. "¿Por qué yo no?", se preguntaba Sergio. Desde pequeño, cualquier peligro, cualquier situación que le produjera miedo, lo obligaba siempre a esa secreta discusión interna. Enfrentar o huir. "¿Por qué?"

Porque es lo que hace un mediador

La frase apareció súbitamente en el monitor, en lugar de la foto de John Bonham que tenía de protector de pantalla. Sergio, no obstante, no se atemorizó de esta nueva intrusión de Farkas. Movió el *mouse* e hizo desaparecer la frase.

Pese a que el equipo ya no estaba conectado al Messenger, apareció en el monitor un mensaje nuevo de Farkas.

—*A partir de ahora muchas cosas cambiarán, Mendhoza. Los demonios reconocerán tu aroma, identificarán tus pasos, se familiarizarán con tu imagen. Los demonios se conjurarán en tu contra.*

—*Eso de ser mediador suena como una verdadera porquería* —tecleó Sergio. Se sentía un poco raro de sostener este nuevo diálogo. El icono en la pantalla era bastante claro: no había sesión abierta. Y aún así, estaban conversando.

—*¿Qué es el miedo?* —preguntó Farkas.

Sergio pensó muchas definiciones y ninguna le gustó. Espanto, malestar, frío, inseguridad. Prefirió no contestar. No quería ser regañado.

—*Si alguien tiene miedo, Mendhoza, es porque* CREE *que le puede pasar algo malo* —se apresuró a decir Farkas.

Sergio no añadió nada. Decidió esperar.

—*El miedo es una fe maligna. Es la creencia de que te puede pasar algo malo. Pero no deja de ser una creencia. El daño puede o no ocurrir. Así que el siguiente paso… es el terror.*

A Sergio ya no le gustaba la plática. Recordó las palabras de la bruja. "Un mediador soporta el terror". No le gustó imaginarse a sí mismo soportando ningún terror.

—*El terror no tiene nada de creencia, Mendhoza. El terror es certeza. Si alguien siente verdadero terror es porque, en su interior,* SABE, RECONOCE *que algo malo está por venir. Y se prepara para ello. Muere o sobrevive, no tiene más opciones.*

Sergio se sintió mareado de nuevo. Reconocía su propio temor. Lo que decía Farkas parecía, ahora, una amenaza. Como un acto reflejo, desconectó el cable del teléfono del CPU. Quedaba así, aislado por completo del ciberespacio. Y, con todo, de alguna manera sabía que eso no detendría a Farkas.

—*Ya aprenderás* —continuó Farkas, a pesar de que Sergio ha-

bía desconectado el módem—, *que ser mediador tiene sus ventajas.*
Y la principal tiene que ver con el terror, precisamente. Cuando experimentes por primera vez el terror verás a qué me refiero.

Sergio presionó el botón de la computadora y la apagó "en caliente", es decir, pulsando el botón del CPU sin antes abandonar los programas. Inmediatamente recibió un mensaje en su celular.

—*No importa si estás listo o no. La maquinaria está andando.*

Arrojó su celular hacia una de las paredes, consiguiendo que se desarmara, que el chip, la batería, la cubierta, cayeran regados por todo el cuarto.

—¡DÉJAME EN PAZ! ¡DÉJAME EN PAZ!

Sentía que le estallaba la cabeza. Necesitaba aire fresco. Necesitaba recordar que había un mundo real allá afuera, uno que no formaba parte de esa pesadilla. Tomó a la carrera su suéter de la escuela y sus llaves. Abandonó el departamento, bajó a toda prisa las escaleras. Se refugió en la calle, entre las decenas de personas que no lo conocían y que le recordaban que sí había vidas comunes y corrientes, vidas que podían tolerar el miedo, vidas que no tenían que conocer nunca el terror.

A lo lejos vio al hombre del abrigo, aquel pordiosero en el que había creído ver la sombra de un monstruo. Sintió miedo, sí, pero ahora veía que podía, de alguna manera, controlarlo. Como si pudiera extraerlo de sí mismo y tomarlo con sus manos, se dio cuenta de que podía medirlo, pesarlo, utilizarlo.

"Hacer uso del miedo... como haría un mediador."

Apenas se sintió más tranquilo, caminó hacia la plaza, hacia la estatua de Giordano Bruno. Se sentó frente a ella, aunque no se animó a hablarle. Poco a poco la mirada del monje consiguió que empezara a sentirse mejor. Poco a poco, Sergio dejó de sentir miedo.

* * *

Guillén tuvo que admitir que se encontraba en un bache, pues no sabía hacia dónde dirigir las investigaciones, que era un poco como admitir que estaba perdido, derrotado, sin rumbo. Al despertar esa mañana comprendió que, en tales circunstancias, daba lo mismo actuar que quedarse inmóvil y por ello decidió no presentarse en la delegación de policía por ese día. La necesidad de organizar sus ideas terminó por conducirle a organizar su casa, que últimamente parecía un reflejo de su caótico estado de ánimo: había ropa sucia en el comedor y restos de comida en la recámara, montones de correspondencia sin abrir y reparaciones domésticas que urgía atender.

Puso manos a la obra y, en unas cuantas horas, ya había concluido todo lo importante. Una cosa lo llevó a la otra y se sorprendió a sí mismo, a media tarde, con un cigarro entre los labios, sentado en el suelo de su recámara, revisando papeles viejos. Dio con sus certificados escolares, la música que le gustaba de joven, sus viejas historietas... Luego, con fotos de sus difuntos padres, de sus amigos de la juventud y de algunas novias del pasado. Como un balde de agua fría lo golpeó el convencimiento de que toda su vida personal se remitía a recuerdos; cada día que pasaba, hablaba y convivía con menos gente. "Cochina vida de policía", pensó, súbitamente consciente de lo poco satisfactorio que era su oficio para él en los últimos días.

Levantó su boleta de la escuela primaria. Su propio rostro infantil lo miró desde el cartón. Toda su vida había querido ser policía. Desde que tenía memoria, había querido ser un guardián de la ley. Podía verse a sí mismo, de doce años, diciendo con orgullo que sería policía. Luego, a los quince. Y al fin, a los veinte, cuando entró en la academia. En cambio ahora, a sus cuarenta y tres años, gordo, fumador e hipertenso, ya no estaba seguro de nada. Ya no se acordaba para qué quería portar una placa, cargar un arma, pelear por el bien. Se sintió súbitamente cansado. Se imaginó a sí mismo buscando trabajo de cualquier otra cosa, siendo una persona común y corriente, viviendo una vida con menos sangre y pólvora en ella.

Miró en derredor. Su cuarto vacío y silente, su propia estampa derrotada en el espejo de cuerpo entero que lo confrontaba.

"Mírate, Guillén. ¿Para qué demonios elegiste ser policía?"

Su teléfono celular lo sacó de sus cavilaciones. Temió que fuera un mensaje de la delegación, uno en donde se le informara que ya había ocurrido el cuarto crimen mientras él perdía el tiempo revisando fotos antiguas. Por el contrario, se trataba de uno más de aquellos mensajes anónimos que se habían detenido después de la cuarta pregunta, uno de aquellos mensajes que siempre venían de algún teléfono imposible de localizar. Lo leyó e, instintivamente, marcó un número.

En el mensaje se consignaba una dirección y un nombre. En cuanto le contestaron del otro lado de la línea, exclamó:

—Sargento, mande dos unidades a la calle de Roma, en la colonia Juárez, frente a la plaza de Giordano Bruno. Yo lo alcanzo ahí. Vamos a hacer una visita a un tal Sergio Dietrich Mendhoza que seguramente tiene algo que ver con los crímenes.

Segunda parte

Capítulo nueve

Sergio hablaba con Jop por el teléfono inalámbrico cuando escuchó el ruido de las sirenas. Se asomó por la ventana de su cuarto al instante.

—¿Qué pasa? ¿Qué es ese ruido? —preguntó Jop.

—Acaban de llegar dos patrullas con la torreta y la sirena encendidas. Se pararon aquí enfrente.

—¿Van a tu edificio? ¡Guau!

De las dos patrullas se bajaron cinco policías armados. Entre todos hicieron una valla para impedir que nadie entrara o saliera del edificio. Sergio asomó la cabeza por la ventana para no perder detalle. Entonces llegó una nueva patrulla, ésta sin armar tanto alboroto. De ella se bajó un hombre robusto con ropas de civil. Llevaba en la mano un cigarrillo.

—Acaba de llegar otra patrulla.

—Se me hace que se va a armar la gorda.

El hombre que recién acababa de llegar se paró al lado de los otros policías y éstos señalaron a la parte alta del edificio. Sergio metió al instante la cabeza.

—No me gusta cómo pinta esto. Luego te llamo.

—¡No! ¡No me puedes dejar así, Serch! ¡No pued

Sergio colgó el teléfono y se sentó a la computadora. Comenzó a revisar su tarea de las partes de la célula para concentrarse en otra cosa. Lo que pasaba fuera de su casa no le gustaba nada. "¿Miedo?", se preguntó. "Probablemente". Pero no sabía explicarlo. No había ninguna razón lógica para sentir miedo. Siguió revisando su esquema de la célula. Luego, sacó su libro de matemáticas y se puso a resolver los ejercicios que le habían encargado. Pero el cosquilleo en la unión de la pierna ortopédica y su rodilla lo delataba.

Sí, tenía miedo.

Prefirió dejar lo que estaba haciendo y salió de su habitación. Se acercó a la puerta de entrada del departamento y aguzó el oído. Sabía que los policías entrarían en cualquier momento al edificio. Quería estar al pendiente para oírlo todo. Se imaginó con complacencia que se llevaban al vecino del piso inferior, el que no cesaba de golpear el techo con una escoba cuando Sergio practicaba la batería.

Se sentó en una silla del comedor y esperó. El segundero del reloj de pared era el único sonido audible.

Entonces, todo se desató. En un par de segundos se escuchó cómo forzaban la puerta de la calle. Luego, un ruido apresurado de pies subiendo las escaleras. Al final, golpes.

Golpes frenéticos… en su propia puerta.

Los ojos de Sergio se dilataron al máximo. Su corazón latía con fuerza. Un temblor en las manos lo acometió. Por un breve instante imaginó que lo que estaba sintiendo tenía que parecerse mucho al terror. "¿Qué? ¿Qué pasa? ¿Por qué tocan aquí? Debe haber una equivocación", se dijo.

Más, más golpes.

—¡Sergio Dietrich Mendhoza! ¡Abre la puerta! ¡Es la policía!

Al escuchar ese nombre sintió un golpe de adrenalina. Nadie en el mundo conocía ese nombre. Nadie. Excepto…

Corrió a la cocina y se salió al balconcito que asomaba al patio del estacionamiento del edificio. Luego, entró al cuarto de la lavadora. Ahí, sacó su celular, recompuesto con cinta adhesiva. Seleccionó a Alicia en su agenda y llamó. "Contesta, contesta, contesta", dijo repetidas veces, a sabiendas de que su hermana a veces estaba en alguna práctica o en una reunión importante y no le contestaba inmediatamente. El teléfono sonó cuatro, cinco, seis veces.

—Más vale que sea importante.

—¡Alicia! ¡Creo que mi papá ya dio con nosotros!

Hubo una muy breve pausa.

—¿Por qué? ¿Qué te hace pensar eso? —Sergio percibió que el tono de voz de su hermana ahora era de preocupación.

—Porque hay unos policías allá afuera. Y preguntan por Sergio Dietrich Mendhoza.

Nadie en el mundo conocía ese nombre. Ambos habían renunciado al apellido de su padre desde que habían escapado de él. Se habían quedado con los dos apellidos de su madre, Mendhoza Aura, principalmente por dos razones: para que su progenitor no pudiera encontrarlos nunca y para no conservar nada de él, ni siquiera su nombre. No había registros en todo el mundo, según Alicia, de que antes se apellidaban así, Dietrich.

—Alicia... tengo miedo —admitió Sergio.

—Si puedes evitarlo, no les abras. Voy para allá —dijo. Y colgó el teléfono.

Sergio no sabía qué hacer. En el pequeño y oscuro cuartito de la lavadora se sintió seguro. Quería desaparecer. Quería que todo eso pasara sin tener que participar de ningún modo. Quería que Alicia volara hasta ahí. Alcanzó a escuchar nuevamente la voz de la policía:

—¡Sabemos que estás ahí, Dietrich! ¡Abre o tiramos la puerta!

Se preocupó. Si tiraban la puerta terminarían por encontrarlo. Y el que lo encontraran escondido como si fuera un criminal no le ayudaría en nada. Decidió volver a la estancia. Los golpes de los policías hacían estremecerse a la puerta. Se acercó con sigilo. Se atrevió a decir:

—Aquí no hay nadie con ese nombre.

En el fondo era cierto. En todos sus documentos aparecía como Sergio Mendhoza Aura. Podría fácilmente negar su verdadera identidad si quería. Dio un largo suspiro. Se preparó para lo que viniera. "Miedo, sí", se dijo. "El daño puede o no ocurrir". Y se animó a pensar que el daño, el peligro, lo que sea que estuviera acechándolo, no tenía *necesariamente* por qué ocurrir.

Guillén, del otro lado de la puerta, se mostró consternado. No esperaba oír la voz de un niño. Pidió con un gesto a los policías que dejaran de golpear.

—Abre —dijo, más calmado—. No te haremos daño.

Sergio se acercó a la puerta y abrió. Guillén no contaba con ver a un muchacho en uniforme de escuela secundaria, con los ojos oscuros tan brillantes, en una actitud tan aparentemente tranquila.

—Espérenme abajo, muchachos —ordenó a los uniformados.

—¿Qué pasa? —preguntó Sergio.

El teniente ingresó al departamento y cerró la puerta tras de sí.

—¿Cómo te llamas, muchacho?

—Sergio Mendhoza Aura.

El teniente forzó un gesto de descontento. Nada en ese departamento le parecía que tuviera algo que ver con los crímenes. Fue hasta la sala y se sentó. Estaba seguro de que había sido víctima de una broma absurda.

—¿Qué tienes que ver con Jorge Rebolledo Ávila? ¿Con Adrián Romero Hernández? ¿Con José Luis Rodríguez Otero? —preguntó sin ganas. Se frotó los ojos mientras lo hacía. Ya temía una de esas terribles jaquecas.

—¿Con quiénes? —preguntó Sergio, desconcertado.

El teniente, por fórmula, repitió los nombres. Pero ya sabía la respuesta. Después de tantos años de investigar crímenes, sabía decir, con la pura mirada, quién era capaz de asesinar a sangre fría y quién no. Y ese muchacho… la sola idea era completamente absurda.

—Nada. No sé quiénes sean —dijo Sergio.

—¿Quién es Sergio Dietrich Mendhoza? ¿Un pariente tuyo?

—No —mintió Sergio—. No sé quién sea esa persona.

El teniente Guillén volvió a ponerse de pie. Suspiró largamente. Reconocía que estaba más atorado que nunca y que, además, ya respondía a las provocaciones que le hacían por teléfono celular como si fuera un animalito de laboratorio. Se imaginó al anónimo individuo que tanto lo molestaba con mensajes y preguntas riéndose de buena gana. Se recargó en una de las paredes y observó a Sergio con los brazos cruzados. Algo bueno tendría que salir de eso. Algo. Tal vez si comenzaba por identificar a los enemigos del muchacho podría obtener una pista. Sólo un enemigo le gastaría una broma así a alguien, aunque se tratara de un niño.

—¿Tienes idea de por qué alguien te jugaría una broma como ésta?

—¿Qué broma?

Guillén le mostró el mensaje en su teléfono celular. El que indicaba la dirección y el nombre.

—Supongo que el que me envió dicho mensaje —continuó Guillén—, erró tus apellidos. Pero se refiere a ti o a tu padre. Por cierto, ¿dónde está?

—Murió —se apresuró a decir Sergio—. Mis dos padres están muertos. Yo vivo aquí con mi hermana Alicia, que no tarda en venir.

—Mmhhh…

Guillén se paseó por la estancia. Se asomó a la cocina. Un poco a las habitaciones. Excepto por la existencia de la batería, el cuarto de Sergio le pareció bastante común. Algo tendría que salir de bueno de eso. Algo. Volvió a la sala y se sentó nuevamente.

—Ven, te voy a contar algo. Tal vez me puedas ayudar a descubrir por qué me enviaron a esta dirección.

Sergio ocupó el sillón frente al sofá en que se había sentado el teniente. Y hasta ese momento notó el oficial que el muchacho no tenía una pierna. No obstante, no hizo ningún comentario.

—Tienes que prometerme ser muy discreto. Y… valiente, tal vez.

Sergio sintió una punzada. Se le ocurrió que el teniente tal vez no había llegado hasta ahí por casualidad o por error. Asintió, un poco temeroso.

—Han estado ocurriendo unos crímenes espantosos. Crímenes de muchachos que tienen más o menos tu edad.

El escalofrío.

—No te asustes. Supongo que tengo que contártelo. Se trata de un mismo asesino. Secuestra a los niños, les da muerte y, después de uno o dos días, entrega a los padres sus ropas y su esqueleto en una bolsa. Todo menos el cráneo.

—¿El cráneo? —preguntó Sergio.

—El siquiatra de la policía opina que las calaveras son como trofeos. Por eso las conserva.

Sonó el teléfono y Sergio, distraídamente, contestó.

—¡Checho! ¿Ya viste que la policía está rodeando tu edificio?

—Sí, Brianda. De hecho están aquí.

—¿Por qué? ¿Qué pasó? ¿Estás bien?

—Sí. Luego te cuento. Por ahora tengo que colgar.

Volvió a su lugar en el sillón. El rostro de Guillén seguía mortificado. Retomó su línea de diálogo, casi con desgano.

—Cada vez que comete un crimen, el asesino deja una nota que dice lo mismo "Todo ocurre por una razón". Y firma "Nicte". Estuve investigando. Nicte es la diosa de la noche en la mitología griega.

—Ah.

Los parcos asentimientos de Sergio hacían que el oficial se sintiera aún más decepcionado. A cada respuesta del muchacho se convencía más de que nada bueno conseguiría de ese diálogo.

—De todo lo que te he contado… ¿hay algo que te dé un indicio, que te sugiera cualquier cosa? —cuestionó Guillén.

—¿Algo como qué?

Era obvio que se trataba de una broma, una trampa, alguna jugarreta. No quería seguir perdiendo el tiempo. Era verdaderamente absurdo.

—No. Como nada. Olvídalo. —Se puso de pie. Entonces recordó que había algo más. Sacó su teléfono celular y, en el buzón de entrada, buscó los mensajes anónimos. Fue directamente al primero.

—Una persona me ha estado mandando mensajes al celular —explicó—. El primero decía esto.

Lo mostró a Sergio, quien leyó: "Sólo hay un modo de que detengas esto". El teniente avanzó entonces al siguiente mensaje significativo, la pregunta.

—Después me envió esto.

Sergio tomó el teléfono y leyó en voz alta.

Un mujer espera el amanecer frente a su casa. A las veinticuatro horas sale su esposo por la puerta con un saco y se despide de ella. ¿Qué contiene el saco?

Sergio reflexionó por un segundo.

—¿Qué tiene esto que ver con lo que me contó?

—No sé. Hay otras tres preguntas del estilo. Parecen acertijos absolutamente inconexos. Pero no sé qué tengan que ver con los crímenes. Y la verdad no tengo idea de cuál podrá ser la respuesta. ¿Quieres ver las otras preguntas?

Sergio se encogió de hombros.

—No le veo el caso.

Guillén regresó el teléfono a su funda. Forzó una sonrisa.

—Tienes razón. No tiene caso.

El teniente no tardó en desaparecer tras la puerta y Sergio se sintió mal automáticamente. Caminó hacia su habitación arrastrando los pies como si tantas emociones lo hubieran devastado. Pero no era así. Era otra sensación la que lo hacía mostrarse tan abatido.

Era algo, tal vez, demasiado simple.

Sabía la respuesta a la pregunta que le había mostrado el policía.

Pensó en ponerse a pegarle a los tambores pero no se animó. Quería entender por qué le había sido tan fácil darse cuenta del truco del acertijo. Sabía, sí, que a veces veía cosas que otros no, pero en una pregunta disparada tan a quemarropa era otra cosa. Se sentó en la batería y dio un golpe a la tarola con una mano. "Está bien. Sé la respuesta. ¿Y?", se dijo, tratando de sacudirse el malestar.

En realidad lo que lo atormentaba era suponer que no le había dicho nada al oficial porque tenía... sí, porque tenía miedo. Porque en el fondo prefería la cómoda indiferencia, el fácil desentendimiento, la apatía. Actitudes todas, en cierto modo, cobardes.

En su mente aparecieron entonces los huesos de los niños asesinados, sus nombres, sus posibles rostros, la idea de que las víctimas hubieran podido ser sus amigos, sus compañeros de escuela, él mismo. Supo al instante que los crímenes le producirían pesadillas por mucho tiempo si no hacía algo al respecto. "Un mediador... observa". "Un mediador... soporta el terror". "Un mediador... mantiene a raya a los demonios".

—¡Maldita sea! —pateó el bombo, plenamente consciente de que, después de eso, no habría marcha atrás.

Corrió hacia la ventana y se asomó. El teniente Guillén estaba a punto de subir a su patrulla. Ya había despedido a los demás policías.

—¡Juguetes! —gritó Sergio.

—¿Qué? —dijo Guillén, mirando hacia arriba.

—¡Juguetes! —repitió Sergio—. ¡Lo que hay en el saco son juguetes!

Nicte, cuarta labor

Nicte, desde su camioneta, observaba al niño que había seguido desde su casa hasta ahí.

Mientras tanto, escuchaba las noticias en la radio del vehículo. Se preguntaba por qué no habría ninguna referencia a sus crímenes, por qué ningún noticiero hacía una sola mención. Aunque eso favorecía sus maniobras, también le causaba curiosidad. Era imposible saber si la policía tenía pistas o estaba totalmente confundida.

Levantó la vista y notó que Celso Navarro Castrejón, el cuarto, conectaba una pelota con su bat de béisbol. Inmediatamente echó a correr a la primera base. Llegó de pie, sin problemas. El muchacho era bueno para el béisbol. Así como probablemente el tercer niño fuera bueno para el karate. O los dos anteriores fueran buenos para el futbol y las actividades propias de un scout. Nicte jamás se enteraría. De todas maneras, no era eso lo importante. "Lo importante es el dolor. El dolor".

Metió la mano a su cartera y extrajo la fotografía. Sabía que no tardaría en concretar la cuarta labor. Y eso, la certeza de saberse en buen rumbo, era una sensación gratificante. Luego, extrajo las otras fotografías. Fijó sus ojos en el séptimo, el niño que había dejado para el final porque era el caso más difícil. La memoria le resultaba amarga y eso le enardecía la sangre. Hubiese querido concretar toda su misión esa misma tarde, terminar con todo de una buena vez. Pero no podía. Hacía falta paciencia.

Celso aprovechó un error del pitcher y corrió a la segunda base.

Nicte se sorprendió pensando, mientras golpeaba el volante con los dedos de ambas manos: "¿De dónde voy a sacar un niño al que le falte una pierna?" "¿De dónde?"

Esa sería la séptima víctima, la conclusión, el fin de los crímenes.

Temía cuando llegara ese momento. Temía que no pudiera concretar lo que se había propuesto desde el inicio. Temía no dar con tan especial víctima y tener que renunciar al éxito en su misión. Sintió nuevamente que le hervía la sangre, que algo en su cabeza retumbaba. Miró con insistencia a Celso, moreno y de cabello rizado, un poco regordete, un poco bajito, simpático al primer golpe de vista, perfecto para la cuarta labor. Se imaginó que bajaba de la camioneta, que lo saludaba a la distancia, que el muchacho sonreía, que aceleraba el final.

Se deleitó pensando en el momento en que rebasara la línea imaginaria de la mitad. Cuando pudiera decir, solemnemente: "Siete menos cuatro da tres".

Apagó la radio.

Siguió esperando.

Capítulo diez

Guillén volvió a entrar al edificio. Ya subía por las escaleras cuando se le ocurrió que tenía que verificar. Se detuvo en el descansillo del primer piso y contestó al mismo número desde el cual le habían enviado la dirección de Sergio. *"Respuesta a la primera pregunta: Juguetes"*. No tardó en llegar la contestación. *"Acertado"*.

Guillén se encontraba sumamente emocionado. No terminaba de creer que el muchacho hubiera dado tan rápido con la respuesta cuando él había estado varios días dándole vueltas y preguntando a todo el mundo sin obtener más que puras adivinanzas sin fundamento. Llamó a la puerta.

—Pase —dijo Sergio. No podía dejar de pensar que, si ayudaba al policía, estaría traspasando una barrera, un punto sin retorno. No habría vuelta atrás. Al menos, por el momento, no tenía miedo.

—Acertaste —fue lo primero que dijo Guillén—. Lo acabo de corroborar. —Jaló una de las sillas del comedor para sentarse. Sergio hizo lo mismo.

—¿Cómo supiste? —preguntó Guillén, que ya buscaba en su celular la segunda pregunta. Sonó el teléfono de Sergio.

—Sergio, el tráfico es una porquería. Estoy atorada en Reforma —dijo Alicia.

—¡Discúlpame! ¡Debí llamarte antes! —respondió Sergio—. Ya no hay necesidad de que vengas.

—¿Por qué?

—Falsa alarma. Si quieres te cuento en la noche.

—Sergio, no tengo tiempo para estas tonterías, en serio.

—Discúlpame. Creo que me confundí.

Alicia colgó, molesta, sin despedirse. Sergio miró a Guillén apesadumbrado. Éste aprovechó para presentarse.

—Soy el teniente de policía Orlando Guillén. Perdón por no haberme presentado antes, pero comprenderás que todo este asunto me tiene con la cabeza en las nubes.

—El hombre es Santa Claus —dijo Sergio en respuesta.

—¿Cómo dices?

—La respuesta a la pregunta. Lo que lleva el hombre en el saco son juguetes porque el hombre es Santa Claus.

Guillén no atinaba a deducir de dónde había sacado Sergio la respuesta. Sentía el corazón agitado y la cabeza llena de entusiasmo. Quienquiera que lo hubiera puesto en contacto con Sergio sabía que no era un niño común y corriente. Tal vez fuera justo lo que necesitaba para investigar el caso.

—Explícame, por favor —suplicó el teniente.

—Porque sólo en el polo norte o en el polo sur puede alguien esperar veinticuatro horas a que salga el sol. Un hombre con un saco… en alguno de los dos polos… seguro se trata de Santa Claus.

Guillén no dejaba de mirarlo, suspicaz.

—El día dura seis meses en los polos. Igual que la noche —abundó Sergio.

—¿Eres una especie de sabelotodo?

—Eh… no creo. Tengo buena memoria y sé poner atención. Es todo.

Guillén se mostraba receloso.

—¿Podrías ver las otras preguntas?

Sergio todavía no sabía si estaba siendo útil o si sólo estaba agrandando la posible broma que había llevado a la policía hasta su casa.

—¿Quién le hace estas preguntas? —preguntó. El que estuviera detrás de ellas tendría algo que ver, por fuerza, con el asesino. Y no le gustaba que dicha persona conociera su verdadero nombre y su dirección. No se quitaba de la cabeza que cierto personaje anónimo con el que tenía contacto por Internet podía estar involucrado, no sólo en el asunto de los mensajes sino también en el de los crímenes.

—Siempre que investigamos el número del que surgen estos mensajes nos enteramos que el celular fue robado o no existe.

Sergio asintió en silencio. Sonaba muy similar a lo que él había experimentado en los últimos días. Guillén le acercó el teléfono nuevamente.

—Aquí se trata de completar una serie —confesó—. Ninguna de nuestras computadoras ha podido adivinar la secuencia.

I E E ... A A O ...O I O ...

Sergio fue a la cocina y volvió con un vaso de agua. Tomó despacio de él y, repentinamente, dijo:

—Dos letras. "U" y "E".

—¿Estás seguro? —preguntó el teniente—. La verdad... yo no lo creo... porque vamos... si tomamos en cuenta que son tres grupos de tres letras...

Sergio asintió y el teniente, aunque confundido, se apresuró a mandar la respuesta. El mensaje anónimo no tardó en llegar: *"Acertado"*.

—Difícil de creer —dijo el teniente—. ¿Me explicas?

—No está basado en una secuencia lógica. Por eso las computadoras no pudieron resolverlo.

—¿Entonces?

—Son las vocales que corresponden a tres días de la semana. Viernes... sábado... y domingo.

—U y E —concluyó el teniente—. Claro. Lo que sigue al domingo es...

Guillén se rascó la cabeza. Estaba azorado. Sin decir nada pasó nuevamente el teléfono a Sergio.

El rey se enamoró de La Duquesa después de verla competir. Ambos estaban orgullosos de su linaje y su sangre pura. Lamentablemente, un día antes de morir, La Duquesa cayó en una zanja y se rompió el fémur. A los pocos días murió. ¿Quién la mató?

—El veterinario… supongo —respondió Sergio en cuanto terminó de leer en voz alta, sin siquiera tomar agua ni aguardar un segundo.

—¿Qué? —replicó Guillén.

—Me imagino que la duquesa es una yegua, no una persona.

Aguardaron a la confirmación del destinatario anónimo. *"Acertado"*.

—Creo que empiezo a comprender —dijo el teniente.

—Que competía es la primera clave —comenzó a aclarar Sergio—: "Sangre pura o Pura sangre", la segunda. A los caballos de carreras los matan cuando se rompen una pata y no tienen remedio.

—La cuarta pregunta —sentenció el teniente mientras le pasaba el teléfono a Sergio.

¿Cuánto miedo puedes soportar?

Sergio aventó el celular. Se puso de pie instantáneamente. Era como una firma. Ahora veía quién, efectivamente, estaba detrás de los mensajes.

—¿Pasa algo? —preguntó Guillén, inquieto—. ¿Hay algo raro con esa pregunta?

Sergio no quiso admitirlo. Se recargó en el respaldo de la silla.

—No. Nada. Es que… no parece un acertijo.

—Cierto. No parece —admitió Guillén, para, acto seguido, leer él mismo:

¿Cómo evitas que mueran los santos inocentes?

Sergio se desconcertó. No era esa la pregunta que había observado la primera vez. Tomó el celular de las manos del teniente y confirmó que, en efecto, se trataba de una pregunta distinta. Incluso se animó a buscar, entre los mensajes del teniente, aquel que le había causado el sobresalto. No lo encontró por ningún lado.

—¿Tienes idea de cuál es la respuesta? —preguntó el teniente.

—No. No se me ocurre nada —dijo, apesadumbrado. Sentía en su interior algo muy similar al miedo, pero con la sutil diferencia de que le parecía que podía controlarlo con sólo proponérselo. Miró en su derredor. Algo le decía que Farkas estaba observando. "No te tengo miedo", pensó. "Ya no te tengo miedo". No tardó en calmarse.

—No importa —dijo Guillén poniéndose de pie—. Para mí es suficiente con las tres primeras. ¿Puedo pedirte que me acompañes a la delegación de policía?

Sergio no pudo evitar sentir que estaba por traspasar una puerta que se cerraría para siempre detrás de él, como cuando había roto cierto sello en el que, por siglos, se habían confrontado un demonio y una espada.

Nicte, cuarta labor

No se desesperaba. Sabía que todo debía seguir su curso. Miró las fotografías, los cuatro niños que faltaban en el recuento, los cuatro que aún debían sumarse a la lista. Un varón. Dos mujeres. El muchacho especial, sin una pierna.

Siguió observando a través del vidrio. Se imaginaba que su ventana era como una bola de cristal. Podía ver cosas que otros no. Podía ver a cualquiera sin que éste descubriera que estaba siendo observado.

Se imaginaba que cumplía su misión y podía, al fin, descansar, dejar de soñar con los siete pares de ojos infantiles que aparecían en sus sueños.

Una lágrima salió de los ojos de Nicte. El recuerdo era triste, difícil de soportar.

Siguió observando, pacientemente, a través de su "bola de cristal". Sonaba un nuevo concierto de piano en las bocinas. Uno de Edvard Grieg.

Capítulo once

Brianda y Jop se saludaron con ese ritual de manos tan extraño que Sergio nunca había podido entender.

Los había citado a ambos en la plaza de Giordano Bruno para contarles todo sin tener que repetir la historia. Jop consiguió permiso de su papá para que el chofer lo llevara y recogiera en ese mismo punto, por eso fue tan puntual. Brianda simplemente se salió de su casa en cuanto vio, por la ventana, que ya habían llegado los dos alumnos de la escuela Isaac Newton, ambos todavía con el uniforme puesto. Ella, para variar, portaba su tutú de ballet, un pantalón de mezclilla y tenis toscos.

—Bueno, ¿ahora sí me vas a contar o qué? —reviró Jop hacia Sergio. Su amigo le había estado posponiendo el relato durante todo la mañana en la escuela. Ya no podía con la curiosidad.

—Sí, cuéntanos, porfa —suplicó también Brianda, que no lo había visto ni había podido hablar con él desde que el teniente se lo había llevado a la delegación.

—Siéntense —dijo Sergio, haciéndoles un huequito en una banca en la que ya tenía tres fólders apilados—. Primero tienen que prometer no decirle a nadie, pero de veras a nadie, lo que les voy a contar. Ni a sus papás ni a sus hermanos ni a nadie. Ni siquiera a sus mascotas o a sus muñecas —miró con firmeza a Brianda.

—¿Ni siquiera a Giordano? —dijo ésta.

Sergio miró al monje. La mirada tranquilizadora de la estatua lo hizo consentir.

—Pero con nadie más.

—Palabra de honor —dijeron los dos, ansiosos. Jop se cruzó el pecho con un ademán.

—Han estado ocurriendo unos crímenes horribles aquí en la colonia Juárez —fue con lo que inició Sergio—. Ya han asesinado a tres niños de la misma manera.

Les narró, durante varios minutos y con toda precisión, lo que le había contado el teniente en su oficina el día anterior.

—¿Y a ti para qué te quieren? —preguntó Jop en cuanto Sergio concluyó su relato.

—El teniente quiere que revise los expedientes —dio una palmada a los tres fólders que estaban sobre la banca—. Para ver si detecto algo raro, algo que los pueda ayudar a identificar al asesino.

—¿Quieres que te ayudemos? —preguntó Brianda.

Sergio dudó pero acabó por entregar un fólder a cada uno de sus amigos. En cada uno de los expedientes estaba todo lo relacionado con los niños muertos, su nombre, sus estudios, su dirección, algunas fotografías. Al poco rato Brianda cerró el que le tocó a ella, el de José Luis Rodríguez. Sergio comprendió, por el cambio en su rostro, que involucrarlos había sido una mala idea.

—¿Qué pasa? —le preguntó Jop a Brianda.

—Yo conocía a este niño —respondió gravemente.

Sergio detectó miedo en su mirada y se arrepintió de no haber tomado con seriedad su encomienda. Le quitó el fólder de las manos.

—No sabía que se había muerto —exclamó Brianda, asombrada—. Tomaba karate en la escuela en la que yo tomo danza. Luego, creo que se fue a otra escuela, por eso lo dejé de ver hace como medio año. ¡Qué feo!

Las fotografías de José Luis la habían impresionado. Había sido como ver a la muerte a los ojos. Cuando Sergio contó la historia fue como oír un relato de miedo de esos que se cuentan por diversión alrededor de una fogata o a mitad de un apagón; de pronto, las cosas habían cambiado. Se trataba de una historia real, verídica, algo que podía pasar en cualquier momento. Brianda se percató de que el asesino estaba suelto y podía ir en contra de cualquier niño. En contra de cualquiera de ellos tres.

—¿Por qué niños? —preguntó como si hubiera escuchado apenas que las víctimas, todas, eran menores de catorce años.

—Nadie sabe —admitió Sergio.

—¿Por qué *estos* niños? —insistió Brianda. En su mirada seguía habiendo verdadero espanto. Si el asesino había escogido a José Luis, podría escogerla también a ella.

—Mejor hagamos otra cosa —dijo Sergio, tratando de parecer jovial—. Vamos por unas papas y luego a Insurcentro, la plaza nueva que abrieron del otro lado de Insurgentes, ¿qué les parece?

Pero tanto Jop como Brianda ya tenían una sombra de pesimismo metida en los ojos. Parecieron coincidir en sus pensamientos cuando Jop le preguntó a Sergio:

—¿Por qué quiere la policía que ayudes, eh, Serch? ¿Por qué tú?

En su pregunta había un tono lúgubre, un tono que delataba aprensión. Parecía que ambos comenzaban a darse cuenta que no podía haber nada bueno en que Sergio se involucrara en dicha investigación. Al principio sonaba emocionante; ahora, parecía terrible.

Sergio no pudo ocultar lo que sentía, la gran carga que pesaba sobre sus hombros. Miró al suelo, apesadumbrado. No sabía si abrir la boca o seguir soportando a solas todo lo que había vivido en los últimos días. "Sí, ¿por qué yo? ¿Qué rayos pasa conmigo?", se cuestionaba con mucha frecuencia. Y sólo podía pensar en una razón. Si algo había de especial en él, venía de muchos años atrás. Y eso que le había acontecido en el desierto, era lo más parecido a una explicación que podía encontrar.

Miró a sus amigos y, luego, hacia el frente, hacia ningún punto en particular, procurando dar con las palabras precisas.

—¿Saben cómo perdí la pierna? —preguntó.

Desde luego, él no tenía memoria de ello, pero había escuchado tantas veces el relato en boca de Alicia, que no tenía ningún problema en repetirlo como si lo hubiera vivido a una mayor edad que la que tenía entonces.

Comenzó a contar.

El embarazo de su madre iba ya en el último trimestre. Alicia tenía trece años en ese tiempo y, aunque la noticia de la venida del bebé la tomó por sorpresa, aguardaba con ansia y cariño su llegada. Eran una familia como cualquier otra. Vivían en una colonia del norte de la ciudad de México y, sin ser ricos, no tenían problemas económicos ni de salud. Alicia siempre se refería a esos años como los más felices de su vida; nada empañaba su dicha. Era aplicada en la escuela, iba a muchas fiestas, tendría un hermano...

Sin embargo, todo cambió cuando se enteraron los señores Dietrich de que el bebé que esperaban era un varón. Contra lo que se hubiera podido pensar, el señor Dietrich no tomó esta noticia con la supuesta alegría que debiera causar a un padre. Comenzó a trastornarse sin motivo aparente. Hablaba del pago de una deuda como si debiera dinero a la mafia. No dormía y empezó a faltar a sus obligaciones de padre y esposo.

Para los últimos meses del embarazo las cosas se complicaron aún más. El señor ya era otro, totalmente irreconocible. No perdía ocasión en agredir verbalmente a su mujer, a su hija y a quien se le pusiera enfrente. Incluso hasta pensó la señora que tal vez su esposo tuviera un problema de alcohol o de drogas, aunque en el fondo sabía que no era así, que lo que a éste le ocurría tenía que ver con algún extraño tipo de afección mental.

El parto, considerado de alto riesgo, se adelantó. Y, aunque el niño nació sano, la señora quedó muy delicada de salud. Alicia se recordaba a sí misma, en esos días, siempre de rodillas, rezando hasta el cansancio para que no ocurriera lo que a la postre aconteció.

A las pocas semanas del alumbramiento, la señora falleció con el niño en los brazos.

El señor Dietrich, hosco e indiferente, dejó a Alicia encargarse del bebé hasta que, una tarde aciaga de invierno, tomó el auto y la obligó a subir con el niño sin dar ninguna explicación. Tomaron la autopista hacia el norte y, a pesar de las lágrimas de su hija, nunca abrió la boca en todo el trayecto para dar razón de tan misteriosa y repentina travesía.

Se detuvieron en varios puntos de la carretera y, aunque Alicia nunca dejaba de atender a su hermano, le rompía el corazón ver que su padre no daba señales de querer aproximarse a éste, como si no se tratase de su propio hijo. En dos de esas paradas, gracias a pedazos de algunas conversaciones que sostuvo su padre por teléfono y que Alicia pudo escuchar subrepticiamente, concluyó ella que estaban siendo llevados para el otro lado de la frontera. Y que no les esperaba nada bueno en los Estados Unidos.

Una noche, mientras descansaban en un motel en Sonora, el señor Dietrich deliró en sueños. Su locura lo llevó a balbucear incoherencias. Hablaba, a ratos, en una lengua desconocida, una lengua que consiguió desatar los más ocultos temores en Alicia. Sintió, repentinamente, que ése que dormía a su lado ya no era su padre y, por tanto, no tenía ninguna obligación de obedecerlo. Tomó sus cosas y cargó a su hermano justo en el momento en que el hombre, en castellano, hablaba dormido con alguien. Claramente hacía tratos para entregarle a sus hijos.

Alicia siempre recordaría ésa como la peor noche de toda su vida. Decidió no correr por la carretera sino adentrarse en el desierto para evitar que su padre les diera caza en el auto. El frío era extremo, la noche, oscura; pero el miedo superaba a cualquier otro sentimiento que Alicia hubiera experimentado en sus trece años de vida.

Corrió todo el tiempo que pudo. Luego, caminó. Por último, presa del cansancio, se detuvo al cobijo de unos arbustos arropando a Sergio contra su cuerpo.

La despertaron los aullidos.

Un pavoroso sonido que hacía trepidar la llanura. No había luna. El frío era creciente. Una auténtica noche de pesadilla.

Se puso de pie y reinició la carrera, víctima de otro tipo de pánico. Ahora anhelaba volver a la autopista, abandonar ese yermo paisaje aterrador, dar con alguien y pedir auxilio. Pero, por más que corrió, jamás pudo recordar cómo volver sobre sus pasos. Los aullidos se escuchaban cada vez más cerca. Se recargó contra unas rocas y empezó a llorar. Se recordaba a sí misma llamando a su madre. Se recordaba a sí misma asombrada de un hecho inaudito: que el sueño de Sergio no había sido interrumpido durante toda la huida.

Repentinamente, la oscuridad cedió parcialmente. La luna asomó por entre las nubes y Alicia pudo distinguir un árbol lo suficientemente alto como para ponerse a resguardo. Corrió hacia él como si fuera la luz al final de un largo y estrecho túnel.

Recordaría después que, a punto de subir, habiendo atado a su hermano a su espalda con su suéter para poder trepar con ambas manos, el grito de Sergio se sobrepuso al silencio artificial de esa noche maldita. En un instante todo su mundo se vino abajo. Se volvió y vio, alarmada, a un lobo solitario que sostenía a Sergio de una pierna. El llanto incontrolable del bebé a mitad del desierto. Los ruidos que hacían las otras bestias al aproximarse.

No tuvo tiempo de pensarlo, de asustarse, de arredrarse ante la visión. Se descolgó del árbol y recuperó a su hermano, en ese momento de espaldas en la tierra. Fue cuestión de un segundo. La fiera lo había dejado caer, acaso para asestarle una última mordida mortal, acaso para contemplarlo y regocijarse en su agonía.

El suéter sobre los ojos amarillos del monstruo hizo el milagro. Y Alicia consiguió subir al árbol. Esta vez con una sola mano.

La sangre. El dolor. La noche. Todo formaba parte de una amalgama de recuerdos que Alicia llevaría a cuestas por años. La lucha con la hemorragia. La larga espera del amanecer. El rescate de aquel hombre que, con un disparo de arma larga, dispersaría a la manada. Un recuerdo que cada año sanaba un poco pero que jamás terminaría por disiparse.

El ambiente se tornó sombrío.

Sergio lo lamentó. Pero también comprendió que el contar su pasado lo acercaba más a sus amigos.

Una lágrima delató en Brianda la impresión que le había causado el relato. Se limpió de prisa la mejilla, como si se avergonzara de ser tan sensible.

—¿Por qué yo, Jop? No lo sé —explicó Sergio—. Pero porque

tampoco sé la razón de que pueda decirte que detrás de mí están dos señoras platicando, una lleva blusa azul con moñitos verdes, en una solapa tiene un prendedor de angelito, sus pantalones son color crema con una pequeña mancha de humedad del lado izquierdo, sus zapatos son azules y una de las correas está deteriorada, el peinado es de chongo con pasadores, creo que son cinco, y tiene los labios pintados de rosa, debe tener unos cuarenta años y está casada, porque lleva sortija en la mano izquierda.

Jop contempló a la señora que Sergio describía con tanto detalle sin verla.

—¿Tienes ojos en la espalda o qué? —preguntó.

—Soy muy observador. Eso es todo.

El chofer llegó a recoger a Jop, y se terminó la reunión. Los tres se despidieron con un abrazo, sin palabras, con el ánimo un tanto apagado. Brianda extendió un beso sobre la mejilla de Sergio y se tardó en dejarlo ir, pero tampoco dijo nada.

Sergio, ya en su casa, contempló a su amiga por algunos minutos desde la ventana de su habitación: se desahogaba con Giordano Bruno, tratando de darle sentido a tantas y tan fuertes impresiones de esa tarde. Acaso Sergio se hubiera quedado un poco más en la plaza con ella si no hubiera tenido la urgente necesidad de volver a su casa, prender la computadora y entrar al Internet.

—Da la cara, cobarde —dijo en voz alta mientras tecleaba su password para entrar al Messenger.

Pudo ver que Farkas tenía la sesión abierta. Así que comenzó a teclear sus reclamos, aunque algo en su interior le decía que daría lo mismo si hablaba con él de viva voz, como si estuviera ahí mismo, en su habitación, sentado sobre la cama.

No pudo concretar lo que estaba tecleando. Un mensaje de Farkas se sobrepuso en seguida a su escritura.

—*De antemano tres cosas que sé que te estás preguntando, Mendhoza. La primera: Aunque a ti y a mí nos une la sangre, No soy tu padre ni tengo nada que ver con él. La segunda: Yo no soy el asesino que está buscando la policía. La tercera: Sí, yo mandé los mensajes al celular del teniente.*

Sergio borró lo que estaba escribiendo. Se sentía aturdido. Tecleó rabiosamente lo primero que le vino a la mente. Puso todo en mayúsculas para que Farkas notara su ira.

—¿QUIÉN ERES? ¿POR QUÉ CONOCES MI VERDADERO NOMBRE?

—*Sé cosas, Mendhoza. Muchas cosas. Cosas que es imposible que otros sepan. Y las utilizo en mi conveniencia. Eso es todo.*

—¿QUIÉN ERES?????

—*Ya te dije. Llámame Tío Farkas.*

—¿QUIÉN ERES? ¿QUIÉN ERES? ¿QUIÉN ERES?????

—*Estaré detrás de ti, Mendhoza. No te dejaré caer. Cuando conozcas el terror, el verdadero terror, estaré ahí para no dejarte caer.*

—¡QUIEEEEEEEEN EEEEEREEEES!

—*Todavía tienes mucho que aprender, mediador. Mucho.*

La desaparición del icono del chat fue contundente. Se cerraron todas las ventanas. La pantalla quedó en oscuridad absoluta.

Sergio se arrojó de cara contra la almohada de su cama. Quería dormir, quería dejar de pensar, quería olvidarse de todo.

Nicte, cuarta labor

Fue al segundo día, cuando después de varias acechanzas, por fin estuvo solo el muchacho, al salir de su práctica de beisbol. Nicte lo encontró sentado sobre su mochila, recargado en la barda del campo enrejado.

—Eres buen segunda base.

Celso levantó la vista. Estaba jugando con su celular en lo que llegaban sus padres por él. Siguió apretando los botones.

—Gracias. Pero me gustaba más cuando estaba de *short stop*.

—Atajaste un par de bolas rápidas. No deberías quejarte. Eres bueno, te digo.

—El *coach* puso a Jorge Torres de *short* porque es su sobrino. ¿Cómo se llama eso?

—No sé. ¿Favoritismo?

—Sí. Eso.

Siguió jugando hasta que perdió una vida. Entonces volvió a levantar la vista.

—¿Alguno de sus hijos juega aquí?

—No. De hecho estoy aquí por ti.

El muchacho se puso alerta. Eso ya era bastante raro. Se echó un poco para atrás.

—Tú eres Celso Navarro Castrejón, ¿no es así?

—Sí, ¿por qué? ¿De dónde me conoce? —Celso estaba a punto de ponerse de pie, pedir auxilio.

Entonces Nicte abrió la camioneta. Entró en ella y, segundos después, volvió a la calle. Los ojos de Celso se iluminaron. Dejó el celular. Sonrió ampliamente.

Capítulo doce

La llamada de Guillén llegó justo antes de entrar al salón de clases, ubicado en el segundo piso.

—¿Sergio? Habla Guillén.

Sergio se sentó en su pupitre antes de contestar. Jop, a su lado, se dio cuenta de que era una llamada importante.

—Hola, teniente.

—¿Encontraste algo?

Sergio se avergonzó un poco. Había estado revisando los expedientes hasta bien entrada la noche, pese a que Alicia se opuso rotundamente. Y no había encontrado nada que le diera alguna pista.

—No, teniente. Perdóneme.

Hubo un breve silencio.

—Ayer desapareció un niño. Éste es de la colonia Roma. Creí que sería bueno que lo supieras —concluyó el teniente.

En ese momento entró la maestra de biología y Sergio pensó que nada de lo que vieran en clase podría ser tan importante como sumarse a la investigación. Pero también recordó el pleito que había tenido con Alicia por su decisión de apoyar a la policía. Lo último que necesitaba era bajar su rendimiento en la escuela.

—Tengo que irme, teniente. Ya llegó la maestra —dijo antes de colgar.

—¿Qué pasó? —preguntó de inmediato Jop, a pesar de que la maestra ya pedía que se acercaran a su escritorio para entregar las tareas.

—Ya desapareció otro niño —le informó Sergio.

Jop no supo qué decir. En la cara de su amigo se reflejaba lo terrible de esa noticia. Ese nuevo niño desaparecido podría, en poco tiempo, unirse a la lista de las víctimas.

Comenzó la clase y Sergio confirmó a los pocos minutos que no podía concentrarse. Sentía que debía dedicarle más al caso de los niños muertos. Recordó que, cuando estuvo en el despacho del teniente Guillén, éste había sido muy enfático en su súplica: "Hay que evitar a toda costa que esto crezca a cuatro."

Trató de apartar su mente de lo que decía la maestra respecto a las mitocondrias, el citoplasma y los ácidos nucléicos para volver a ocuparse, en su cabeza, de los expedientes de las víctimas. Probablemente había algo que no había notado, algo que podría poner las investigaciones en la dirección correcta. Pero por más que se esforzaba no hallaba ninguna clave. Al parecer, lo único que los tres niños tenían en común era que todos vivían en la misma colonia. Y también esa pista se había esfumado porque el nuevo —si es que estaba relacionado con el caso— no era de la colonia Juárez sino de la Roma.

—¿Por qué no apuntas nada? —le preguntó Jop.

—Mejor luego me prestas tus apuntes —respondió Sergio al momento en que levantaba la mano.

La maestra detuvo su explicación.

—¿Sí, Mendhoza?

—Necesito ir al baño.

—¿Tan pronto? —dijo ella, mirando su reloj. Todavía no pasaban ni veinte minutos de que hubiera iniciado la clase.

—Es que algo me hizo daño al estómago, yo creo —tuvo que mentir.

A su afirmación sonó una trompetilla del fondo del aula, Diego tratando de imitar un sonora flatulencia. Todos rieron en seguida.

—¡Silencio! —gritó la maestra—. Está bien, ve, Mendhoza. Pero rapidito.

Sergio se levantó y corrió hacia fuera del salón. En cuanto cerró la puerta tras de sí, se recargó de espaldas contra el barandal del balcón. No necesitaba ir al baño. Únicamente quería estar solo para pensar mejor. Pese a que se había acostado a las tres de la mañana, quería seguir meditando sobre el asunto. Sabía que el teniente Guillén confiaba en él y no quería defraudarlo. "Piensa, piensa…", se dijo. Repasó los nombres de los muchachos por centésima vez, los nombres de sus colegios, las direcciones de sus casas, el mapa que trazó en la guía-roji que le prestó su hermana. Nada arrojaba una verdadera pista.

Miró su reloj. Habían pasado dos minutos desde que salió del salón. No tenía mucho tiempo. Quería hallar algo en ese momento porque sabía que, si no lo hacía, las clases lo absorberían hasta el final de la mañana y sería imposible ayudar en nada al teniente. Perdería tiempo. Tiempo muy valioso para el nuevo niño desaparecido. Se recargó sobre el barandal, ahora viendo hacia el patio vacío de la escuela. "Piensa, piensa…"

Oyó un ruido a su derecha. Pasos apresurados.

Giró el cuello rápidamente y vio de reojo a un muchacho que bajaba las escaleras a toda prisa. Un muchacho rubio como de su estatura. Le pareció extraño por un detalle: no llevaba el uniforme de la escuela.

Se asomó por el balcón para ver si alcanzaba a ver al muchacho cuando apareciera por debajo del balcón. En efecto, al poco rato salió al patio corriendo. Era un muchacho delgado, de pelo rubio, que Sergio no había visto antes en la escuela. Portaba anteojos. Y llevaba mucha prisa por llegar… al baño, sí, del otro lado del patio. No llevaba uniforme sino ropa de diario. "¿Qué anda haciendo un niño que no es de la escuela aquí?", se preguntó.

Fue hasta que el niño llegó a la puerta del baño que Sergio advirtió algo que desde un principio le había hecho retumbar el corazón sin saber por qué: los anteojos. En la puerta del baño se detuvo el muchacho y volteó a ver a Sergio. El primer niño, la primera víctima, Jorge Rebolledo Ávila, también llevaba anteojos de armazón grueso… y se asemejaba en gran medida a ese extraño muchacho salido de Dios sabe dónde.

Miró su reloj. Ya había pasado mucho tiempo como para haber salido al baño y no haber vuelto. La maestra podría ponerle un reporte si se seguía demorando. Pero no podía quedarse con esa curiosidad, por muy extraño que pareciera todo el asunto. Además, el misterioso rubio no parecía querer quitarse de la puerta del baño, no le quitaba la vista de encima a Sergio, no ingresaba al sanitario. Era como si lo estuviera esperando. Los separaba una distancia de unos treinta metros. Y ambos estaban inmóviles.

Pensó en gritarle pero se arrepintió: si lo hacía, todo el mundo se enteraría y seguro hasta saldría algún maestro a regañarlo. Tuvo que apartarse del balcón y correr hacia abajo, hacia el patio. Tenía un mal presentimiento, uno nada grato. El parecido del muchacho con la primera víctima le decía que tenía que hacer algo al respecto. "A lo mejor es un hermano suyo y supo que yo estoy en la investigación y se coló a la escuela y..."

Detuvo sus pensamientos al mismo tiempo que interrumpió su carrera. Al llegar a la planta baja, vio que el objetivo de sus pensamientos ya no estaba en la puerta del baño.

Entró al sanitario tan rápido como pudo pero, en cuanto traspasó la puerta, se dio cuenta de que estaba solo. No había nadie ahí. Todo estaba en completo silencio. Sólo se escuchaba una pertinaz gotita de una llave de lavabo mal cerrada. "Creo que ya tengo alucinaciones", pensó. "Mejor me dejo de tonterías y me pongo a estudiar".

Para no quedarse con la duda, empujó las puertas de todos los privados, uno por uno, sólo para cerciorarse.

—Oye... niño... —se atrevió a decir en voz alta. Pero no obtuvo ninguna respuesta.

Se acercó a uno de los mingitorios y aprovechó para orinar. No podía quitarse de la cabeza que todo lo había imaginado. "A lo mejor sí tiene razón Alicia y es preferible que le diga al teniente que no puedo ayudarlo".

Terminó y bajó la palanca del mingitorio. Entonces volteó.

Un grito involuntario.

Detrás de él estaba el muchacho rubio de anteojos, mirándolo de cerca con una gran tristeza.

—Oye, me espantaste —dijo Sergio tratando de reponerse del susto.

En efecto. El parecido con la primera víctima era notable. Probablemente fuera su primo o su hermano.

—Tú no eres de esta escuela, ¿verdad? —preguntó Sergio.

Pero el otro no parecía interesado en articular palabra. Sólo miraba a Sergio con una gran, gran tristeza. Estaba tal vez demasiado delgado y demacrado. Sus ropas estaban sucias y rotas en algunas partes. En la mano derecha llevaba una extraña llave antigua con la forma de un león visto de perfil.

—¿Te sientes bien? —preguntó Sergio.

Pero era tarde. Sergio siguió su instinto y sintió miedo. Sabía que algo ahí no estaba bien. Que no estaba bien la semejanza que había detectado con la primera víctima o que no hubiera oído entrar al muchacho al sanitario. Sabía que no estaba bien esa mirada tan cargada de tristeza y rencor; el aspecto de todo su cuerpo, casi translúcido. Notó entonces que los ojos del muchacho no eran normales, que a cada segundo se tornaban más y más rojos. El escalofrío le recorrió la espalda. Le hizo sentir que los cabellos se le erizaban. No, no estaba preparado para nada como eso.

Trató de caminar lateralmente para intentar evadir la visión y echarse a correr fuera, pero el otro se interpuso al instante. Quiso gritar pero no pudo.

Ahora los ojos del muchacho eran completamente rojos. Ya no se distinguía en ellos el iris, sólo un profundo rojo brillante. Sergio quería apartar la vista pero no podía. Quería empujarlo y correr para poder salir del baño, pero sus piernas no le respondían.

De los ojos del aparecido empezó a brotar la sangre, un par de lágrimas rojas que le mancharon las mejillas y corrieron hasta su cuello. Levantó una mano e intentó tocar a Sergio, quien automáticamente se pegó contra la pared. El espectro abrió la boca y dejó salir un gemido sibilante, un horrendo chirrido. Sergio no podía quitarle la vista de encima. Estaba paralizado. Quería huir, y, a la vez, quería presenciarlo todo.

El del rostro sangrante soltó la llave con forma de león, se llevó las manos al vientre y, por sí mismo, como si desgarrara una fruta henchida, hizo saltar sus vísceras, sus órganos internos. Un borbotón sanguinolento abandonó su cuerpo y cayó a los pies de Sergio, salpicándolo todo. Sangre por doquier, un torrente inagotable, cientos y cientos de litros abandonaban el escuálido cuerpo de la aparición para ensuciar piso, paredes, espejos, lavabos, el rostro de Sergio.

El grito se volvió tan agudo que consiguió por fin que a Sergio se le escapara uno similar, uno que alcanzó a escucharse hasta el otro lado del patio, justo en el momento en que pudo cerrar los ojos y cubrirse la cara, tratando que el viscoso líquido rojo dejara de ensuciarlo por todos lados.

Siguió gritando hasta que una mano lo empezó a sacudir con violencia.

Nicte, cuarta labor

—¿Qué me va usted a hacer? —dijo Celso, llorando. Miraba hacia todos lados. No reconocía dónde estaba. No le gustaba el frío, no le gustaba la oscuridad, no le gustaba lo que sentía.

—El miedo es bueno —dijo parcamente Nicte.

Se aproximó al niño. Por lo pronto, necesitaba un poco de su sangre. Lo imaginó en el Tártaro, pagando el precio de ser tan privilegiado.

Celso se cubrió la cara. Dio un grito espeluznante que hizo eco en las paredes del tenebroso recinto.

En el exterior, en cambio, nadie logró escucharlo.

Los perros de Nicte ladraron al unísono.

Capítulo trece

Tardó en darse cuenta de que la mano que lo zarandeaba no tenía nada de espectral. Se sobresaltó, luchó un buen rato contra las sacudidas hasta que abrió los ojos y pudo notar que el baño estaba intacto, que sus ropas no estaban húmedas. No había sangre por ningún lado. Frente a él estaba el rostro del conserje de la escuela.

—¿Qué te pasa? ¿Por qué gritas?

Sergio tardó en recomponerse. No sabía qué responder. Nada a su alrededor indicaba que hubiera ocurrido algo. Y, sin embargo, había sido tan real...

—No sé. Es que... —respondió apenas.

En ese momento entró la maestra Luz, seguida de otros dos profesores.

—¿Qué ocurre aquí? ¡Señor Ojeda! ¡Qué pasa aquí!

El conserje, el señor Ojeda, se apartó de Sergio al instante. Temió que lo culparan. Temió que creyeran que lo estaba lastimando.

—No sé, maestra. Cuando yo llegué estaba gritando como loco —explicó.

—¿Qué pasó aquí, Sergio?

—Eh...

La maestra Luz tenía los suficientes años dando clases como para darse cuenta de que lo que le ocurría a Sergio no era normal. Se acercó a él y se agachó un poco, para verlo directamente a los ojos.

—Acompáñame a la dirección.

Salió con paso firme del sanitario, seguida por Sergio. Los otros dos profesores se quedaron a la zaga conversando con el conserje. En cuanto salió Sergio al patio observó que algunos alumnos habían salido de sus salones, aun sin permiso de sus profesores, para tratar de enterarse del porqué de tan peculiar grito.

—¡Todos a sus aulas o empiezo a poner reportes! —gritó la maestra Luz, consiguiendo que todos los curiosos regresaran a sus clases.

Ya en la dirección, la maestra Luz ocupó su escritorio y sirvió agua en dos vasos. Ofreció uno a Sergio en cuanto éste se sentó en la silla que más temían ocupar los alumnos del colegio Isaac Newton. Luego, juntó las manos por encima de sus papeles y comenzó a interrogar a Sergio.

—¿Y bien? Nadie grita de esa manera sólo porque sí. ¿Qué pasó?

Sergio se tardó en soltar el vaso de agua. No podía contar la verdad. Pero lo que inventara también tendría que ser lo suficientemente bueno. Se decidió por algo que quedara a la mitad.

—La verdad… me quedé dormido mientras orinaba. Y me asaltó una pesadilla.

—¿Cómo es eso?

De pronto, Sergio se dio cuenta de que podía utilizar en su favor lo que había ocurrido.

—¿Me permite hacer una llamada? —dijo, sacando su teléfono celular de una de las bolsas de su pantalón.

—Sergio, sabes que está prohibido traer teléfono a la escuela.

—Es importante, maestra.

La maestra hizo un gesto de consentimiento. Sergio marcó al teléfono del teniente Guillén, quien respondió al instante.

—Sergio, ¿qué pasó?

—Teniente, necesito su permiso para contarle a la directora de mi escuela.

Guillén, del otro lado de la línea, se encontraba también frente a su superior, el capitán Ortega, quien lo veía con ojos muy poco amables. El incidente del cuarto desaparecido lo tenía disgustado en serio. Le había exigido al teniente que evitara a como diera lugar que se consumara el crimen.

—Está bien. De todos modos… no creo que podamos mantenerlo mucho tiempo más en secreto. Sólo pídele que sea discreta.

Sergio colgó y comenzó a hablar. Le contó absolutamente todo a la directora, casi sin tomar aire, desde la explicación de los asesinatos hasta el desvelo de la noche anterior tratando de encontrar coincidencias, motivo por el cual se había "quedado dormido" de pie y lo asaltaron las pesadillas. La maestra lo escuchó sin interrumpirlo, completamente atónita. Cuando Sergio concluyó con su relato, no dudó en preguntar.

—¿Y por qué tú, si se puede saber? No es común que la policía pida la ayuda de un niño para resolver un caso.

Sergio se rascó la base de la nuca.

—Creo que... porque soy muy observador.

—¿Muy observador?

Sergio se apresuró a demostrarlo. No estaba seguro de que la directora no estuviera pensando que lo estaba inventando todo. En cualquier momento podía sacar un formato de reporte de su escritorio, llenarlo con sus datos y firmarlo.

—¿Así que suspende tres días a Luis Carriego? ¿Qué hizo ahora?

—¿Cómo... supiste? —respondió sorprendida la directora. Su primera impresión fue que Sergio le había leído la mente, dado que la suspensión de dicho alumno aún no se llevaba a cabo.

—Tiene usted el expediente de Carriego al lado de la computadora —explicó Sergio—. En la mesita de la entrada hay una pluma y una hoja de reporte. Lo único que pone en ésta es un número 3. No hay nombre, fechas, nada. Deduzco que estaba llenando la hoja para ingresarla en el expediente de Carriego cuando escuchó mi grito y se levantó del escritorio. Al decidir que tenía que bajar a ver qué pasaba, dejó la hoja en la mesita de la entrada. Conozco los reportes de suspensiones por los que le ha dado a Jop, que diga, a Alfredo Otis. Lo primero que pone es el número de días de suspensión.

La directora se quedó estudiando a Sergio detenidamente, aún con las manos entrelazadas sobre sus papeles. Miró el expediente al lado de la computadora. En la pestaña, medianamente oculta por el CPU, apenas se alcanzaba a ver "ego Ortiz", una fracción del nombre del niño a ser amonestado. Sergio había tenido que deducir el nombre completo. Miró la hoja sobre la mesa de la entrada, a espaldas de Sergio. Éste ni siquiera había volteado a echarle una segunda mirada mientras afirmaba lo del número 3. Estaba sorprendida. No sólo porque parecía como si Sergio se hubiera metido a husmear con antelación a su oficina sino también a su cerebro. La profesora aún estaba decidiendo si proseguía con la suspensión cuando escuchó el grito en el baño de los niños. No sabía cómo reaccionar.

—¿Desde cuándo eres tan... observador?

—Desde chico.

La profesora reflexionó por unos instantes.

—Está bien. Puedes irte.

—Gracias.

Él se puso de pie y le dio la espalda, dispuesto a salir. La directora también se puso de pie. Fue hacia la ventana y, con las manos enlazadas tras de sí, miró al patio. Esperó a que Sergio estuviera en la puerta para hablar.

—¿Dices que hay un cuarto niño desaparecido?

Sergio asintió automáticamente. En ese momento meditaba sobre ciertas palabras de Farkas: "Los demonios reconocerán tu aroma, los demonios se conjurarán en tu contra". Los sangrientos ojos del espectro que lo había acorralado en el sanitario le hacían pensar que sí, que ya había comenzado.

—Ojalá lo encuentren pronto —concluyó la directora sin voltear a verlo.

Capítulo catorce

—*P*ide permiso en tu casa, Jop. Quiero que me acompañes a un lado mañana.

—¿A dónde? —respondió Jop en el Messenger.

—*Luego te digo. Ya va a llegar el teniente por mí.*

—*Bueno. Me cuentas.*

Se despidieron sin cerrar sesión. Jop iría a seguir sus travesuras cibernéticas; Sergio, a resolver una duda con Farkas.

—*No entiendo la cuarta pregunta* —lo abordó, mandándole un mensaje.

—*Es una lástima porque ahí está la clave de todo* —respondió Farkas.

—*¿Qué tiene que ver? ¿Los santos inocentes no son los niños que murieron en tiempos del niño Jesús?*

—*Exactamente.*

—*Pues no entiendo.*

—*¿Cómo evitas que mueran los santos inocentes?*

Sergio se quedó pensativo un buen rato. Había hecho todas las búsquedas posibles en Internet alrededor del tema de los santos inocentes. Sabía que el rey Herodes había ordenado la matanza. Y que el niño Jesús se había salvado gracias a que su padre José había tenido sueños en donde se le advertía del peligro que corría su hijo. Pero no hallaba qué tenía que ver lo que estaba ocurriendo con el incidente histórico.

—*Supongo que... si eliminas a Herodes...* —se animó a contestar Sergio.

—*No* —contestó tácitamente Farkas.

—*Claro que sí. Sin Herodes, el asesino, ya no hay muertes.*

—*No.*

Sergio se molestó. La participación de Farkas en todo eso era enfadosamente cínica.

—*Si tú sabes quién es el asesino, ¿por qué no me lo dices y ya?* —preguntó Sergio.

—*Porque no puedo.*

—*¿No puedes decirme pero sí sabes?*

—*Algo así.*

—*Eso te hace cómplice. Eres un asesino también. Te divierte saber que pueden morir muchos niños. Eres un desgraciado.*

La respuesta de Farkas tardó en aparecer.

—*Las cosas son distintas de como tú las ves, Mendhoza. Muy distintas.*

—*No sé por qué te creo. Algo me dice que tú eres el asesino.*

—*Mejor abre bien los ojos, mediador. Y no pierdas el tiempo en conjeturas inútiles. No lo voy a repetir de nuevo: Yo-NO-Soy-El-Asesino.*

—*Dame una pista entonces. Si sabes quién es, dame una pista.*

—*Poor Sergio. Pidiendo ayuda de rodillas y con los ojos llenos de lágrimas. Mejor límpiate la cara y deja de moquear o no podrás abrir bien los ojos para atrapar al asesino.*

—*Te odio.*

—*Me necesitas.*

—*Adiós.*

—*Y por cierto… lo que sentiste hoy en el baño de los niños de tu escuela… no se acerca ni tantito al terror. Ese fue un miedito cualquiera. Un miedo de segunda clase.*

Sergio ya no quiso leer más. Apretó el botón del CPU y lo apagó otra vez "en caliente". Se enfrentó a su rostro reflejado en la oscura pantalla del monitor. "A quién miras, calvo", se dijo, tratando de reanimarse. Luego, abrió el fólder de la primera víctima por milésima vez. El rostro de Jorge Rebolledo en las fotos era rubio, llevaba lentes y era algo flaco. Pero, para descanso de Sergio, no le recordaba a la fantasmagórica visión del sanitario de la escuela. Los dos niños eran parecidos pero no idénticos. "Algún demonio habrá querido tomar la identidad del niño", pensó Sergio, "para intentar amedrentarme".

Se sorprendió hablando de demonios como si ya fuera algo muy común en su vida. Sintió un nuevo escalofrío. "Ya ha comenzado". Y justo en ese momento llamaron al timbre de la entrada del edificio. Se asomó por la ventana e hizo una seña al teniente de que ya bajaba. Tomó un suéter y un CD que había preparado de antemano, se puso la pierna ortopédica y abandonó su casa.

La música de Led Zeppelin comenzó a sonar en el estéreo de la patrulla.

—¿De veras te gusta esa música? —le preguntó el teniente, asombrado, después de insertar el CD que le había extendido Sergio.

—Sí. Y me ayuda a pensar —fue la respuesta.

El teniente hizo todo el camino hacia la calle de Orizaba, en la colonia Roma, en silencio. Tener que tolerar música que, desde su punto de vista, estaba especialmente diseñada para producir migraña, lo hizo enmudecer. Todavía no se sentía cómodo recibiendo ayuda de un niño. Pero que éste, encima, escuchara música compuesta por Satán, lo ponía verdaderamente de malas. Sacó un cigarro, lo encendió y se sumió en sus pensamientos. "Tengo que ser el peor detective del mundo para estar en esta situación".

—Aquí vive el niño que desapareció ayer —sentenció el teniente una vez que estacionó la patrulla—. Vamos a ver qué nos dicen los padres y a ver si podemos detectar algo.

Llamaron al timbre exterior, a un lado de la reja. Era una casa grande y bonita, con jardín. Por la puerta de la casa apareció una señora guapa y morena.

—¿Señora Navarro? Soy el teniente Guillén. Hablé con usted hace un rato.

—Sí, claro, teniente. Pase.

Salió la señora a abrir la puerta de la reja. Y al aproximarse y ver que el teniente se hacía acompañar de un niño, no pudo dejar de preguntar.

—¿Y él?

—Es mi ahijado. No molestará. Es que... me lo encargaron mis compadres y... bueno, le suplico me disculpe. No molestará.

La señora Navarro los dejó entrar, suspicaz. Tenía en el rostro las huellas de quien ha llorado mucho.

A invitación de la señora, se sentaron en la sala. Ella tomó un pañuelo desechable y se sonó la nariz, completamente irritada. Entonces apareció el padre, con el mismo rostro de angustia. Guillén le dio la mano.

—Por favor, siéntese, señor Navarro. Tengo algo que decirles.

El padre se sentó al lado de su esposa. Miró a Sergio, quien ya se mostraba inquieto.

—¿Y él?

—Es mi ahijado y.... ¿Le molesta si fumo?

Ambos señores negaron con la cabeza y aguardaron mientras el teniente encendía su cigarro y exhalaba la primera bocanada de humo.

—En fin... tengo que decirles... con gran pesar... —inició el teniente— que hay un asesino serial suelto. Y es posible que su hijo haya sido secuestrado por él.

En los ojos de la señora Navarro se reflejó el dolor. Un dolor terrible. Las lágrimas aparecieron instantáneamente.

—¿Cómo sabe? —preguntó el señor.

—Porque hemos tenido tres casos con anterioridad. Y todos son parecidos al de su hijo.

El señor Navarro se puso de pie inmediatamente.

—¡Pero cómo! ¿Y desde cuándo lo saben?

El teniente miró a Sergio para buscar un poco de simpatía en alguien, pero hasta el muchacho tenía los ojos clavados en el suelo.

—No queríamos iniciar una ola de pánico —resolvió Guillén mordiéndose los labios. De nada le habría servido argumentar que él siempre estuvo en desacuerdo con esa orden del procurador.

—¡Y gracias a eso mi hijo está en las garras de un loco! —gritó el señor Navarro.

—¿Qué probabilidades hay de que mi hijo viva? —preguntó la madre, inquieta.

—Bastantes... —mintió Guillén— si nos apresuramos.

El señor Navarro ya se paseaba inquieto por la estancia. Dio un fuerte puñetazo a uno de los muros. Dejó su paseo y se detuvo frente al teniente.

—Óigame bien, detective... —conminó a Guillén señalándolo con el índice—. ¡Pienso hacer responsable a la policía de lo que le ocurra a mi hijo! ¡Así que rece por que aparezca sano y salvo!

Guillén se lamentó. Sabía que eso pasaría tarde o temprano, que los padres exigirían castigo para aquellos que decidieron mantener por tanto tiempo la noticia en secreto.

—Debe comprender... —balbuceó el teniente— que necesitábamos guardar silencio... para no... entorpecer... las investigaciones.

—Pues se ve que han hecho un excelente trabajo —bufó el padre—. Hagan lo que tengan que hacer y déjenos solos.

El teniente se puso de pie y llevó a Sergio al piso superior. Ahí, dieron con el cuarto de Celso y entraron.

Sergio se sintió solidario con el teniente. Ahora era también parte de su labor hacer algo, poner todo de su parte para detener los crímenes. Estaban del mismo lado.

—Revisa todo lo que quieras —dijo el teniente con el rostro descompuesto—. Y avísame si ves algo que valga la pena investigar más a fondo.

Sergio asintió y se dio a la tarea de hurgar en todo lo que tenía frente a sí. Con un solo golpe de vista pudo deducir varias cosas: las preferencias de Celso, que tenía novia, que iba en sexto grado de primaria, que no era muy cuidadoso con su ropa y sus útiles escolares... pero nada que le dijera en dónde podría estar oculto o por qué podría haber sido secuestrado.

También el teniente buscaba por todos lados pero no era difícil notar que tenía la mente muy lejos de ahí. La investigación lo tenía enfermo de los nervios y aún seguía sin pista alguna.

—No dejo de preguntarme... —dijo de pronto el teniente mientras revolvía los cajones de Celso— quién sería el individuo que nos puso en contacto. El hombre de los mensajes.

Sergio sintió que era su responsabilidad hablar sinceramente del tema con el teniente. Ahora estaban del mismo lado.

—Se trata de un tipo en Internet que parece que sabe muchas cosas. Entre ellas, el nombre del asesino.

Guillén se puso alerta. Fue hacia Sergio y lo tomó por los hombros.

—¿Cómo lo sabes?

—Porque lo sé. Me contacta a menudo en el chat.

—¿Y cuándo pensabas decírmelo? ¡Hay que rastrearlo!

Sergio torció la boca.

—No sé cómo lo hace, teniente, pero sé que es imposible de ubicar. No sé si es un fantasma o qué cosa. Pero de lo que sí estoy seguro es que sería una pérdida de tiempo tratar de dar con él.

Guillén comprendió. Ya había experimentado algo similar al intentar dar con el origen de los mensajes enviados a su celular. Se desanimó nuevamente.

—¿Por qué siento que todo esto tiene un toque sobrenatural?

Sergio se encogió de hombros sin añadir nada, pero respondió en voz baja, para sí mismo: "Porque lo tiene".

Cuando terminaron de revisar todas las cosas de Celso Navarro, ya había pasado una hora. Y en los rostros de ambos se reflejaba el desencanto. Había sido una búsqueda del todo infructuosa para los efectos de la investigación. Con todo, aún restaba que fueran a las casas de los otros chicos del caso.

Al bajar las escaleras tuvieron que enfrentarse de nuevo con la mirada terrible de los padres del muchacho.

—Sigo en lo dicho —afirmó el hombre—. Pienso hablar con la prensa y hacerlos responsables. Y cuando hable, comenzaré por mencionar su falta de profesionalismo. ¡Involucrar a un niño en las pesquisas! ¡Habrase visto mayor burla!

Sergio bajó la mirada y salió de la casa detrás del teniente. Pensaba, mientras atravesaba el jardín, que Guillén era verdaderamente malo para mentir. El cuento del ahijado le había parecido absurdo desde el principio.

Entraron en la patrulla en el mismo estado de ánimo abatido.

—No te aflijas —dijo el teniente mientras echaba a andar la patrulla y encendía un cigarro—. El asunto entero es mi responsabilidad. Tú haz lo que puedas.

"Lo que pueda", pensó Sergio. Pero no podía sacarse de la cabeza que, entre mejor hiciera las cosas, más muertes evitaría. Ya sentía suficiente peso sobre sus hombros como para tomar el caso a la ligera.

—Me lleva... —dijo el teniente mientras avanzaba por las calles.

—¿Qué pasa?

—Debí haber tomado notas —se lamentó—. Últimamente no sé ni dónde tengo la cabeza

—¿Notas? ¿Cómo de qué?

—No sé. Como de los objetos en la cartera del muchacho, por ejemplo.

Sergio suspiró y, sin apartar la vista de la calle, exclamó:

—Cuarenta pesos en dos billetes de veinte, su credencial de la escuela, un papelito de su novia lleno de corazones, una estampita de San Judas Tadeo, dos tarjetas de Yugi-Oh, un boleto de metro que se ve que guarda como curiosidad porque nunca usa el metro, un boleto de la rifa de un MP3 Player, una foto en la que sale con un perro que tuvo de más chico, tres estampitas de súper-héroes, una calcomanía sin usar de la guerra de las galaxias y su credencial del equipo de beis en el que juega.

Guillén lo contempló por un par de minutos arrojando grandes bocanadas de humo.

—¿Tienes un disco duro entre las orejas o qué?

Sergio no respondió de inmediato.

—Fuma usted mucho, ¿no, teniente? —fue lo que dijo, al cabo de unos segundos.

Guillén se dio tiempo para pensar en los casos que había resuelto durante su carrera. Ninguno, realmente, le producía el menor orgullo.

—Y tú oyes música tan hermosa como una pelea de mandriles —observó mientras iniciaba la reproducción del CD de Sergio y abría su ventanilla.

"Seguramente sí soy el peor detective de todo el mundo", caviló mientras conducía por las calles de la colonia Juárez. "Pero eso no me impide hacer la promesa solemne de que, si el tal Sergio Mendhoza Aura me ayuda, aunque sea un poquito, a resolver este caso, dejo para siempre el cigarro, así me vuelva loco de los nervios".

Ninguno rompió el silencio hasta que llegaron a la casa de José Luis Rodríguez Otero, la tercera víctima.

Nicte, cuarta labor

Nicte apenas contuvo el llanto. La cuarta labor estaba hecha. No dejaba de repetir: "Siete menos cuatro, da tres".

Con gran cuidado tomó el cuarto cráneo. Lo depositó en el suelo. Luego, uno a uno, comenzó a echar los huesos restantes en una bolsa café. Las ropas, el uniforme, el guante, la cachucha, el bat... todo ocuparía su sitio en el saco.

"El dolor es bueno", insistió. E imaginó el momento en que la madre, en la colonia Roma, habría de recibir el tétrico paquete.

Capítulo quince

Sergio hizo una seña a Jop desde su ventana. Se puso la prótesis y tomó la bolsa de plástico que ya tenía preparada.

—Ahorita vengo, Alicia —dijo a su hermana, quien trabajaba en la sala con su computadora portátil sobre las piernas. Algún trabajo para la universidad, seguramente.

—¿Vas al tianguis del Chopo?

—No. A otro lado.

—"Otro lado... Otro lado..." Ya te dije que no me gusta que juegues al detective. Si la policía no sabe hacer su trabajo no es asunto tuyo. No sabes en lo que te estás metiendo.

—Sí. Bueno... nos vemos al rato.

—Te lo advierto. Si te tardas y no me llamas, te castigo en serio, Sergio.

Él asintió y salió de su casa. Mientras bajaba las escaleras poco a poco, recibió un mensaje en su celular. Creyó que se trataría de Jop o de Brianda urgiéndolo, pero no.

Un mediador no es un héroe, Mendhoza, recuérdalo. No hagas tonterías que pongan en riesgo tu vida. Cordialmente... tu tío F.

—Te da coraje que me haya decidido a renunciar a todo esto —dijo en voz alta.

Al llegar a la plaza, ya se encontraban ahí sus dos amigos.

—¿Estás segura de que nos quieres acompañar, Brianda? —preguntó Jop, un poco molesto. Creía que probablemente les pasarían cosas inexplicables como las que le había contado Sergio, que Brianda podría echarse a llorar en cualquier momento y echarlo todo a perder.

—¿Por qué lo dices, eh? —respondió ella aún más molesta—. Puedo ganarles a correr a los dos, y grito más fuerte.

—Bueno... ya –intervino Sergio—. Lo más probable es que el asunto sea rápido y no pase nada raro.

Ni siquiera él podía estar seguro. Pero, por si las dudas, había invitado a Jop. Luego, Brianda, al enterarse por culpa de Jop —quien le había contado en el chat el incidente del fantasma en el baño y que iba a acompañar a Sergio a la vecindad en Mesones— se había sumado al grupo sin preguntar. Finalmente, Sergio prefería ir bien acompañado que ir solo como la última vez.

—¿Qué llevas en esa bolsa? —preguntó Jop.

—Nada.

Jop quiso arrebatársela y Sergio se opuso, pero no pudo impedir que éste se asomara al interior.

—¡El libro! ¡Me dijiste que lo habías tirado!

—Bueno... sí, te mentí. Lo tenía guardado en esta bolsa detrás del bombo de mi batería.

—Déjame verlo aunque sea, por favor, Serch. Por favor, por favor, por favor, por favor...

Sergio protegió la bolsa con su cuerpo.

—No, Jop. Es que no entiendes... todas esas cosas que me están pasando, como lo de ayer en la escuela... son por culpa de este libro maldito. ¿Cuántas veces en mi vida crees que se me han aparecido fantasmas horribles como el de ayer? ¡Nunca! Apenas empezó. Y todo por culpa de esto.

—¿Entonces ya no vas a ayudar más a la policía? —preguntó Brianda.

—Eso es aparte –confesó Sergio—. Lo que no quiero... es ser "un mediador".

—¿Un qué? —preguntaron ambos al unísono.

Caminaron hacia la estación del metro y Sergio les contó todo lo relacionado con la existencia de Farkas.

—Tiene alguna extraña liga conmigo que no entiendo. Al principio creí que sería mi padre, pero él lo niega. Parece saber mucho de mí. Gracias a él es que ahora, por culpa de este libro, se supone que soy un mediador.

Entraron al metro Insurgentes. Jop compró boletos para los tres y los repartió. Hasta que estuvieron dentro de un vagón fue que Sergio siguió contándoles.

—Parece que mi trabajo es detectar demonios, o algo así. Y ayudar a los héroes a aniquilarlos.

—¡Qué chido! —respondió Jop, realmente interesado.

—¡No, Jop! Por eso te digo que no entiendes. Según Farkas, los demonios también andarán detrás de mí, se pondrán en mi contra. Y después de lo que viví en el baño de la escuela ayer, prefiero pasar sin ver. Por eso quiero devolver el libro.

Brianda, por su parte, no dejaba de sentir fascinación. Era como estar dentro de un cuento. O dentro de una película. Aunque sí le extrañaba que Sergio se viera tan tranquilo.

—¿Te da miedo? —preguntó. Se habían recargado los tres contra la puerta que no abre. El vagón iba muy aglomerado.

Sergio no quería admitirlo... pero sí, era algo muy parecido al miedo. Un torrente de electricidad le recorrió el cuerpo. Miedo, la dichosa palabrita.

—¿Por qué lo preguntas? —respondió él.

—Porque no parece que tuvieras miedo —dijo ella, sinceramente—. Más bien te ves enojado, no asustado.

—Eso es cierto —dijo Jop, dando una chupada a una de las cinco paletas que recién había comprado a un vendedor ambulante—. Yo, la verdad, creo que me habría hecho pipí en los pantalones si se me aparece un espectro como a ti. O si tengo que enfrentar una bruja como tú hiciste la otra vez.

Sergio tomó la paleta que le ofrecía Jop. "Un mediador... discierne", pensó.

Miraron a la gente entrar y salir del vagón en la estación Balderas sin decir nada, cada uno con su paleta en la boca.

—¿Y cómo se supone que debes ayudar a los héroes? —dijo de pronto Brianda.

—¿Qué dices? —respondió Sergio. No se había hecho la pregunta.

—Sí. Se supone que un mediador ayuda a los héroes, ¿no? ¿Cómo lo hace o cómo los encuentra o qué onda?

Sergio meditó por un momento. Todos esos días había estado tan ocupado dándole importancia a la parte negativa, al asunto de los demonios, que nunca se había puesto a pensar en el otro lado de la moneda, en los héroes. El mismo Farkas se lo había hecho ver en el mensaje reciente, le había intentado recordar que él no era ningún héroe.

—La verdad no sé —contestó Sergio—. Y ahora ya ni me importa. En cuanto regrese esta cosa me olvido para siempre de esa tontería.

Al llegar a la estación Salto del Agua, los tres bajaron del Metro en silencio. De pronto regresar el libro se había vuelto un asunto de vital importancia. Y el paseo había dejado de ser jovial.

Caminaron por la calle de Bolívar hasta llegar a Mesones. Ahí, dieron vuelta. Jop y Brianda iban bastante más espantados que Sergio, y no dejaban de mirarse.

—Oye, Serch... ¿vas a querer que entre contigo a ver a la bruja?

—Como tú quieras, Jop.

Jop pensó que quizás a la bruja podría enfrentarla. Pero no sabía qué pensar del niño que la acompañaba y que, según Sergio, la otra vez se había transformado en algo horrible frente a sus ojos.

—Yo te acompaño —dijo Brianda.

—Alguien se tiene que quedar afuera —añadió Sergio—. Por si no salimos o nos pasa algo.

—Ya pensándolo bien, yo los espero afuera —dijo Jop tratando de ocultar un temblorcito que le había acometido en las manos.

—¡Ja! —se burló Brianda—. ¿Qué no eres tú el que de grande quiere hacer películas de miedo?

Jop no agregó nada. En secreto esperaba que nunca llegaran. Pero Sergio se detuvo de improviso. Se mostraba extrañado.

—¿Pasa algo? —preguntó Jop.

—No lo entiendo —dijo Sergio—. Ésta es la dirección. Lo recuerdo bien.

Frente a ellos no había más que un lote baldío abandonado lleno de montones de basura que despedían un hedor repugnante. No había ninguna casa, ningún edificio, nada. Ni siquiera una covachita de adobe en la que pudiera vivir nadie, fuera bruja o no. Sin embargo, la peste, a esa distancia, era casi insoportable.

—¿Estás seguro? —dijo Brianda.

—Segurísimo.

Jop agradeció al cielo que la casa hubiera desaparecido misteriosamente.

—Vamos a preguntar enfrente —dijo Sergio, cruzando la calle.

Entraron a una imprenta muy vieja, en la que laboraban un anciano y un joven con las manos llenas de tinta. El ambiente era oscuro y tuvieron que esperar a que su vista se acostumbrara a la falta de luz. El muchacho interrumpió su trabajo en una de las máquinas para escucharlos.

—Oiga... ¿no sabe si ahí enfrente vivía una señora? —preguntó Sergio.

—¿Una señora? —contestó el muchacho—. Ahí siempre ha estado abandonado.

Jop y Brianda se miraron, sintiendo un escalofrío.

—Es que me dijeron que ahí vivía una señora. Doña Santa, se llamaba.

—¿No me oíste? Ahí siempre ha estado abandonado.

El joven volvió a la máquina para seguirla operando cuando el anciano se acercó y se lo impidió. Luego, se aproximó a Sergio. Lo miró con curiosidad.

—¿Doña Santa, dijiste?

—Sí, ¿la conoce? —volvió a preguntar Sergio.

El viejo se rascó la cabeza, mirando al frente, al lote baldío.

—No creo que sea la misma. Conocí una hace muchos años que, en efecto, vivía ahí —afirmó—. Pero murió en 1944, cuando yo era un niño.

Jop y Brianda se estremecieron nuevamente.

—¿Y de qué murió? —insistió Sergio.

—La gente incendió su casa con ella y su horrible mascota dentro. Se decía que era bruja. Desde entonces nadie ha querido construir nada ahí. ¿De dónde sacaste su nombre?

Sergio miraba hacia el fétido terreno, lleno de basura, cubierto de enjambres de enormes moscas.

—Eh... Lo leí en un libro de leyendas... —respondió, evitando contar la verdad—. Gracias por su tiempo, señor.

Salieron los tres niños de la imprenta y volvieron al terreno.

—Oye Serch... esto sí que es espeluznante. ¿Habrá vuelto la bruja de entre los muertos nada más a entregarte el libro?

—No sé. Pero yo pienso devolvérselo a como dé lugar.

—No entres allí —dijo Brianda, con la mirada puesta en un montículo del que salía una rata enorme y buscaba refugio a toda prisa en otro montón de basura. El olor que despedía la zona llevaba décadas impidiendo a la gente acercarse.

Sergio detuvo su paso. Probablemente estaba tratando de "jugar al héroe" y eso no era buena idea. Era un lugar maldito, tal vez una entrada al infierno, un pasaje al inframundo. Decidió que no valía la pena hacer "tonterías" que pusieran en riesgo su vida.

—Jop, hazme un favor —se apresuró a decir—. Tú podrás lanzar más lejos esta cosa.

Jop asintió. Tomó la bolsa con el libro y, haciéndola girar, la arrojó al centro del muladar, a unos quince metros de distancia de ellos.

—Misión cumplida —sentenció Jop, al ver cómo la bolsa se hundía entre la basura—. Vámonos de aquí cuanto antes.

Sergio no lo comentó con sus amigos, pero una tétrica risa resonó en sus oídos. Una risa que ya había escuchado antes en ese mismo sitio. Al regreso, prefirieron no comentar el incidente. Hablaron de ir juntos al cine el día siguiente. Jop y Brianda discutieron todo el camino sobre la elección de la película.

Ya en su casa, Sergio se encontró con una nota de Alicia pidiéndole que comiera sin ella, puesto que había tenido que atender una emergencia del trabajo. Suspirando, metió su comida al microondas y digitó el tiempo necesario para calentarla.

Mientras aguardaba a que la comida estuviera lista fue a su habitación a deshacerse de su suéter. No recordaba haber dejado encendida la computadora. Y, mucho menos, haber dejado abierta una sesión en el chat.

—No es tan fácil, Mendhoza.

Enojado, se sentó a la computadora y se apresuró a responder.

—¿Qué no es "tan fácil"?

—Sabes a lo que me refiero.

—Pues a mí me pareció bastante fácil.

—Las apariencias engañan. Mejor deberías ponerte a hacer tu trabajo, Mendhoza. Tal vez ya sea demasiado tarde para el pobre Celso. Y tú, perdiendo el tiempo en tonterías.

—¿Por qué? ¿Sabes algo?

—Sé algunas cosas. Sé que Nicte era la diosa de la noche. Y sé que dos más dos son cuatro.

—¿Te estás burlando?

—Sé que Nicte era madre, la madre de Némesis. Y que todo ocurre por una razón.

Sergio recordó la frase que dejaba el asesino al entregar todos los cuerpos. ¿Némesis? ¿Quién era Némesis? ¿No era así como nombraban en las historietas a los archienemigos de los súper héroes? Abandonó por un momento el Messenger y fue al Buscador. Tecleó "Némesis" y éste le arrojó diversas páginas, por las que navegó durante varios minutos. Así, pudo enterarse que Némesis era también una diosa de la mitología griega. La diosa griega... de la venganza. "Todo ocurre por una razón". Volvió al Messenger.

—¿Se está vengando? ¿Nicte se está vengando? —preguntó a Farkas apresuradamente.

—Yo sólo sé que dos más dos son cuatro.

Sergio pensó si esa sería una pista. ¿Nicte se vengaba por algo que le habían hecho los niños? ¿Los conocería de algún lado? ¿Qué podía ser tan terrible que merecían ser asesinados?

—*También sé...* —continuó Farkas— *que tú no sabes nada de héroes. Y así va a ser difícil que salves el pellejo, mediador. Muy difícil.*

—*Ya no soy un mediador, para tu información.*

Sergio reflexionó lo dicho por Farkas respecto a Némesis. Por ello no dio mucha importancia al momento en que éste abandonó la sesión.

Se liberó de la prótesis. Se rascó el muñón. Siguió meditando. Se levantó y, en pequeños saltos, abandonó su habitación para ir a comer. Pero algo lo arrancó de sus reflexiones. Algo que observó de reojo. Tuvo que volver a su cuarto.

—¡No puede ser! ¡No puede ser!

Se agachó y tuvo que sentarse en el suelo. Entre las cobijas que ponía dentro del bombo de la batería para atenuar el sonido, asomaba el asa de una bolsa de plástico que olía a podrido. Apartó las cobijas.

—¡Maldita sea! —se llevó las manos a la cabeza.

"No es tan fácil", había dicho Farkas.

—¡Maldita sea! —repitió.

Sacó el libro de la bolsa y, furioso, lo arrojó de nuevo al bulto de telas dentro del gran tambor de piso de la batería, ahí donde había permanecido desde el día que lo recibió. El antiquísimo sobre, con su rostro esbozado, apenas asomó de entre las páginas.

Capítulo dieciséis

—¡**S**ergio, despierta! ¡Ven a oír lo que dicen en el noticiero!

Eran las seis de la mañana del lunes. Faltaban quince minutos para que sonara el despertador y en ese momento Sergio se encontraba teniendo un sueño placentero, cosa inusual en esos días. Se encontraba a mitad de un concierto de rock pesado en el que las luces del escenario lo iluminaban sólo a él, en la batería; la gente aplaudía a rabiar.

—¿Qué dices, Alicia? —preguntó amodorrado.

—Ven a ver esto.

Fue a la sala dando saltos sobre la pierna izquierda. En la pantalla se encontraba Guillén dando los pormenores de los asesinatos. Se le veía enormemente mortificado. En ese momento admitía que estaban enfrentándose a un asesino en serie.

—Dime la verdad. ¿Ése es el policía con el que estás colaborando? —le preguntó Alicia, aún en piyama.

—Sí.

—Ayer en la noche entregaron una bolsa con los huesos de una cuarta víctima en su propia casa, como con las otras tres —explicó ella—. ¿De qué se trata todo esto, Sergio?

Sergio sintió que se le descomponía el estómago. No esperaba que fuera tan rápido, aunque el teniente ya le había advertido que podía ocurrir en cualquier momento. De pronto aparecieron en cuadro los dos señores Navarro, entrevistados por otro reportero. En ambos había una tristeza infinita. Ya no quedaba rastro del gran enojo de hacía algunos días. Ahora, el señor Navarro simplemente lamentaba que su hijo ya no estuviera con ellos. Y lloraba a la par de su esposa. El vacío en el estómago de Sergio creció. Sentía que debía haber hecho más. Al final Farkas tuvo razón:

se debió esmerar más en vez de perder el tiempo en el asunto del libro. Y luego, el domingo, había dedicado la mañana a hacer su tarea para, en la tarde, poder irse al cine con sus amigos. Nada hizo en relación con el caso. Se sentía sumamente arrepentido. Alicia notó su mortificación.

—No me gusta nada esto, Sergio. Quiero que lo dejes.

Él suspiró. En el fondo Alicia tenía razón, no debía estar metido en algo así. Pero ya no era fácil desentenderse, no cuando había aceptado ayudar y se sentía tan responsable.

—¿Ves ese hombre? —señaló Alicia hacia el televisor—. Es un pordiosero. El asesino le entregó la bolsa para que llamara a la casa de los padres. Le pagó cien pesos, dice.

—¿Y no tienen un retrato hablado del que le entregó la bolsa? —preguntó suspicazmente Sergio.

—No. El infeliz no cesa de repetir que estaba muy oscuro.

Sergio se sentó por fin frente a la tele. Trató de asirse de cualquier imagen para obtener nuevas pistas. Alicia se mostraba realmente enfadada ante la actitud de su hermano.

—No puedo seguir tratándote toda la vida como un bebé, Sergio. Tú sabes lo que haces. Nada más quiero que te quede bien claro que no estoy de acuerdo.

Sergio no apartó la vista del aparato. Los reporteros ya habían hecho su labor: las fotografías de los otros niños aparecieron en la pantalla. El caso había sido bautizado como "El caso de los esqueletos decapitados". En un canal ya estaban entrevistando a los dolidos padres de Adrián Romero, el segundo.

El capitán Ortega, el jefe de Guillén, daba una conferencia de prensa en otra cadena televisiva. Asumía toda la responsabilidad y suplicaba a los padres de familia de toda la ciudad, pero sobre todo de las zonas cercanas a las colonias Juárez, Roma y Cuauhtémoc, que extremaran precauciones. Una reportera alzó la mano e hizo una pregunta que le heló la sangre a Sergio. "¿Es cierto que un niño les está ayudando en las investigaciones?" A Sergio le pareció eterno el tiempo que se tomó el capitán para responder. "Estamos echando mano de todo lo que está a nuestro alcance. Es todo lo que puedo decir".

Sonó el teléfono. Sergio respondió al instante. Alicia ya se había metido a bañar.

—Qué onda Serch —dijo Jop del otro lado de la línea—. Ya son cuatro. Qué feo, ¿no?

—Sí. Es horrible —admitió Sergio.

—¿Vas a ir a la escuela?

Sergio no lo había pensado.

—Tienes razón. Luego te llamo.

Colgó en seguida y marcó al celular del teniente Guillén.

—Supongo que ya te enteraste.

—Le hablo para ponerme a sus órdenes, teniente.

—¿Y la escuela?

—Voy a pedir permiso.

—No sé... tal vez no sea tan buena idea. Al capitán no le hizo ninguna gracia cuando se enteró de que estoy apoyándome en ti.

—Bueno... si no cree que pueda ayudar...

Guillén hizo una pausa.

—Está bien. Voy a mandar una patrulla a tu casa cuanto antes. Tú le dices al sargento adónde quieres que te lleve. Por ahora yo no puedo acompañarte.

En cuanto colgó, Sergio volvió a su cuarto y encendió la computadora. Alicia le gritó desde el baño.

—¿Quién llamó?

—Jop —mintió a medias—. Para pedirme que le preste un libro.

Sergio se conectó a Internet y fue directamente al Messenger.

—*No puedo* —inició la conversación con Farkas.

—*¿Qué es lo que no puedes, Mendhoza?*

—*La respuesta a la cuarta pregunta. Es ésa: No puedo. No se puede. ¿Cómo salvas de morir a los santos inocentes? No-se-puede.*

Farkas meditó su respuesta. O al menos eso pareció, porque tardó en responder.

—*Tienes razón. No se puede. ¿Por qué?*

—Porque ya están todos muertos. Porque es algo que ya ocurrió.

—Bien hecho, mediador.

—Es una broma cruel.

—¿Broma? ¿Quién está bromeando?

—Estás seguro de que no puedo con este caso. Por eso te burlas. Por eso das por muertos a todos. ¿Cuántos? No sé. cinco, diez, los que sean. Pero te voy a demostrar que te equivocas. Voy a parar esto en cuatro. No sé cómo, pero voy a pararlo.

—No te ves muy asustado. ¿Lo notaste, mediador?

Era cierto. Pero no era momento para que Sergio se pusiera a meditar sobre sus miedos. Ahora lo que necesitaba era tener la mente abierta para pensar con claridad en el caso.

—No me molestes —respondió.

—Tienes un libro muy gordo que leer.

—No me interesa. Tengo cosas mejores que hacer.

—Hay cosas que deberías saber antes de salir a enfrentar demonios. Para matar un vampiro no basta con ponerte un ajo al cuello.

—¿Quién habla de estúpidos vampiros?

Sergio apagó la computadora en caliente otra vez. Tomó el teléfono y llamó a la escuela. Como supuso, le contestó el conserje; aún era muy temprano. Sergio le encargó que avisara a la profesora Luz que faltaría a clases "por el asunto que apareció hoy en los noticieros". Luego escondió su mochila, se puso la prótesis y se vistió a la carrera. Apenas se pasó un cepillo por el cabello.

—¡Ya me voy a la escuela! —le gritó a Alicia, quien seguía en el baño. Ella no respondió.

Sergio bajó lo más rápido que pudo las escaleras. Quería estar en la calle antes de que llegara la patrulla. Si el sargento llamaba al timbre, Alicia descubriría su mentira y su ayuda para resolver el caso quedaría reducida a nada.

Llegó a la puerta del edificio y se sentó en la banqueta a esperar. Se dio a la tarea de pensar específicamente en Celso Navarro, la cuarta víctima. ¿Qué habían pasado por alto él y Guillén? ¿Por qué no habían podido impedir su muerte? Mientras cavilaba, fijó los ojos en la plaza, en las dos palomas posadas sobre la cabeza de Giordano Bruno, en la gente que transitaba hacia su trabajo, en los niños en dirección a sus escuelas y, casi por distracción, en el hombre del abrigo, acostado en una banca con los ojos cerrados. En la bolsita de cuero que pendía de su cuello. En el hilo de sangre que manaba de su boca.

Un estremecimiento lo paralizó. Por alguna razón sintió que no podía mostrarse indiferente ante la escena.

Después de pensarlo un minuto, caminó lentamente hacia el indigente. En efecto, de su boca, una rebaba sanguinolenta caía hacia el pavimento. El hombre dormitaba. Aún no daban las siete de la mañana. La oscuridad todavía no retrocedía del todo.

"¿Qué estoy haciendo? Esto no debe tener nada que ver con los crímenes", pensó Sergio. "Mejor vuelvo al edificio y me dejo de cosas".

Pero no es usual que un hombre tenga rastros de sangre en la boca, duerma o no en la calle. Además, estaba el temor... ese miedo que Sergio cada vez identificaba mejor. "Un mediador... distingue a los demonios."

En ese instante el hombre del abrigo abrió los ojos y los fijó en Sergio, como si hubiera podido escuchar sus pensamientos. Su respiración comenzó a agitarse. "Esto no está bien", se dijo Sergio, deteniendo sus pasos. "Esto no está nada bien". Advirtió que el hombre tensaba sus músculos, preparándose para cualquier cosa, ya fuera para saltar sobre él o para echarse a correr en dirección contraria. Sergio lo midió a la distancia. Sí, sentía miedo, un miedo especial, uno muy distinto a otros, como si pudiera palparlo. El frío en brazos y piernas, el sudor en las manos, el pulso agitado, la resequedad en los labios...

Pero acaso pudiera dar un paso más. Y otro. Y otro.

Y otro.

El hombre del abrigo se levantó de improviso, miró con desprecio a Sergio y, vacilando un poco, inicio su camino a lo largo de la calle, musitando incoherencias, como era su costumbre. La sangre, en su boca, se detuvo.

"Eso no estuvo bien", se dijo Sergio mientras volvía a la banqueta frente al edificio. "Eso fue completamente innecesario. Pudo haberme atacado... pudo..."

Una patrulla se estacionó en la calle de Roma. De ésta se apeó un hombre de uniforme.

—Soy el sargento Pedro Miranda. El teniente me encargó que te llevara a donde tú quisieras sin hacer preguntas.

—Quiero revisar otra vez las casas de las cuatro víctimas, por favor.

—A la orden. ¿A casa de quién primero? —lo cuestionó el sargento.

—A la casa de Celso Navarro.

El sargento preguntó a Sergio si quería que encendiera la torreta y la sirena pero una sola mirada del muchacho bastó para comprender que era una exageración. Un mensaje llegó al celular de Sergio.

Bravo, mediador. Un movimiento interesante. ¿Hasta dónde puedes desafiar a un demonio sin que te cueste la vida?

Sergio guardó su celular y buscó, sin suerte, la figura del hombre del abrigo alejándose. La calle estaba vacía. ¿Sería el miserable un demonio en verdad? ¿No lo habrían confundido su propio miedo y la sangre en la boca ? Era posible que el loco se hubiera lastimado un labio y la sangre fuera suya. Igualmente era posible que Sergio le temiera sólo por tratarse de un sucio y estrafalario hombre sin hogar. Prefirió no pensar más en ello y devolver su mente al caso Nicte, que era lo que importaba en ese momento.

Cuando llegaron a casa de los Navarro, Sergio consideró que tal vez no fuera buena idea estar ahí. Decenas de reporteros hacían guardia fuera de la casa de la colonia Roma, esperando que alguna nota interesante les cayera del cielo. Seguramente sería imposible pasar desapercibidos. Aun así, el oficial pudo estacionar la patrulla en la entrada de la casa, frente a la reja, sin que nadie se les aproximara.

—¿Nos bajamos? —preguntó el Sargento—. Puedo pedir a los señores Navarro que me abran para introducir la patrulla al jardín.

Sergio suspiró. Si podía deducir bien el estado de ánimo de los padres de Celso, no querrían para nada ser molestados. Ya sería bastante bueno que les permitieran entrar; introducir la patrulla al jardín...

—No, sargento. Ni modo. Habrá que tocar. Y ojalá nos dejen entrar.

Bajaron de la patrulla y, como moscas convocadas a un pastel, los reporteros se les fueron encima automáticamente, con cámaras y micrófonos por delante.

—¿Eres el que supuestamente está ayudando en las investigaciones? —le preguntó uno.

—¿Entonces es cierto? —lo abordó otro.

—¿En verdad eres ahijado de Orlando Guillén? —dijo un tercero.

El sargento corrió del otro lado de la patrulla a cubrir a Sergio con su cuerpo, pero los reporteros ya se habían adelantado. Hubo empujones y jaloneo para intentar llegar a la reja. Por eso fue que Sergio, tratando de desencajarse del amontonamiento, perdió la prótesis. El periodista más próximo se hizo hacia atrás, sorprendido, y recogió la pierna del suelo.

—Oh. Disculpa... —balbuceó.

Sergio hizo caso omiso. Tomó su pierna y, a saltos, se unió al sargento en su carrera por llegar a la reja, ahora un poco más holgado. Había conseguido que los reporteros guardaran silencio y les concedieran un poco de espacio por un muy breve momento. Apareció la señora Navarro en la puerta de la casa.

—¿Y ahora qué quieren? —dijo, molesta, desde el interior.

—Señora, ¿puedo hacer una nueva revisión de las cosas de Celso? —preguntó Sergio a través de los barrotes.

—¿Y ya para qué?

—Para evitar que esto continúe —resolvió Sergio.

La señora lo miró desconcertada. Ya bastante monserga era tener la calle llena de inoportunos reporteros como para ahora ser molestada de esa forma.

—Dame una buena razón —espetó mientras se aproximaba a la reja— para creer que puedes conseguir algo si te dejo entrar.

Sergio, agarrado de uno de los barrotes con una mano, sosteniendo su pierna con la otra, hubiera querido que no escucharan los reporteros. Pero no tenía opción.

—¿Sabe usted cuál era la caricatura preferida de Celso? ¿Cuántas novias tuvo? ¿Por qué le gustaba más la historia que las matemáticas?

La señora no pudo ocultar su extrañamiento.

—¿De qué hablas?

—¿Lo sabe? —replicó Sergio.

—Su caricatura favorita… eh… creo que…

—Bob Esponja. Tuvo cuatro novias, dos en quinto, dos en sexto. Le gustaba más la historia que ninguna otra materia. Y no sólo sé eso, también sé que tiene trece pantalones colgados en su clóset, siete pares de tenis, cuatro de zapatos, diecisiete playeras de cuello redondo y ocho de cuello formal, quince plumas en su lapicero, dos edredones de súper héroes en el clóset, calzaba del tres, le encantaban las galletas cubiertas de chocolate, era segunda base y su equipo preferido eran los Rojos de Cincinatti, que no se llevaba su cartera a las prácticas del beis por miedo a perderla o que se la robaran, que tuvo un perro de chico que se llamaba Pelusa…

Se detuvo. Casi no había tomado aire para arrojar tal inventario de cosas. Si la señora Navarro no le creía con eso, lo mejor sería largarse y seguir investigando en las otras casas.

El rostro de ella se ablandó. Dos gruesas lágrimas cayeron de sus ojos.

—Sí. Le encantaban las galletas con chocolate. Es cierto.

Abrió la reja y los dejó entrar. Los periodistas tardaron un par de minutos más en separarse de la reja; hasta que no vieron a Sergio y a Miranda al lado de la señora se apresuraron en volver a sus cámaras para preparar ese último reportaje.

Antes de permitirles entrar a la casa, la señora se animó a preguntar:

—¿Cómo lo supiste?

—Hay migajas en su piyama. En su escritorio. Debajo de las sábanas...

Ella le acarició una mejilla. Le sonrió. Sólo le pidió que procurara terminar antes de que volvieran del sepelio.

Nicte, quinta labor

Se levantó de su asiento sin poder dar crédito. Era demasiado bueno para ser verdad.

Ahora que hablaban de sus trabajos por fin en la televisión, los dioses decidieron que era momento de echarle una mano.

Se acercó lo más que pudo a la pantalla. Era cierto. El muchacho que aparecía en primer cuadro, el que llamaba a la puerta de la casa de la cuarta labor, en medio de una multitud de reporteros, era un regalo del cielo.

—Gracias —dijo en voz baja mientras veía al que suponía debía ser la séptima víctima, la más especial de todas. Acaso todo se anticipara. Acaso terminara su misión antes de lo previsto.

Acarició la pantalla del televisor. Bajó el volumen hasta obligar al aparato al silencio total. Murmuró el tema de uno de sus conciertos de piano. Sonrió.

Detrás de su mano sobre el cristal, vislumbraba la ausencia de la pierna derecha en ese niño de cabello corto como una recompensa, como una palmada en la espalda. Los dioses también sonreían.

Miró las fotografías sobre su escritorio Necesitaba un niño de cabello corto sin una pierna. Los dioses le ofrecían uno casi calcado. Acaso todo se anticipara. Siguió canturreando.

"Siete menos cuatro, da tres", pensó, dando sentido a su último trabajo. "Siete menos cuatro, da tres".

Y se imaginó el momento en que pudiera decir: "siete menos siete, da cero". Misión cumplida.

Capítulo diecisiete

—¡Suéltame, bestia maldita! ¡Suéltame! —gritó Sergio. Después de correr por cientos de metros, el lobo negro al fin le había dado alcance. En breve todas las demás fieras se unirían al ataque y acabarían por descuartizarlo.

—¡Sergio! ¡Sergio!

Alicia tuvo que sacudir a su hermano para que volviera en sí. Sergio despertó sobresaltado a mitad de un grito.

—¿La misma pesadilla de siempre?

Sergio asintió. Todavía sentía las dentelladas en sus piernas. Todavía sentía en todo el cuerpo el vaho del aliento del lobo que al final conseguía derribarlo.

—Sergio... ¿qué pasa contigo, eh? —se sentó Alicia en la cama—. No creas que soy tonta. Ya sé que no fuiste ayer a la escuela.

—¿Cómo lo supiste?

—No había más que prender la tele para enterarse. ¿Por qué estás metido en esto, eh?

—Ya te dije. El teniente Guillén cree que puedo ser de utilidad. No sé...

Él mismo ya tenía sus dudas puesto que aún no había podido aportar nada al caso. A ratos sentía que todo eso lo sobrepasaba, que no tenía ningún sentido su participación.

Alicia lo miró detenidamente. Sabía perfectamente cuando Sergio le mentía y, no obstante, a veces prefería hacerse la desentendida. El día anterior, a pesar de estar en la ducha, había descubierto sin problemas que Sergio estaba intentando engañarla. Tampoco se había creído nunca que la policía buscó en principio a su hermano porque la maestra de biología era cuñada del teniente

Guillén y había decidido ponerlos en contacto, tal y como Sergio le había contado inicialmente. "Pero tampoco puedo cuidarlo toda la vida", se había intentado convencer a sí misma. "Está creciendo. Y si necesita equivocarse para aprender..."

—¿Desde cuándo eres tan bueno para deducir? ¿Cómo supiste que le gustaba más la historia que las otras materias?

—Hacía dibujos de la segunda guerra mundial en sus cuadernos. Además... en sus exámenes siempre sacaba más de ocho. Bien visto, no creo que sea muy bueno para deducir... es sólo que me fijo en todos los detalles.

—Está bien, pero no creas que me tiene tan contenta que ahora te hayas vuelto tan... famoso.

Sergio comprendió a qué se refería Alicia. Seguramente el asesino, para entonces, ya conocería su cara.

El reloj marcaba las cinco y media de la mañana. Ya no tenía caso volver a dormir. Se prepararon para el trabajo y la escuela sin apresurarse demasiado. Cuando estuvieron listos, Alicia sugirió a Sergio llevarlo en el coche a la escuela, pero éste se negó, quería meditar algunas cosas más respecto a la investigación en el camino. Quería estar solo un rato.

Al salir de su casa vio a Brianda, con su uniforme de escuela, frente a Giordano Bruno. No pudo evitar ir a su encuentro.

—Hola. ¿No es muy temprano para que vengas a desahogarte?

Brianda tenía rasgos de haber pasado también muy mala noche.

—Le estoy pidiendo que te cuide.

Sergio no pudo evitar sonreír. Sólo Brianda podría tener una ocurrencia como ésa.

—Brianda... Giordano Bruno no fue un santo.

—No importa. Yo sé que me oye.

Sergio miró al monje con el que se había acostumbrado a convivir desde que él y Alicia se habían mudado a la calle de Roma. No podía culpar a Brianda de sentir esa cercanía si ella había convivido con él y le había hablado prácticamente desde que había nacido.

—Tuve un muy mal sueño, Checho —dijo Brianda sin despegar los ojos del monje—. Algo muy feo te pasaba. Llevabas una playera amarilla con un dibujo de un tiburón en el centro.

—Sólo fue un sueño, Brianda. Yo no tengo playeras de ese color. Y mucho menos con un tiburón en el centro.

—A veces sueño cosas ciertas. Como una vez que soñé que mi tío Jorge se caía de una escalera y se cumplió.

Sergio trató de que ella no viera que seguía sonriendo.

—Sí, búrlate —se quejó Brianda—. Pero no quiero quedarme viuda antes de casarme.

Hubo un momento de gran silencio. Hasta que Brianda volvió a hablar pausadamente, como si temiera decir lo que estaba pensando.

—¿Sabe alguien lo que el asesino le hace a los niños antes de matarlos, Checho?

Sergio se sorprendió de la perspicacia de Brianda. ¿Cómo saber si Nicte torturaba a sus víctimas o si las decapitaba mientras estaban vivas?

A la distancia se escuchó la voz de la mamá de Brianda.

—¡Brianda! ¡Vas a llegar tarde, niña!

—Me tengo que ir —dijo ella, súbitamente—. ¿Nos vemos en la tarde?

Sergio asintió. Ella le dio un beso en la mejilla y se echó a correr hacia su casa para que la llevaran a la escuela. Sergio la vio alejarse. No era un mal sentimiento el que lo inundaba en ese momento. Era bueno tener amigos como Brianda. Si algún día se hacían novios era todavía incierto, pero era un sentimiento placentero el saber que alguien se preocupaba por él a ese grado. Levantó la mirada y vio a Bruno.

—No le hagas mucho caso —se atrevió a decir—. Es sólo que está asustada.

Las cuatro cuadras que separaban su casa de la escuela las recorrió tratando de encontrar las similitudes en las vidas de las cuatro víctimas. Seguía sin encontrar nada y eso lo tenía perturbado. En cierto modo sabía que si había algo que coincidiera en los cuatro niños, él ya lo habría detectado. Efectivamente, había detalles que encajaban, pero Sergio intuía que no podían ser significativos. Por ejemplo: tres de los niños desayunaban la misma marca de cereal, dos tenían el mismo póster de Ana Guevara en su habitación, detalles ambos que no podían arrojar ninguna luz sobre la investigación.

"Estoy perdido", admitió para sí mismo. Y no sabía a quién recurrir para obtener ayuda. Ya comenzaba a sentirse desesperado. Ni siquiera la supuesta revelación respecto a Némesis que le había hecho Farkas le había servido para nada.

Al llegar a la escuela se dio cuenta al instante que el ambiente era distinto al de días pasados. Había menos algarabía. Todo el mundo murmuraba.

Presentó su credencial al prefecto, quien le dio una palmada en la espalda y, al ingresar a la escuela, se percató de que era el centro de todas las miradas. Un par de compañeros de su salón, el 1°E, se acercaron y lo bombardearon con sus preguntas.

—Te vimos en las noticias, Mendhoza. ¿De veras estás ayudándole a la policía?

—¿Viste los huesos?

—¿Es cierto que es obra de un loco satánico?

—¿Verdad que a todos los niños los sacaron de sus casas mientras dormían?

Sergio prefirió pasar de largo hacia su salón.

Naturalmente, en el aula, sus compañeros continuaron asediándolo con sus inquietudes, pero Jop se encargó de desanimarlos a todos diciendo que los detalles eran horribles y por eso Sergio prefería no hablar. Cuando sonó la chicharra, todos fueron a sus lugares, aunque de muy mala gana.

Por la puerta entró entonces la maestra Luz, la directora, en vez del profesor de matemáticas, que era la asignatura que debían tomar inicialmente.

El silencio fue inmediato. Que la directora se presentara auguraba un cambio en la rutina. Probablemente llevara noticias importantes.

—Buenos días, muchachos —dijo en seguida, consiguiendo una contestación despareja de todos los alumnos.

Sergio se percató que ella no le quitaba la vista de encima. No obstante, en cuanto volvió a reinar el silencio, miró a todos por igual.

—Se imaginarán por qué estoy aquí —inició—. Miren a su alrededor. ¿Qué notan?

Los alumnos del 1° E miraron en torno pero, al parecer, no detectaron nada. La maestra Luz ya sabía a quién preguntar.

—Sergio Mendhoza, ¿qué notas?

Sergio se puso de pie.

—Faltan Luis Martínez, Roberto Medina, Cristina Sáenz, Dolores Huitrón y Laura Esquivel.

—Exacto. Y éste es el salón en el que hubo menos ausentismo. Supongo que por razones obvias. Muchos de ustedes querían ver a Sergio y hablar con él. ¿Cuántos de ustedes se enfrentaron con sus padres para poder venir? Levanten la mano.

Se alzaron por lo menos once brazos, entre ellos el de Jop.

—Hay salones en los que no se junta ni la mitad de la asistencia. Es posible que estemos viviendo una ola de pánico. Exactamente lo que quería evitar la policía.

Una niña levantó la mano.

—Pero dice mi papá que es mejor que lo sepamos —opinó—. Porque así podemos estar más alertas.

—Y tu papá tiene razón —concedió la maestra Luz—. Por eso creo que hay que tomar una resolución.

Sergio ya volvía a sentarse cuando la maestra lo detuvo.

—Sergio, acompáñame. Trae tus cosas.

Sergio se despidió con un gesto de Jop, tomó su mochila y siguió a la maestra. Sus compañeros comenzaron a murmurar.

—Conoces de cerca lo que está pasando —le preguntó la directora en el pasillo—. Dime con toda honestidad... ¿Qué tan probable es que haya más víctimas?

Sergio no dudó. La respuesta era fácil.

—Muy probable.

La profesora suspiró; tendría que tomar cartas en el asunto. Atravesaron el patio. Y Sergio notó que la profesora lo conducía hacia la puerta de entrada de la escuela.

—Llamaron de la delegación de policía. Me pidieron que te permitiera salir temprano.

—Eh... gracias.

—No me agradezcas. Es lo que voy a hacer con todos. Las clases se suspenderán hasta que capturen al asesino. Si los alumnos permanecen en sus casas, no puede pasarles nada.

La maestra pidió con una seña al conserje que abriera la puerta de la escuela. Frente a ésta se encontraba el teniente Guillén, dentro de su patrulla, esperando a Sergio.

Sergio le dio la mano a la maestra a manera de despedida, pero ésta lo retuvo. En sus ojos, por primera vez, vio Sergio la angustia. Hasta ese momento comprendió que a ella, pese a su imagen de dureza y frialdad, también le preocupaba saber que había un loco suelto matando niños. Finalmente, la maestra Luz llevaba años de atender y procurar muchachos en diferentes escuelas. Seguro ya habría aprendido también a quererlos.

—Sergio... ¿En qué estás ayudando a la policía?

—En muy poco, la verdad, maestra.

La profesora volvió a suspirar.

—Haz todo lo que puedas y te permito traer el pelo tan largo como quieras a la escuela.

Sergio se sorprendió. No sabía que la maestra Luz supiera que extrañaba su melena. Obviamente era algo que no estaba en su expediente escolar ni en ningún otro lado.

—¿Cómo supo que...? —se animó a preguntar.

—No eres el único que sabe observar, muchacho.

Hasta entonces soltó la maestra la mano de Sergio. Y lo despidió con una palmada en la espalda.

Sergio subió a la patrulla, al asiento del copiloto, dando la mano a Guillén. Le daba verdadero gusto verlo.

—Hola, teniente.

—Vamos, "ahijado". El capitán quiere conocerte.

La patrulla se perdió por las calles de la colonia.

Capítulo dieciocho

Para las cuatro de la tarde ya era oficial. Todas las escuelas primarias y secundarias de la delegación habían decidido suspender clases. Los ojos del país estaban puestos en "El caso de los esqueletos decapitados".

Sergio había pasado media mañana en el despacho del capitán Ortega ayudando a Guillén a demostrar su posible utilidad en la investigación. Bastó que recitara de memoria sus hallazgos en las casas de las cuatro víctimas para que Ortega diera, con reticencia, su visto bueno y volviera a sus asuntos.

Guillén llevó entonces a Sergio de vuelta a su casa para que siguiera el análisis que había iniciado en la delegación de policía y aprovechó para ir él mismo a descansar. Llevaba casi cuarenta y ocho horas sin dormir a fuerza de angustias, café y cigarros.

Por la tarde Sergio se dedicó, junto con Brianda, a cruzar la información con la que contaba. Brianda le ayudó a pegar varias hojas de cuaderno para relacionar todo lo que sabía de cada uno de los muchachos muertos y llegar a una conclusión. Pero, por más que se esforzó, Sergio no dio con nada. Al final de la jornada sentía que le iba a estallar la cabeza.

Eran las diez y media de la noche cuando sonó el teléfono celular de Brianda.

—Es mi mamá. Yo creo que ya quiere que me vaya para la casa.

Contestó y casi colgó al instante.

—Va a venir por mí. Me dijo que "ni loca" vaya a salirme sola de aquí. Le dije que son sólo dos cuadras pero me colgó luego luego.

Sergio asintió con la cabeza. Toda la ciudad estaba al borde de la psicosis. De hecho, ya comenzaba a preocuparle quedarse solo.

Si en el futuro los papás de Brianda le prohibían visitarlo, lo comprendería perfectamente.

Se quedaron en silencio un buen rato hasta que llamaron a la puerta de la calle. Sergio supuso que la señora querría ir por su hija hasta el tercer piso, así que presionó el botón que liberaba la puerta y esperó recargado contra una pared de la sala.

—Mañana te ayudo más, Checho.

—No me digas Checho, Brianda.

Llamaron a la puerta de la casa. Tres golpes muy pausados.

—Nos vemos —dijo Brianda poniéndose de pie y tomando su suéter.

—¿Quién? —preguntó Sergio.

—Yo. La mamá de Brianda, Checho —dijo la señora tras la puerta.

—¿Ves lo que haces? —reclamó Sergio a Brianda—. Al rato todo el mundo va a empezar a decirme Checho.

Abrió la puerta. La señora Elizalde entró y dio un beso a Sergio.

—Checho... —dijo, sin saludar siquiera—, sé que comprenderás que no me tranquiliza mucho que Brianda te ayude.

Sergio miró a su amiga.

—¡Ay, mamá! ¡No empieces! —dijo ella, molesta.

—¡Pues es la verdad!

—¡Ay, ya vámonos! —gruñó ella, saliendo del departamento sin despedirse.

—¡A ver, señorita! ¿A dónde crees que vas tan de prisa, eh? —reclamó la señora, yendo detrás de su hija a la carrera.

Sergio lo veía venir. Al rato no le iban a permitir a nadie acercársele por temor a que el asesino también le pusiera los ojos encima. Se sintió súbitamente solo. Alicia había hablado un par de horas antes para avisar que tendría que hacer una guardia en el hospital y no podría ir en toda la noche.

Dio un último vistazo a la larga lista de cosas que habían anotado él y Brianda tratando de detectar algo importante. Se mostró abatido. Acaso no tendría nada que aportar al caso. Al menos, según el teniente, todavía no habían reportado un quinto desaparecido.

Fue a su cuarto y puso "Stairway to heaven" para acompañarla con los tambores y relajarse. Debido a la hora, el vecino de abajo no tardó en golpear con su escoba, pero Sergio hizo caso omiso de la queja. Entonces, en una pausa, escuchó su teléfono sonar. Caminó hacia el aparato y contestó.

—¡Checho, qué bueno que me contestas!

—¿Por qué? ¿Qué pasó, Brianda?

—¡Mi mamá me acaba de decir que ella nunca llamó al timbre del edificio! ¡Que encontró la puerta abierta!

Sergio comprendió. Le había abierto la puerta del edificio a alguien más cuando presionó el botón del intercomunicador. Un muy conocido torrente de electricidad lo invadió justo en el momento en que volvían a llamar a su puerta. Cinco golpes apresurados.

Toc, toc, toc, toc, toc.

—¿Estás ahí? —preguntó Brianda.

—Sí. No te preocupes...

—¿De veras estás bien?

—Perfectamente. Seguro le abrimos a alguien que se equivocó de departamento. No creo que sea para preocuparnos.

Cinco nuevos golpes a su puerta. Toc, toc... toc...

—¿Y si te vienes para acá en lo que llega Alicia?

—No exageres. Luego te llamo.

Sergio colgó el teléfono y fue directo a la entrada del departamento.

Toc, toc, toc...

Se recargó en la superficie de madera de la puerta y se puso de puntitas para observar por la mirilla pero el pasillo estaba en penumbra. Tuvo que animarse a preguntar.

—¿Quién?

Toc, toc, toc, toc, toc, toc, toc, toc, toc, toc...

El miedo amenazaba con posesionarse de él. No era nada bueno que, quien estuviera del otro lado, no respondiera.

Toc, toc, toc, toc...

—¡Váyase o llamo a la policía!

Toc, toc, toc, toc, toc, toc, toc...

Lo siguiente fue un feroz gruñido, algo muy parecido a cuando un perro está a punto de atacar o tirar una mordida. Luego, silencio. Luego, más golpes a la puerta, golpes frenéticos, golpes desesperados. Después, pasos presurosos que bajaban las escaleras. Sergio corrió entonces a la ventana de su cuarto para ver a través de ésta quien huía. Lamentablemente, cuando se asomó, sólo contempló la calle vacía. Algunos autos, dos transeúntes caminando como si nada a la distancia, la quieta estatua de Giordano Bruno.

Volvió a la puerta del departamento y echó doble candado. Luego, regresó a su cuarto.

—¿*Miedo, Mendhoza?*

Se apresuró a sentarse a la computadora para responderle a Farkas.

—*No sé de qué me hablas.*

—*No importa. Yo me entiendo.*

—*Estoy cansado. Voy a dormir, si no te importa.*

—*A mí no me importa para nada. No sé a la quinta víctima.*

—*¡HAGO LO QUE PUEDO!*

—*Poor Sergio.*

Sergio aventó el teclado. El monitor falló y se desconectó, quedando todo oscuro. La pausa le sirvió a Sergio para reflexionar. "Farkas tiene razón. Seguro que puedo hacerlo mejor, pero... ¿cómo?" Se estiró por encima del escritorio, torció el cable del monitor y la imagen volvió.

—*Te voy a ayudar. Trae una hoja blanca* —fue el mensaje de su interlocutor.

Sergio pensó por un momento. ¿Quería la ayuda de Farkas? ¿Y si era una trampa? No sabía si podía confiar en él después de tantas cosas.

—*Está bien. Si no quieres...*

Decidió arriesgarse. De su mochila sacó un cuaderno. Lo puso sobre el escritorio.

—*Arranca la hoja. Es importante.*

Sergio obedeció.

—*Dibuja una calavera. Ponle sombrero.*

Sergio se detuvo. En vez de obedecer, tecleó:

—*Ya sabía. Te estás burlando.*

—*¡Dibuja una calavera con sombrero!*

Sergio negó con la cabeza y pintó, en el centro de la hoja, una calavera. Le puso un sombrero.

—*¿Listo?*

—*Sí. ¿Ahora qué? ¿Quieres que la ilumine con mis colores?*

—*No sería mala idea. Pero con lo que hiciste basta. Ahora dime. ¿Qué ves?*

—*¿Qué veo?*

—*Sí, ¿qué ves?*

—*Pues una calavera con sombrero.*

—*Mal.*

—*¡Cómo que mal! ¡Si es lo que pinté!*

—*No te estás fijando. ¿Y te dices mediador?*

—*¡Es un estúpido cráneo con sombrero!*

—*¡No, NO Y NO! ¿Qué es lo más evidente?*

—*La calavera, maldita sea.*

—*¿Qué es lo que sobresale de todo?*

—*¡LA MALDITA CALAVERA!*

—*Adiós, mediador. Cuando aprendas a observar, me buscas.*

El mensaje anunciando que Farkas abandonaba la sesión puso de mal humor a Sergio. Volvió a aventar el teclado pero el monitor no se apagó. Se echó hacia atrás en la silla. Se quitó la prótesis. Y sostuvo la hoja frente a sus ojos tratando de encontrar eso que decía Farkas que era tan evidente y él no veía. Eran las doce de la noche cuando el sueño lo rindió con las fotos de John Bonham, pasando una y otra vez como "Protector de pantalla", frente a sus cansados ojos.

* * *

Había estado tanto tiempo intentando conciliar el sueño que, al final, había preferido levantarse y encender la televisión. La falta de interés por todo lo que le ofrecía el aparato lo empujó a sus pocos libros. Al final, Guillén se descubrió a sí mismo frente al teléfono, buscando en su agenda alguien a quien pudiese llamar que no pensara, al oír su voz, que ésta venía de ultratumba. Llevaba tanto tiempo de no hacer vida social que muchos de sus viejos amigos probablemente ya lo daban por muerto. "Además, ¿quién habla después de las doce de la noche sólo buscando conversación? Tengo que hacerme de un pasatiempo..."

Abandonó la idea y se sentó a la mesa del comedor con un papel y un lápiz. En otros tiempos, cuando era joven y empezaba de detective, imaginó muchas veces que resolvía un caso con una sola palabra clave. Una sola palabra que, como mágico "ábrete sésamo", conectaba todos los puntos y daba sentido al misterio. El siguiente paso lógico era presentarse a la casa del asesino y apresarlo. Caso cerrado.

Escribió la única palabra que, según él, podía estar íntimamente unida a los crímenes. "Nicte". La miró con atención por unos segundos. Cambió el orden de las letras. Intentó insertarlas en los nombres de las víctimas... de las calles... se dio cuenta de que era absurdo. Si había una palabra clave, no era esa. O él no sabía cómo emplearla. Arrojó el lápiz. Se apoyó en el respaldo de la silla.

* * *

Despertó creyendo haber oído algo. La computadora seguía encendida, así que la apagó. Se enderezó. La postura en la que se había quedado dormido ya le había empezado a molestar, así que agradeció haberse despertado. Se levantó y, a saltos, llegó hasta su cama. Pensó en acostarse sin piyama, finalmente Alicia no estaba ahí para regañarlo. Entonces, confirmó que lo que lo había arrancado de sus sueños no había sido su imaginación.

Toc, toc, toc...

Llamaban, nuevamente. Pero no a la puerta.

Llamaban a su ventana.

"Esto no puede estar pasando... ¿quién puede llamar a la ventana de un tercer piso?"

Toc, toc...

Eran llamadas más suaves, menos enérgicas que las otras, las que lo habían agobiado antes de quedarse dormido. Pero ahora le quedaba muy claro que nadie respondería ante ninguna pregunta.

"No tengo miedo. No tengo miedo", se dijo. "Sé controlar mi miedo".

Toc, toc... toc... toc...

"No tengo miedo." Se aproximó a la ventana. Y, de un golpe, recorrió las cortinas.

Fue imposible no sentir un embate de pavor. Nadie se espera ver algo como eso frente a la ventana de un tercer piso.

Un niño de ojos sangrantes lo miraba, flotando en el aire, del otro lado del cristal. De su boca también manaba un río de sangre.

Sergio sintió cómo su corazón se aceleraba. No obstante, pudo sostenerle la mirada al espectro.

—¿Qué quieres? ¿Por qué me atormentas?

El espectro, al igual que aquél que lo había atacado en la escuela, se negaba a hablar. Sólo lo miraba con una anómala tristeza. Sergio pensó que éste se parecía bastante a José Luis Rodríguez, la tercera víctima, pero conocía bastante bien las fotos del niño como para poder decir que no eran el mismo. "Los demonios se conjurarán en tu contra".

—¡Vete al diablo! —gritó y arrojó la cortina.

Por un momento todo estuvo en calma. Sintió que había vencido, que tal vez lo más fácil con esas apariciones fuera ignorarlas. Se quedó quieto y, por unos cuantos minutos, no hubo más que silencio. Su respiración volvió a la normalidad. La experiencia había sido, nuevamente, terrorífica, pero ya se recuperaba de ella. Se permitió felicitarse.

—Lo que necesito es dormir, malditos fantasmas.

Al dar la vuelta para acostarse, no pudo evitarlo. Dejó escapar un alarido.

En su colchón, un niño destrozado, con el estómago abierto, lo miraba con gran dolor. La tenue luz del monitor apenas mostraba sus órganos palpitantes… y una llave muy antigua aprisionada entre sus manos.

Sergio sintió que las fuerzas lo abandonaban, que ahora sí se desmayaría. "¿Cuánto miedo puedo soportar?" El niño estiró una de sus manos para tocarlo. Él, instintivamente, se echó para atrás.

—¡DÉJENME EN PAZ!

Abandonó a los saltos su recámara. Pero en el suelo del pasillo, atravesado, otro engendro, igualmente con el vientre completamente abierto, estorbaba el paso sobre un costado. Sergio se tropezó con él y su rostro quedó a milímetros de la faz del agonizante espíritu.

—¡DÉJENME! ¡DÉJENME! —siguió gritando mientras trataba de llegar a la puerta de salida de su casa, ahora arrastrándose, sin importarle nada que no fuera pedir auxilio.

Debajo del comedor, una nueva visión. El cuerpo de quien esta vez parecía una niña, también se desangraba, abierto a la mitad.

Sergio procuraba llegar a la puerta del departamento a través de ríos de viscoso fluido rojinegro. A cada paso resbalaba más con las manos y las rodillas. Y a cada paso se convencía más de estarse volviendo loco. Cuando pudo levantar la vista, confirmó que en ésta también había otro espectro. Uno que se parecía bastante a Celso Navarro, también con el cuerpo destrozado.

Sergio decidió detenerse. Pensó que acaso los espíritus lo estuvieran asediando por no poder detener los asesinatos. Cerró los ojos y comenzó a llorar, tendido en el suelo. "Perdón... perdón... perdón...", musitó.

"Perdón... de veras, perdón".

Se oyó un fuerte estallido. Se abrió la puerta de su casa de un solo golpe y se encendió la luz. Sergio no supo más de sí.

TERCERA PARTE

Nicte, quinta labor

Se levantó de su asiento. No podía creer lo que estaba viendo. ¡Ahí estaba! ¡La séptima víctima! ¡Justo del otro lado del cristal!

Nicte se acercó lo más que pudo a la transparente superficie, a sabiendas de que nadie podía mirar hacia adentro. El muchacho sin una pierna, ahí, del otro lado. ¡Increíble!

Entonces vio a Guillén, a los otros policías, acompañándolo. Y se dio cuenta de que no todo sería tan fácil como hubiera deseado.

Volvió a su sitio. Esperó. Finalmente, ésa era su mayor virtud, la paciencia.

Regresó a las fotografías. Acaso fuera mejor seguir con el plan. Ir por la quinta víctima. Aguardar.

Y seguir aguardando.

Se esmeró por atender las notas del concierto de piano que sonaba en su aparato de sonido.

Pero no dejaba de mirar en dirección al muchacho que representaba el final de sus labores. Acaso tenía el cabello demasiado corto, pero en lo demás era perfecto.

Recordó el nombre que habían dado en el noticiero.

—Sergio Mendhoza —dijo en voz baja.

Capítulo diecinueve

—¡La hoja!

Se despertó como si se librara de alguna pesadilla, aunque en esta ocasión hubiera dormido sin experimentar ningún sueño.

—Gracias a Dios —dijo Alicia, poniéndose de pie.

Sergio, recargándose en sus codos, notó que estaba acostado en su cama. A su lado, Alicia abandonaba la silla del escritorio para acercarse a él. El teniente Guillén, al oír que había despertado, ingresó a la habitación a toda prisa y arrojó el cigarrillo dentro del bote de basura. Un leve color rojizo se destacaba en sus córneas por la falta de sueño.

—Alicia, ¿qué pasó? —preguntó Sergio, alarmado, al ver al teniente en su casa.

—Nada. Pero sí que nos preocupaste.

Hasta ese momento recordó Sergio su horrible experiencia, los múltiples cuerpos de niños destrozados en todo el departamento. Miró sus sábanas; estaban limpias. Supuso que todo el suelo de las demás habitaciones también. Trató de recuperarse.

—Dormiste por varias horas. Pero, como te examiné y no detecté nada, decidí esperar.

Guillén se aproximó a Sergio.

—¿Estás bien?

—Sí. ¿Qué hace usted aquí?

—Dirás que es una tontería... pero no podía dormir y vine hasta acá a ver si podíamos hablar del caso. Probablemente fue un presentimiento porque, en cuanto estacioné el auto, oí gritos tuyos desde la calle. Tuve que forzar ambas puertas. Te encontré en el suelo, desmayado. ¿Seguro que estás bien?

—Seguro.

—El teniente hizo favor de llamarme al hospital —confirmó Alicia—. Vine lo más pronto que pude. Pero has dormido desde que llegué hasta ahora.

—¿Qué horas son?

—Las cinco de la tarde.

Sonó el teléfono. Alicia y el teniente se miraron. Él hizo una venia de consentimiento y fue a responder.

—Debe ser Brianda —dijo Alicia—. Ha estado llamando casi cada media hora. Le dará gusto saber que despertaste. ¿Me vas a decir qué fue lo que pasó? ¿Por qué te encontró el teniente gritando?

—Pesadillas... —sentenció Sergio.

—Sergio. Esto no me gusta nada. Y lo sabes.

—¡Claro que tuviste pesadillas! —se apresuró a decir Guillén, de vuelta en el cuarto—. No dejabas de hablar de una calavera con sombrero.

Sergio se apresuró a salir de la cama.

—¡Es cierto! ¡La hoja!

Fue a su escritorio y tomó la hoja en la que había hecho el dibujo. Se la mostró a Alicia.

—¿Eso fue lo que te causó un sueño tan inquieto? ¿A ti? ¿Al que oye Heavy Metal?

—Dime qué ves.

—Una calavera con sombrero —respondió Alicia.

—No. Fíjate bien. ¿Qué es lo que debes ver antes que la calavera? Alicia se esforzó.

—Ni idea.

—Es tan obvio que es difícil darse cuenta.

—Me rindo —dijo ella.

—A mí ni me mires —espetó el teniente.

Sergio golpeó el pedazo de papel con su mano libre.

—¡La hoja!

—Qué tontería —dijo Alicia.

—Exacto —resolvió Sergio—. Cuando yo te pregunté que qué veías, la respuesta tenía que haber sido: "Una hoja con una calavera".

Guillén sabía que Sergio iba hacia algún lado con eso, pero no sabía adónde. Prefirió esperar.

—¡Estoy olvidando el entorno! ¡Todo lo que rodea a los niños! Me estaba esforzando tanto en concentrarme en ellos que olvidé a sus padres y las cosas de sus padres.

Guillén se puso alerta.

—¿Qué necesitas? —dijo al instante—. ¿Quieres que te lleve a las casas de las víctimas otra vez?

—Tal vez no sea necesario.

Fue dando saltos hacia la mesa del comedor, ahí donde había estado haciendo su análisis al lado de Brianda. Tomó las mismas hojas que había unido y las volteó para poder realizar un nuevo análisis desde cero. En la parte de arriba apuntó los nombres de las víctimas. Luego, trazó, al igual que habían hecho él y Brianda, líneas para dividir las hojas en columnas. Se puso a escribir, en cada renglón, lo que recordaba de los padres y las casas, desde lo más evidente hasta lo más insignificante, tratando de dejar fuera a los niños.

Alicia y Guillén se sentaron frente a él sin entender nada. Sergio escribía como si estuviera tomando dictado de acuerdo a como le iban llegando las cosas a la cabeza. Apuntaba hasta el color de los zapatos, algunos títulos de libros y de discos, los nombres de los parientes, todo. Cuando terminó de llenar las cinco hojas que Brianda había pegado, Guillén ya había pegado cinco nuevas, anticipándose. Alicia se sintió abrumada y molesta.

—Teniente, ¿por qué no lo persuade para que deje esto en vez de alentarlo?

Sergio detuvo su raudo escribir.

—Lo haría, Alicia, se lo juro... —confesó Guillén—, si no sintiera que puede ayudarnos a evitar más crímenes.

Alicia le sostuvo la mirada a Sergio, aún enfadada.

—Estoy bien, Alicia. No te preocupes —exclamó Sergio.

Ella negó sutilmente y, tomando su bolso, abandonó el departamento.

Sergio tomó el segundo grupo de hojas y continuó sus apuntes. Anotaba marcas de los autos, ocupaciones de los padres, apellidos de los abuelos... todo lo que encontraba en su mente. Si algo no conocía, marcaba una "x" y seguía adelante. Guillén se puso a pegar un nuevo grupo de cinco hojas.

Al cuarto grupo Sergio se detuvo. Le dolía la mano de tanto escribir y comenzó a abrirla y cerrarla. El teniente ya revisaba las hojas, tratando de descubrir algo en ellas. Con un marcador ya había señalado los renglones que coincidían en todos los puntos. Algunos eran demasiado absurdos como para ser tomados en cuenta, como por ejemplo, que los cuatro padres de las víctimas calzaban del mismo número o que las cuatro madres eran del mismo signo zodiacal. Se dio a la tarea de eliminar esos renglones. Al final sólo quedó uno que le llamó la atención.

—Moloch —dijo en voz alta.

Sergio salía del baño en ese momento.

—¿Cómo dice, teniente?

—Este renglón. Dice "Fotos" y luego, "Moloch" en las cuatro columnas.

—Es el nombre del estudio en el que revelaron sus últimas fotografías familiares en las cuatro casas.

—Nada perdemos con darnos una vuelta.

Pidió a Sergio que se pusiera su prótesis mientras él realizaba algunas llamadas a la delegación pidiendo que le averiguaran la dirección y los teléfonos de "Moloch". Cuando bajaban las escaleras del edificio sonaron ambos celulares al mismo tiempo. El de Sergio, debido a un mensaje.

Bravo, mediador. Pero ten cuidado. Según yo, no llevas ni un miserable ajo atado al cuello. Te gusta jugar con el peligro, ¿no?

Sergio sintió temor. ¿Y si de veras estaban en la pista correcta? ¿Estaba por enfrentarse a un demonio como sugería Farkas? El teniente colgó su propia llamada.

—Moloch está en el centro comercial nuevo que acaban de abrir pasando Insurgentes. "Plaza Insurcentro".

Antes de subir a la patrulla, el teniente se sintió con la obligación de preguntarle quién le había mandado un mensaje. Sergio estuvo a punto de decirle la verdad, a fin de cuentas el teniente también había tenido contacto con Farkas. Pero no se atrevió. No quería confesar que era probable que el asesino fuera un demonio. No sabía cómo transmitirle al teniente que debían tener cuidado. Sobre todo porque ni él sabía qué tipo de precauciones debían tomar.

La patrulla hizo su recorrido hacia el centro comercial con la torreta encendida, pero sin sonar la sirena. Cuando llegaron al estacionamiento de Plaza Insurcentro, ya había otras dos patrullas esperando. Guillén se bajó lo más rápido que pudo.

—Hola, sargento —saludó a su subalterno—. Quiero que estén alertas, pero no intervengan si yo no se los pido.

—Entendido, teniente.

Caminaron hacia la entrada del centro comercial. En total eran cuatro uniformados, Guillén y Sergio. Al llegar a la entrada, Sergio trató de aprestar sus sentidos, observar todo con más detenimiento. Se detuvieron justo en la entrada, donde estaba el despacho de vigilancia del centro comercial. A un lado había un pequeño kiosko en el que se solicitaba al público visitante que dejara su opinión sobre la nueva plaza para participar en una rifa. Un letrero, invitando a la gente a donar su ropa vieja para los pobres, se encontraba a un lado de la puerta del despacho de vigilancia. Había globos adornando el sitio, música suave, decenas de personas yendo y viniendo. Sergio se recargó en el kiosko, tratando de identificar ese nuevo miedo que sentía. Los policías y el teniente se detuvieron también, aguardando.

—¿Todo bien? —lo cuestionó Guillén.

Sergio casi podía adivinar, por lo que estaba sintiendo, el lugar exacto que debía tener Moloch en el centro comercial. Ahora estaba seguro. Iban en pos de un demonio.

—Sí, teniente. Vayamos.

Del puesto de vigilancia surgió el encargado: una mujer policía de semblante afable. Se presentó a Guillén.

—¿Puedo ayudarles en algo?

—¿Usted está a cargo aquí? —la cuestionó el teniente.

—Ariadna Gutiérrez, para servirle. Jefe de vigilancia.

—Gracias, Ariadna. Le suplico que no pierda de vista esta entrada. Es posible que hagamos una detención.

—Estaré atenta —respondió llevándose una mano a la gorra y sonriendo a Sergio, quien le devolvió parcamente la sonrisa.

Guillén dio órdenes a los otros policías de que también se mantuvieran a distancia sin llamar la atención.

Caminaron Sergio y el teniente por los pasillos del centro comercial. Y a cada paso se incrementaban las palpitaciones de Sergio, el sudor frío, el ligero temblor en las manos. Un miedo casi palpable. Algo, tal vez, parecido al terror.

Cuando dejaron atrás las filas de gente para entrar a los cines pudieron ver, a la distancia, el letrero.

"Moloch. Revelados Ultrarrápidos."

Guillén buscó en el rostro de Sergio una confirmación. Y advirtió que éste estaba pálido, sudoroso.

—¿Te encuentras bien?

—Sí, teniente. Es sólo que… como recordará, no he comido.

Se aproximaron al local, pero Sergio pudo decirlo mucho antes de que llegaran: iban en la dirección correcta. Detrás del mostrador se encontraba un único dependiente, un corpulento hombre joven de semblante adusto, cabello negro, largo y despeinado y cejas muy pobladas. En las manos sostenía una revista, pero no tardó en levantar la mirada, una mirada cargada de odio, de resentimiento, proveniente de unos ojos tan claros que parecían transparentes. Sergio percibió, de algún modo, que el encargado había presentido su llegada. Creyó ver que éste paladeaba entre los labios su nombre: "Sergio Mendhoza".

Guillén se aseguró de no hacer demasiado evidente su misión. Entraron al local, pero Sergio y el dependiente no dejaban de mirarse.

—Buenas tardes. ¿En qué puedo servirles? —dijo el de la mirada translúcida.

Sergio hubiera querido tener a Farkas cerca para preguntarle si eso que estaba sintiendo era verdadero terror.

—Vamos a curiosear un rato —dijo Guillén.

—No estarán pensando que este respetable establecimiento tiene algo que ver con esos crímenes espantosos, ¿eh?

Hasta ese momento recordó Guillén que tanto él como Sergio ya habían aparecido varias veces en las noticias. Era demasiado tarde para inventar otra cosa. La mirada del encargado no se despegaba de Sergio. Y eso no le gustaba nada al teniente. Se interpuso entre ambos.

—Estamos investigando. Es todo lo que puedo decirle.

—A mi entender, lo que están haciendo es el ridículo.

—Cuide sus palabras, amigo —dijo Guillén.

—Ahora resulta que un estúpido niño con mucha imaginación puede señalar a cualquiera y volverlo culpable, ¿no? ¡Vaya que hemos adelantado en esta ciudad!

—¡Le he dicho que cuide su lenguaje! —gritó Guillén.

A la distancia, los policías se aprestaron. Sergio miraba con recelo al hombre. Suponía que ése era el trato que iba a recibir, en adelante, de todos los demonios del mundo. Ciertamente no le gustaba, pero tampoco podía esperar menos.

—Creo que vamos a hacer una revisión de su tienda —encaró el teniente al encargado.

Éste se violentó. Arrojó la revista al suelo.

—¿Y con qué bases, eh? ¿Sólo porque lo dice este maldito chiquillo?

—¡El niño no ha dicho nada! —rugió Guillén—. ¡Lo digo yo y con eso basta!

—Sólo eso me faltaba. Ser víctima de la cochina corrupción de esta ciudad.

El teniente hizo una seña a sus oficiales y éstos corrieron hacia donde se encontraba.

—Detengan a este hombre y cierren la tienda —ordenó Guillén.

—Como usted diga, teniente.

—¡Voy a quejarme! —gritó el hombre mientras los policías se introducían al interior para esposarlo—. ¡Esto es un atropello!

Sergio no despegaba su mirada de los ojos del dependiente. Eran unos ojos malignos, como no había visto otros en ningún lado. También el rostro desfigurado por el odio del hombre le hacía pensar que sí, que se trataba de Nicte. Y, no obstante, sabía que no podía estar seguro. No si no descubría a su alrededor alguna prueba, algo que lo incriminara realmente. Miró los anuncios de la tienda, sus promociones, sus cámaras, sus rollos fotográficos... no había nada que le indicara que podía estar seguro. Quería señalarlo como el asesino pero, en ese momento, no podía.

Los policías esposaron al individuo y lo empujaron hacia la puerta. El teniente ordenó que se detuvieran. Afuera ya se habían aglomerado los curiosos. Guillén se acercó a Sergio y trató de tranquilizarlo.

—No te preocupes. Tengo un presentimiento con este tipo. Además... no tenemos muchas opciones. Es nuestra única pista.

"Es un demonio", pensó entonces el muchacho. "Y tal vez sólo por eso ya se merece estar tras las rejas".

El hombre clavó sus claras pupilas en él, tratando de intimidarlo; increíblemente, se mostraba más interesado en Sergio que en la policía. Sergio desvió la mirada. A una seña de Guillén los uniformados empujaron al hombre hacia los pasillos del centro comercial y éste comenzó a soltar palabrotas llenas de rabia mientras era llevado contra su voluntad a la delegación de policía.

Luego, cuando todo parecía haber concluido, ocurrió un nuevo incidente extraordinariamente rápido. El hombre se soltó de la presión de los policías, volvió a donde estaba Sergio y se hincó frente a él, poniendo su rostro congestionado de ira a pocos centímetros de su aterrorizada mirada.

—Esto no se va a quedar así, mediador. Que te quede claro —dijo en un murmullo para que sólo Sergio lo escuchara—. No se va a quedar así.

Guillén reaccionó en seguida. Sacó su arma y propinó un golpe con la culata en la nuca del dependiente, consiguiendo que se desmayara. Pero ya era demasiado tarde. Sergio, en esa fracción de segundo, había conocido un miedo que sobrepasaba todos sus miedos anteriores. Y, al parecer, lo había tolerado firmemente.

Capítulo veinte

Le extrañó, por primera vez, no encontrar a Farkas en sesión. Y, aunque le dolía admitirlo, reconocía que necesitaba hablar con él. Tenía tantas dudas respecto a lo ocurrido el día anterior, que le urgía hablar con alguien, con quien fuera. Y en ese momento el mejor interlocutor parecía ser el misterioso ente del ciberespacio. Pero, por más que esperó, nunca pudo iniciar el diálogo.

Decepcionado, fue a la cocina y se preparó un sándwich. Se sirvió leche y fue a sentarse frente a la televisión. Por fortuna, ya habían pasado todos los noticiarios matutinos.

Trataba de relajarse, pero sabía que algo no encajaba, que el caso no podía resolverse sólo por una corazonada. Habían revisado minuciosamente el local y lo más que habían podido hallar para inculpar al individuo eran varios paquetes de fotografías que no había entregado a sus respectivos clientes. Dos de ellos, casualmente, correspondían a familias de las víctimas. No obstante, ambas familias admitieron no haber ido a recoger las órdenes por olvido. También halló la policía algo de droga de consumo personal en uno de los cajones, pero no era suficiente motivo para señalar al encargado de la tienda como el autor de los crímenes. El sándwich le supo amargo a Sergio. Le bajó todo el volumen a la televisión; en la pantalla quedaron, silentes, los aerobics que dirigía un hombre moreno y exageradamente sonriente.

Llamaron a la puerta. Sergio ya no sentía miedo y abrió sin fijarse por la mirilla. En cierto modo se sentía bien, sabía que había hecho lo correcto, que había eliminado a un demonio de la escena. Pero no haber podido probar nada no lo tenía nada contento.

Eran Jop y Brianda. Ella lo abrazó en seguida.

—¡Checho! ¡Agarraste al asesino!

—Eres un héroe, ¿no, Serch? —lo palmeó Jop.

Sergio los invitó a pasar. Y ambos notaron que en su rostro no había nada que denotara satisfacción.

—¿Qué? —le recriminó Jop—. ¿Por qué no estás contento?

—Porque no puedo decir que el tipo ése, el tal Melquiades Guntra, sea en verdad el asesino. ¿Te parece poco?

—¿No le viste la cara? ¡Claro que es él! ¡Además no olvides el nombre de la tienda!

—¿El nombre de la tienda? ¿Qué pasa con él? —preguntó Sergio.

Jop y Brianda se miraron.

—No has visto las noticias, ¿verdad?

Sergio negó. Deliberadamente había estado evitando oír más del caso.

—El tipo ese resultó ser el dueño del negocio de revelado. Pues dicen en los noticieros que Moloch es el nombre de un demonio —dijo Jop—. Y también dicen que era un diablo al que, en la antigüedad, sus adoradores le sacrificaban niños. Yo mismo lo revisé en Internet.

Sergio sintió una extraña angustia instalarse en su estómago, una angustia que, de pronto, tan rápido como vino, desapareció para dejar paso al alivio. Tal vez sí fuera posible que hubiera dado en el blanco por una simple corazonada y el mencionado dueño de la tienda fuera en realidad el asesino. Por primera vez desde el día anterior, Sergio sintió una leve alegría. Tal vez sí se detuvieran los crímenes. Tal vez todo terminaría bien.

—¿En serio eso significa Moloch?

—Nadie duda que ese tipo sea el asesino, Checho —afirmó Brianda—. Nadie excepto tú.

—Bueno... es que... como que fue muy fácil, ¿no?

—¿Y eso qué tiene que ver? —dijo Jop—. Lo bueno es que ya lo agarraron.

—¿No nos vas a contar cómo lo identificaste? —preguntó Brianda.

Sergio suspiró. Los llevó a la sala y dio una mordida a su sándwich, tratando de darle a sus palabras un tono que no sonara absurdo. A veces él mismo seguía sin creer los eventos sobrenaturales que le estaban ocurriendo desde hacía unos días.

—Una de las cosas que me hacen especial, como mediador, es que puedo detectar demonios por el miedo que son capaces de producir.

—¿El tipo ése es un demonio? —preguntó Jop abriendo grandes los ojos.

—No lo sé explicar, pero sí. Su sola presencia me inquietó horriblemente, como nada antes en la vida. Y así como yo lo identifiqué, él también lo hizo. La verdad es que me dio mucho miedo lo que me dijo cuando lo agarraron. Mucho.

—¿Por qué? ¿Qué te dijo? —indagó Brianda.

—Me dijo que esto no se va a quedar así —respondió Sergio, dando un gran trago a su leche. La angustia amenazaba con volver.

—El tipo se va a quedar en la cárcel. No te preocupes —trató de tranquilizarlo Brianda—. Es imposible que cumpla su amenaza.

—Sí. Es cierto —la apoyó Jop—. Ánimo. Por eso vinimos por ti. Porque a lo mejor mañana ya nos van a hacer volver a la escuela. Así que hay que aprovechar nuestro último día de vacaciones.

Sergio trató con todas sus fuerzas de espantar a los fantasmas del pesimismo. Quería unirse al júbilo que sentían sus amigos. Pero, no podía. Sabía que Guillén no sería capaz de inventar evidencia que inculpara a Melquiades Guntra sólo por un presentimiento o porque su negocio tenía un nombre sospechoso. De cualquier modo, la mañana era soleada y el ánimo de Jop era contagioso.

—¡Vamos, anden! —los urgió Jop—, que el chofer me lo prestó mi papá sólo hasta las seis de la tarde.

Cuando abandonaron el edificio, a Sergio le ayudó darse cuenta de que el mundo seguía girando como siempre, que todo el mundo estaba ocupado en vivir su vida, que no había monstruos de ningún tipo acechando. Se instaló en el asiento trasero del gran auto del papá de Jop, al lado de sus amigos, y se sacudió de la cabeza los pensamientos ominosos.

Era, para la ciudad de México, un día como cualquier otro. Y como ya pasaban de las once de la mañana, las horas de mayor tráfico habían quedado atrás. Llegaron a Chapultepec en un santiamén.

Estuvieron disfrutando de la feria como si fueran dueños del parque. Como sólo las escuelas de las colonias cercanas a la Juárez habían cerrado sus puertas, el parque estaba prácticamente vacío. Algunos turistas les hacían la competencia y éstos eran bastante pocos. Se subieron a los mejores juegos varias veces y fue sólo hasta que estaban haciendo fila para entrar a la casa de los sustos que Sergio volvió a recordar sus preocupaciones. "Ya se terminó", se dijo. "Ya se terminó, trata de ser feliz y olvidar todo".

Entraron a la mansión y Sergio intentó convencerse de que, poder gritar por cosas que, aunque parecieran terribles, fueran todas falsas, era razón suficiente para sentirse contento. Vampiros, momias, zombies, hombres lobo, brujas, todo era posible y, a la vez, imposible. Sergio se dio cuenta, mientras Brianda le apretaba el brazo con todas sus uñas por el miedo que le causaba Freddie Krugger, que extrañaba ese mundo, ese feliz universo en el que los monstruos se quedaban dentro de los libros, las películas y las atracciones de feria. Se sorprendió de sentirse bien ahí dentro, donde los demonios eran todos falsos. En el mundo exterior... ya no ocurría de ese modo.

—Oye —le reclamó a Brianda—, me estás cortando la circulación del brazo.

—Ni modo, te aguantas —le dijo ella arrastrándolo porque Freddie Krugger ya iba en pos de ellos.

Cuando estaban escondidos detrás de un tétrico árbol de utilería, procurando que el asesino que mataba niños en sus sueños no les diera alcance, Brianda lo abrazó repentinamente.

—¿Verdad que sí me vas a pedir que sea tu novia algún día? —le preguntó al oído.

Sergio luchó por persuadirse a sí mismo de que el mundo podía ser como en una casa de espantos de mentiras, que los demonios no existían, que la vida tenía que ser feliz y sin miedo. Estaba a punto de responderle a Brianda cuando Freddie Krugger les dio alcance. Jop se interpuso entre él y sus amigos.

—¡Corran! ¡Sálvense ustedes! —gritó, emulando a algún ridículo héroe de ficción.

Sergio y Brianda echaron a correr de la mano mientras Jop luchaba con Krugger a brazo partido. Sólo alcanzaron a escuchar, mientras escapaban, los gritos del actor detrás de la máscara del monstruo:

—¡Niño! ¡No puedes tocar, acuérdate!

Al alcanzar la salida, el sol les inundó la cara, y Sergio pudo, por fin, dar cabida a un pensamiento y ahuyentar a los demás: "Melquiades Guntra es el asesino. Y está tras las rejas. Caso cerrado".

Detrás de ellos salió Freddie Krugger, sin máscara, arrastrando a Jop de la camisa. Con un movimiento rápido lo arrojó fuera de su alcance. Y volvió a la mansión terrorífica negando con la cabeza y acomodándose el sombrero.

Comieron en el interior de la feria y hablaron sólo de cosas simples. De por qué el ballet preferido de Brianda era La Bella Durmiente, la razón de que a Jop le encantaran las películas de Brian de Palma y si era cierto que ningún baterista jamás había igualado la maestría del Oso Bonham. Sergio quería creer que todo estaría bien a partir de ese día. Por un momento pensó que jamás volvería a sentir temor alguno, que había pasado la prueba y que, a partir de entonces, sería un muchacho normal como todos.

A las cinco cincuenta de la tarde salieron corriendo de la feria y abordaron el cadillac del papá de Jop. Pereda, el chofer, ya estaba dormido, pero Jop se encargó de despertarlo con un grito. De regreso a la colonia Juárez se encontraron con mucho tráfico y Brianda y Sergio se pusieron a hacer apuestas sobre el castigo que le impondrían a Jop por no devolver el coche a tiempo.

A las siete de la noche por fin llegaron. La tarde era un tanto melancólica, con ánimos de lluvia. Y Sergio, al verse de pronto solo en la plaza, una vez que Brianda se despidió de él, se sorprendió sintiéndose feliz. Miró hacia la ventana de su casa y se imaginó a sí mismo volviendo a su rutina, tocando los tambores, haciendo los deberes de su casa, preocupándose por sus notas en la escuela. Imaginó su propio rostro admirando la plaza y, después, sentándose a la computadora para entrar a páginas de Led Zeppelin, a chatear con sus amigos, a poner su música favorita. Se imaginó que la vida, a partir de ese momento, podría ser siempre así de buena.

Se acercó a Giordano Bruno y, asegurándose de que nadie lo estuviese viendo, se atrevió a decir:

—Gracias.

Luego corrió a su casa al paso que se lo permitía su pierna ortopédica.

Capítulo veintiuno

¿2 $+2 = 3$? *¿Desde cuándo?*

El mensaje parpadeaba en la pantalla de la computadora. La voz de Alicia lo apresuró desde la sala.

—¡Sergio! ¡Ya son las seis y veinte y tú ni te has bañado!

Se apoyó en sus codos y miró la titilante pantalla. Por tres días se había acostumbrado a que todo fuera normal, como había sido su vida por más de doce años. No esperaba que Farkas volviera a asomar la cara. Incluso había acariciado la idea de que ya se hubiera perdido para siempre, que todo hubiese sido un mal sueño. Se levantó de un salto.

—¡Sí, ya voy! —gritó mientras se sentaba a la silla del escritorio.

—¡Pues apúrate! —volvió a insistir su hermana.

—*¿Qué rayos quieres decir?* —se apresuró a contestar en el teclado.

—*Nada, que no me cuadran las cuentas. Eso es todo.*

—*Puedes burlarte todo lo que quieras. Sabes que agarramos al asesino* —tecleó Sergio con algo de desconfianza. Ya antes había abrigado el temor de que Farkas apareciera un día y le estropeara la tranquilidad de la que había disfrutado todo ese tiempo.

—*Cierto, había olvidado felicitarte. Diste con un demonio y lo capturaste. ¡Bravo, mediador! Misión cumplida. ¿A quién le importa que ahora tu pequeño engendro esté furioso y a punto de salir libre? Celebremos, que es lo que cuenta. ¡Cantemos y bailemos!*

—¿De qué hablas? —preguntó Sergio, sintiendo una horrible opresión en el pecho.

—*Mendhoza, Mendhoza... ¿cuándo dejaste de observar? ¿De qué te sirve saber que el asesino firma como la diosa griega Nicte?*

—¡Sergio! ¿Estás chateando a esta hora? —se asomó Alicia por la puerta.

Sergio siguió un impulso y apagó el monitor de la computadora para que Alicia no se enterara de la plática que estaba teniendo con Farkas.

—No —mintió.

Alicia lo miró suspicazmente. Había alcanzado a ver que sí, que su hermano estaba entablando una conversación a través del Messenger con alguien. Pero parecía imposible; no por lo temprano de la hora sino por otra razón: caminó hacia el escritorio y levantó la bocina del teléfono que estaba encima para cerciorarse. Pudo comprobar, tal y como había pensado, que no estaba conectado el módem, que el teléfono tenía línea para marcar.

—Sergio... estás cambiando —observó, titubeante—. Últimamente no sé qué diablos pasa contigo. Actúas muy raro.

Él se dio cuenta de que sería imposible intentar un movimiento brusco para apagar el CPU, así que probablemente sería tiempo de contarle las cosas por las que había tenido que pasar, que efectivamente no todo tenía que ver con el caso de los niños asesinados sino también con otro tipo de fuerzas más oscuras e inexplicables.

—Este... yo... —dudó. No sabía cómo comenzar.

Alicia encendió el monitor. Y, para sorpresa de Sergio, la ventana del Messenger había desaparecido.

—Sergio... —dijo Alicia, luchando por no preocuparse—. Tengo este horrible presentimiento de que estás metido en algo que escapa a mi comprensión. Es como si te hubieras metido en una jaula de concreto y yo no pudiera verte ni tocarte, mucho menos ayudarte a escapar.

Sergio pensó que la metáfora de su hermana era bastante acertada. Después de todos esos años no había perdido la capacidad de leer en su mente, en su corazón. Pero no quería angustiarla más de la cuenta hablándole de héroes, demonios, espectros y seres incorpóreos que pueden sostener conversaciones a través del ciberespacio sin necesidad de utilizar un módem. "Yo puedo con esto", se dijo. "No tengo miedo. Puedo vencerlo".

—El problema... —murmuró ella— es que estoy segura de que ni tú sabes en qué te estás metiendo.

Sergio no supo cómo contradecirla.

Alicia ya no agregó nada. Ni siquiera lo apuró a que se bañara. Volvió a sus ocupaciones matutinas en silencio.

Sergio se quedó solo frente a la computadora, meditando. Jugó un rato con el cursor del *mouse* tratando de desentrañar el verdadero significado de las palabras de Farkas, luchando por convencerse de que sí, que él estaba bien y que, en el futuro, seguiría estando bien. Pero no logró descifrar salvo una cosa que se desprendía de la errónea ecuación con la que Farkas había iniciado burlonamente el diálogo: que se había equivocado. Y terriblemente. Comenzaba a tener miedo nuevamente y no le gustaba el sentimiento. Era un miedo que parecía una certeza, como si de pronto pudiera estar seguro de que un espantoso mal estaba por acontecerle.

Se preparó lo más rápido posible, pues quería llegar a la calle para hacer una llamada que, de pronto, se volvió importantísima.

Se encontraba en la banqueta, echándose sobre la espalda la mochila, cuando comenzó a digitar el número en su celular. Al tercer timbre contestó el teniente.

—¿En qué puedo servirte, "ahijado"?

—Teniente... dígame la verdad. ¿Cómo va la investigación? ¿Han hallado algo nuevo?

Guillén se tardó un poco en responder.

—La casa de Guntra está libre de evidencia. Los cráneos no aparecen por ningún lado y él sigue negándolo todo, como te imaginarás. Estoy retrasando lo más que puedo las indagaciones para tenerlo bajo arresto por más tiempo, pero...

Guillén no supo cómo continuar.

—Pero ambos sabemos que es imposible mantenerlo encerrado sin evidencias —concluyó Sergio la frase.

—Sí, tienes razón. Aunque hay algo en el individuo que me dice que está mejor tras las rejas que en libertad.

"Claro, porque es un demonio", pensó Sergio sin aminorar el paso hacia su escuela. De pronto sintió, al ver a tantas personas caminar con prisa hacia sus trabajos, que el mundo podía estar poblado por demonios encubiertos, que la labor de un mediador podía ser increíblemente agotadora.

—Y el procurador piensa igual —afirmó Guillén—. Por eso hizo la declaración de ayer ante los medios. No tienes idea de cómo lamento sus palabras. Son extremadamente optimistas y... cómo decirlo... irresponsables.

Sergio sabía a lo que se refería el teniente. El procurador se había atrevido a decir, en cadena nacional, que la ciudad era segura nuevamente. Por eso habían abierto nuevamente las escuelas. Por eso se respiraba un aire de más confianza en las calles de la colonia Juárez.

—Lo siento mucho, pero... pese a lo que opina mi jefe, no puedo decir que el caso esté resuelto. No todavía.

—Estoy de acuerdo, teniente.

—Me da gusto que pienses igual.

Colgaron. Sergio ya había llegado a la escuela. Debido a la conversación con Guillén, el pesimismo volvió a él como una infección.

—Oye, Mendhoza, ¿en serio agarraste al asesino? —lo abordó José Huerta, un compañero de su salón.

No supo explicarlo pero esa suspicacia lo hizo sentir bien, como si no toda la gente tuviera que creer en la maldad de un individuo sólo por su rostro o el nombre de su negocio.

Siguió su paso hasta el salón. Ver a Jop dibujando lo confortó.

—¿Terminaste lo de mate? —se apresuró a preguntar. No quería que la conversación con su amigo tuviera nada que ver con el caso de los esqueletos decapitados.

Para su fortuna, a la hora del recreo ya había pasado el furor. Poco a poco el día fue perfilándose como cualquier otro. Cuando él y Jop se fueron a sentar al patio para ver a los demás jugar, hubo poco interés en el caso. Dos niñas de segundo le hicieron pruebas de memoria en las que deliberadamente falló y uno de tercero lo entrevistó para el periódico de la escuela. Pero eso fue todo.

Antes de salir de clases, fue llamado a la dirección por la maestra Luz. Al presentarse en su oficina trató de modificar su rostro y unirse al entusiasmo. Y aunque la maestra lo recibió sonriente, pudo detectar al instante lo que afectaba a Sergio. Efectivamente, los años de magisterio la habían vuelto muy sensible.

—Ya sé lo que te preocupa.

—¿A mí? —siguió fingiendo Sergio—. No, nada. Es sólo que no he dormido bien. Se lo juro.

—Si no hallan las calaveras es como si Guntra no lo hubiera hecho.

Prefirió ser honesto.

—El procurador está tan confiado en que tarde o temprano aparecerá la evidencia, que no dudó en celebrar la detención de Guntra. Es cierto que en tres días no ha habido niños desaparecidos ni señales de Nicte pero... ni el teniente ni yo estamos tan seguros de que todo haya terminado.

—Me da gusto ver que te interesa más la verdad que la fama.

Sergio lo pensó por un momento. Ni siquiera lo ponía en esa dimensión. Él sólo quería que se detuvieran los crímenes y que Guntra jamás saliera libre.

—Supongo que querrás esperar para dejarte crecer el cabello.

Sergio no asintió. Tampoco negó. Hizo una mueca de decepción porque era una clara forma de reconocer lo que ya era más que evidente: que el caso seguía abierto.

—¿Puedo retirarme? —se puso de pie.

—Trata de no angustiarte demasiado.

Estrecharon manos y Sergio regresó a su salón. Apenas para tomar sus cosas pues la chicharra de fin de clases sonó en cuanto llegó.

—No me digas. Ya te expulsaron —bromeó Jop.

—No, pero tampoco me van a levantar un monumento a medio patio.

Se despidieron en la puerta de salida, cuando Jop subió al auto con chofer que le mandaba su papá todos los días. No se pusieron de acuerdo para verse por la tarde porque los maestros, a raíz de los días sin clases, habían dejado montones de tarea. Sergio caminó a su casa en completo anonimato, lo que le sentó bien. Por momentos pensaba que todo podía volver a la normalidad y la ciudad continuaría siendo todo lo terrible que siempre había sido pero sin dar cobijo a asesinos seriales de niños entre sus calles.

Mientras comía en silencio meditaba la posibilidad de unirse de nuevo a las investigaciones. Pese a que no le causaba ningún entusiasmo volver a salir en las noticias, sentía que era su responsabilidad llamar al teniente y pedirle que lo llevara a casa de Guntra a intentar dar con alguna pista que la policía pudiese haber omitido. Pero ya no tenía cabeza para ello. Tenía tanta tarea y tanta necesidad de volver a ser él mismo que prefirió ponerse a trabajar.

A las siete de la noche por fin concluyó con lo que debía entregar al día siguiente y puso un disco de Led Zeppelin para acompañarlo en los tambores. Después de dos canciones fue que se animó a levantar el teléfono. La ausencia de Farkas en la computadora, al igual que en días pasados, le parecía más mala que buena.

—Qué tal, teniente.

—Es como si estuviera limpio por completo, como si fuera un angelito —se apresuró a decir Guillén, a sabiendas de lo que quería escuchar Sergio—. Tiene algunas infracciones sin pagar, cierto, pero fuera de eso no puede decirse que realmente haga cosas indebidas.

—¿Quiere que le ayude con la investigación?

—El capitán insiste en que demostremos que podemos sin ti. Es... digamos... un poco vergonzoso que tengas que ayudarnos. No sé si me entiendes.

—Sí, claro.

—No me lo tomes a mal, Sergio. Sigo sin poder dormir. Estoy fumando como loco. Si de mí dependiera, me seguiría apoyando en ti. Pero es cierto que no es bueno que un niño de tu edad ande metido en estos asuntos.

Sergio pensó que eso se lo debió haber pensado el que decidió, en el siglo trece, que a su corta edad debía ser un mediador.

Colgó el teléfono y miró a través de la ventana, sintiendo un extraño impacto. Dirigió sus ojos a la estatua de Giordano Bruno pero algo le incomodó. Fue como si, al caminar distraídamente por un bosque, metiera el pie en una trampa por no fijarse bien. Su respiración se agitó. Comprendió al instante de lo que se trataba, pero no podía estar seguro. No hasta…

Se pegó un poco más al vidrio de la ventana, sin abrirla, para ver hacia abajo, hacia la banqueta. Sus ojos se encontraron con otros que ya no le resultaban tan ajenos. Estaban inyectados en sangre y era indudable que miraban hacia arriba, hacia esa ventana en particular. "¿Qué le pasa a ese maldito?", se preguntó Sergio, anticipando el miedo que poco a poco comenzaba a fluir por sus arterias. "¿Por qué me molesta?". El hombre del abrigo no dejaba de mirarlo. Sergio tampoco quería apartar la vista. Una pequeña guerra de aguante.

"Tengo que hacer algo", se dijo, porque ya estaba harto de lidiar con esas minucias terroríficas. Los fantasmas, el hombre del abrigo, Farkas, los golpes en la puerta… si todo se hubiera reducido a la confrontación con Guntra, al caso de los esqueletos decapitados, tal vez podría dormir sin sobresaltos y enfocar toda su atención en lo importante. Pero el saber que estaba rodeado de amenazas incomprensibles lo tenía en un estado de tensión permanente. "Tengo que hacer algo". Se felicitó por no haberse quitado la prótesis para hacer la llamada con Guillén. Contó hasta tres y, tomando aire, se apartó de un golpe de la ventana.

A toda carrera tomó su suéter, su teléfono celular y las llaves, y salió por la puerta. Intentó bajar las escaleras de dos en dos, pese al riesgo de caer y perder la prótesis. Tenía prisa por enfrentar al demonio y sacarse de encima una preocupación más. Sentía miedo, sí, pero cada día aprendía más cómo actuar frente a sus temores. Y ésta era una de esas ocasiones en que sabía que debía ir hacia el monstruo y no darle la vuelta. "El problema no es tener miedo… sino qué haces al respecto".

Llegó por fin a la planta baja y abrió la puerta del edificio. Casi estaba deseando que el hombre del abrigo fuera a su encuentro en vez de lo que ya se temía: que huyera y le impidiera terminar de una vez con eso.

Tal y como pensó, el hombre ya no estaba en el sitio en el que lo había visto desde su ventana. Pero esta vez sí consiguió ver cómo huía a través de la calle de Roma y daba vuelta en la de Dinamarca. Al paso que pudo fue tras él. La calle estaba concurrida y la oscuridad era incipiente, así que no temió en continuar con el lance.

Sabía que era circunstancial, que su relación con ese "pequeño demonio", como seguramente lo llamaría Farkas, solo obedecía al hecho de que vivían cerca. Pero estaba harto de sentir que su psicosis tenía fundamentos, que todo el tiempo estaba sintiéndose observado, perseguido, y entes como el hombre del abrigo lo obligaban a pensar que sí, que en efecto, debía cuidarse las espaldas permanentemente.

Dio la vuelta a Roma y pudo ver a la distancia, aún sobre Dinamarca, que el loco continuaba corriendo por esa calle. Sergio no se detenía. Pero a cada paso sentía que lo acompañaba la voz de Farkas. "Bravo, mediador. ¿Y se puede saber qué vas a hacer en cuanto le des alcance? ¿Tal vez pondrás los dedos en cruz para evitar que se te acerque?" Al menos una cosa sí podía decir con toda seguridad: no era terror lo que estaba viviendo. No se parecía en nada a lo que había experimentado con Guntra. Y eso lo hacía sentirse más confiado.

Al fin, distinguió al loco entrar en una obra negra, un edificio que se encontraba a medio construir. Siguió corriendo y, como si supiera con antelación lo que hubiese pensado Farkas, una idea lo acometió: "Lo que te hubiera servido de algo sería dar una leída a cierto libro olvidado, mediador".

Llegó al edificio, clausurado por el gobierno. Al parecer, la compañía constructora no tenía los suficientes permisos para realizar la obra y las autoridades la habían suspendido. El loco se había introducido por debajo de una viga que obstruía la puerta principal, aún con el ladrillo desnudo, y había ingresado a las oscuras profundidades del enorme y frío inmueble. "¿Qué estoy haciendo?", se preguntó Sergio, mientras se agachaba para sortear la viga. "¿Voy al encuentro de un demonio así como si nada?"

Tomó su celular y activó la pantalla para conseguir algo de luz. Luego, intentó una nueva idea, mientras se adentraba en las tenebrosas cámaras inacabadas del edificio: "Estoy pensando que el hombre es un demonio sólo por lo que me dijo Farkas", se consoló, "pero debe ser sólo un pobre orate". Y consintió que ése era el motivo de su misión: verificar que no era más que un chiflado que se había encaprichado con él y acaso bastaría con decirle que lo dejara en paz para cerrar ese capítulo.

Siguió caminando con cautela. A cada paso la oscuridad era más profunda y el celular ayudaba bastante poco. En su mente luchaba por ahuyentar los pensamientos funestos. Quería llegar a la conclusión, eso era todo. Quería mirar por la ventana de su cuarto sin miedo, quería pasear por su colonia sin sentir que un nuevo demonio se había conjurado en su contra y que no descansaría hasta verlo caer. Era un edificio enorme, de cientos de metros cuadrados. Y llegó un momento en el que Sergio se vio tan adentro que admitió estar perdido. Las múltiples habitaciones de los múltiples apartamentos, todas ellas sin puertas, conformaban un intrincado laberinto.

"Dios mío… ¿y si no encuentro la salida?"

El corazón comenzó a golpearle el pecho con fuerza. La adrenalina le intoxicaba la sangre. Se sintió mareado. El miedo amenazaba con dispararse.

De pronto, en el silencio, su celular lo traicionó. Su timbre sonó una, dos veces. Lo acalló tan pronto como pudo. Era un mensaje.

Créeme, Mediador. Ésta es una de esas veces en las que, lo mejor, es huir.

Escuchó un gruñido a sus espaldas. Una de tantas pesadillas vuelta realidad. Conocía perfectamente ese tipo de gruñido, había formado parte de sus terrores internos desde su más tierna infancia. Luego, el gruñido se desplazó a su izquierda con una velocidad impresionante. Después, frente a sí. El eco surgía detrás del negro marco de la puerta que tenía frente a sus ojos.

Apagó el celular. De pronto se dio cuenta de que estaba siendo acechado gracias a la luz que emitía su aparato. Se replegó contra una pared.

Un nuevo gruñido, acompañado de los jadeos de una respiración frenética, se desplazó de nuevo hacia la izquierda. "Esto no está pasando", se dijo. "Nunca me metí en este terror innecesario. Voy a despertar en mi cama, como siempre". Pero el frío, los temblores, el sudor, las palpitaciones… todo era real. Tenía que salir de ahí cuanto antes.

Caminó a través de la pared sin despegarse de ella, a pesar de no ver absolutamente nada. Los bestiales jadeos eran cada vez más cercanos, pero podía percibir que venían ahora sólo de una dirección. Caminó poco a poco, tratando de no hacer ruido, lo más rápido que pudo en dirección contraria.

"Dios mío, sácame de aquí, por favor", fue todo lo que se le ocurrió decir en un susurro, sin dejar de desplazarse. Cuando sentía tras su espalda una puerta, entraba por ella y continuaba pegado a la pared. Sabía que la mejor forma de salir a ciegas de un laberinto era mantener una sola dirección siempre. Mientras los gruñidos se mantuvieran a distancia podría seguir caminando hacia el mismo lado.

Poco a poco la vista se le comenzó a aclarar. De pronto pudo ver de nuevo. Un halo de luz surgía de una habitación a unos metros de distancia. "La salida", se dijo. "Estoy a punto de lograrlo". Sin meditarlo demasiado corrió en esa dirección. La presencia de eso que lo perseguía se perdía mientras más se acercaba a la puerta.

No obstante, en cuanto llegó, se sintió petrificado. No era la salida del edificio. La luz provenía de una fogata en la esquina más profunda. Se detuvo sin entrar. La habitación se encontraba sucia de manchas marrones que Sergio identificó muy a su pesar: sangre seca. Y, junto a la fogata, el horror de un perro desollado, sin piel, las vísceras sobre el suelo, los ojos aún brillantes, mudos testimonios de que lo habían matado apenas unas horas antes. El horror impedía a Sergio correr: una pila de huesos de animales estaba sobre una pared en la que, incomprensiblemente, había innumerables textos negros escritos con carbón o tizne de carbón, frases que Sergio prefirió no leer a sabiendas de que serían horribles invocaciones demoniacas.

"No debo desmayarme. No debo desmayarme. Tengo que salvar mi vida".

Un inconfundible ruido de un cuadrúpedo acercándose a toda velocidad, algún hambriento depredador, alcanzó sus oídos.

No quiso voltear. Echó a correr abandonando el sitio, aprovechando la luz de la fogata a sus espaldas para no chocar contra las paredes. Entró en la primera habitación que encontró. Tampoco tenía ventanas. Sólo una puerta al final, una nueva boca a otro mundo más cercano al infierno. Tuvo que entrar. Sin ventanas. Una nueva puerta. Las cuatro patas corriendo tras de él. Cada vez menos luz. Ni una sola ventana al exterior. Una nueva puerta. La oscuridad casi total. Así corrió Sergio hasta que entró a una última habitación que no conducía a ningún otro sitio, hasta que todo, frente a sus ojos, fue un profundísimo negro absoluto.

"Esto es el terror", se dijo. Se arrinconó y esperó, a ciegas, el golpe final.

Un desgarrador aullido. Un torrente de lágrimas se aglomeró en sus ojos. Luego, una ráfaga de viento. Le pareció escuchar signos de lucha. Golpes. Incertidumbre. No pudo más.

Apenas sintió cuando su cabeza golpeó contra el suelo.

Nicte, quinta labor

Apagó el televisor con desgano. Había transcurrido casi una semana. El tiempo apremiaba. No podía dejar pasar más días.

Miró las fotografías sobre la repisa. Las cuatro que tenía de espaldas, la cruz de bolígrafo que las marcaba. El que la policía se hubiera puesto en marcha tan rápido dictaba acciones igualmente rápidas. Tomó las llaves de la camioneta y apagó el aparato de sonido. Las notas del concierto de piano fueron devueltas al limbo del silencio.

Abordó el vehículo y se concentró en lo que decían los noticieros: que el principal sospechoso estaba tras las rejas, que el asunto entero tal vez ya hubiera terminado. Se imaginó que podría, probablemente, acelerar la quinta y la sexta labor. Que el tiempo regalado, la tregua concedida, le permitiría seguir hacia el final de su misión sin detenerse.

Nicte condujo la vieja camioneta sin prisa a través de las calles del centro, de la delegación Cuauhtémoc. Ahora tocaba el turno a la colonia Doctores, un edificio de un multifamiliar de clase baja. Eran apenas las tres de la tarde, pero no había tiempo que perder. Se estacionó frente al grupo de edificios, sobre la calle de Doctor Lucio, e hizo lo que hacía mejor desde que iniciara sus trabajos: esperar.

A las seis y media de la tarde, después de varias horas monótonas de estar viendo gente entrar y salir por la puerta principal, por fin vio a María del Socorro Marín Reyes, de diez años, cabello largo, sonrisa con hoyuelos, salir con su hermana a comprar el pan y la leche. Tenía que actuar rápido pero sin arriesgar demasiado. El éxito de toda la misión dependía de que la policía siguiera sin pistas hasta la séptima víctima.

Así que aguardó. Y aguardó.

Era lo que mejor sabía hacer.

Capítulo veintidós

El teniente estacionó la patrulla a toda velocidad frente al edificio en la calle de Roma. No podía creer que estuviera atendiendo una llamada de esa índole: Alicia le había informado, apenas veinte minutos atrás, que Sergio no había regresado en todo el día a la casa. El reloj marcaba las dos de la mañana.

Se bajó de la patrulla y creyó oír que alguien gritaba su nombre. Pero la urgencia pudo más; pensó que estaba alucinando. Miró hacia la ventana de la casa de Sergio esperando que Alicia se asomara por ésta; como no vio a nadie llamó inmediatamente al timbre desde la puerta de la calle.

—Pronto, pronto… —dijo en voz alta.

En vez de que la puerta hiciera el usual zumbido eléctrico que liberaba sus candados, se abrió. Y detrás de ella, apareció Alicia con un suéter de Sergio en una mano.

—¡Teniente! ¡Me espantó!

—¿Qué pasa, Alicia? ¿Va a algún lado?

—Sí. Venga conmigo.

Guillén la siguió. Cruzaron la calle y llegaron a la plaza. Ahí se encontraban Brianda y su papá, ambos de piyama y pantuflas. El señor Elizalde aplicaba un algodón con alcohol sobre una de las sienes de Sergio, sentado a su lado.

—¡Gracias a Dios! —dijo el teniente.

Alicia tomó el suéter y se lo puso a Sergio en los hombros.

—¿Dónde andabas? —le preguntó, molesta.

—Pensé en salir a dar la vuelta cuando…

Alicia lo abofeteó, cosa que sorprendió a todos.

—Perdóname —musitó Sergio.

Alicia no respondió. Se sentó al lado de su hermano, agobiada.

—¿Qué fue lo que pasó? —preguntó el teniente.

—Mi papá descubrió a Checho por casualidad —explicó Brianda— cuando se asomó a la ventana. Estaba durmiendo a los pies de la estatua.

El teniente miró hacia el silente monumento de Giordano Bruno, a unos pasos de ellos.

—¿Y qué hacías ahí?

—Salí a dar la vuelta cuando me tropecé y me golpeé la cabeza. Creo que perdí el conocimiento.

—¿A qué horas saliste "a dar la vuelta"? —lo cuestionó Alicia severamente.

—Como a las once —mintió nuevamente Sergio, a sabiendas de que su hermana no debía haber vuelto de su guardia en el hospital hasta después de las doce. Ni él mismo sabía cuánto tiempo llevaba ahí.

—¿A quién se le ocurre salir a dar la vuelta a las once de la noche? —le reclamó ella—. ¿Tengo que renunciar a mis prácticas? No puedo dejarte solo si de pronto se te ocurre "salir a dar la vuelta" a las once de la noche. ¿Te volviste loco o qué?

—Necesitaba aire fresco para poder pensar.

—Tiene razón tu hermana, Checho. Estás loco —reclamó también Brianda.

—Perdónenme todos. Fui muy estúpido. Discúlpenme por haberlos preocupado.

Por fin se respiró un ambiente más tranquilo. A fin de cuentas, Sergio estaba bien y todo había sido una falsa alarma.

—Bueno… ¿por qué no volvemos todos a la cama? —declaró el teniente—. Creo que no vale la pena hacer crecer más esto.

—¿Ha podido dormir algo? —lo cuestionó Sergio, preocupado.

—Poco y mal —admitió el teniente—. Supongo que no volveré a hacerlo hasta que no le comprobemos a Guntra los crímenes.

—Como sea, discúlpeme a mí también —dijo Alicia—, por haberlo hecho venir sin necesidad.

—Al contrario. Le agradezco que haya llamado. Nunca lo dude.

Alicia agradeció también al padre de Brianda por su amabilidad y su pronta llamada. En breve todos se despidieron de Sergio sin dejar de reprenderlo y volvieron a sus casas.

Mientras subían las escaleras del edificio, Sergio rompió el silencio.

—No dejes tus ocupaciones, Alicia. En serio que no lo vuelvo a hacer.

—¡No puedo tratarte toda la vida como si tuvieras seis años, entiende!

A Sergio le enfadó que lo hiciera sentir como si nunca hubiera crecido, como si ella tuviera que seguir viendo por él para siempre y esta obligación le pareciera una maldita monserga. Hubiera querido contarle la verdad para callarle la boca, pero estaba seguro de que ésta era aun peor que el cuento que se había inventado; no se veía reviviendo la espeluznante experiencia en el edificio en construcción, ni siquiera a través de sus propias palabras. Prefirió quedarse callado.

Volvieron a la cama con un creciente resentimiento entre ellos. Y Sergio quiso creer que fue eso lo que no le permitió dormir nada en toda la noche, pero la verdad era otra. Temía volver, en sus sueños, a la guarida del monstruo en la calle de Dinamarca. Incluso dejó la luz de su buró prendida, receloso de las sombras.

Se levantó a los primeros rayos de sol y prendió la computadora. Estaba cansado pero no quería dejar la incertidumbre para después.

Se conectó al Messenger. Sintió alivio cuando vio que Farkas estaba en sesión.

—*¿Tú me salvaste, verdad?*

—*¿De qué hablas, mediador?*

—*Sabes bien a qué me refiero.*

—*No tengo ni idea.*

Sergio imaginó que, quienquiera que fuese Farkas, no era tan perverso como había pensado inicialmente. Verdaderamente había algo muy fuerte entre ellos si era capaz de enfrentar a un hombre lobo y luego llevarlo cargando hasta la estatua de Giordano Bruno.

—*Gracias, de todos modos.*

—*No sé de qué hablas, Mendhoza.*

Sergio no sabía cómo continuar con la conversación. Pero sabía que se sentía más tranquilo. Increíblemente, había pasado por la experiencia más terrorífica de su vida y podía retomar su rutina. Podía sentarse a hablar con un misterioso ente que, días anteriores, le había causado pavor. Verdaderamente las cosas estaban cambiando. Él estaba cambiando.

—*Cuando estuve con la bruja me dijo que cada monstruo, cada aberración... tiene algo de verdad. Que muchos de ellos han existido desde siempre. ¿Es cierto?*

—*Tú mismo puedes contestarte esa pregunta.*

—*¿Todos?* —tecleó Sergio con algo de miedo—. *¿Los hombres lobo también?*

—*Te sorprendería saber la clase de servidores del maligno que andan allá afuera comprando pan en las tiendas, asistiendo al cine, estacionando sus autos...*

Sergio se puso de pie. Miró a través de la ventana. El hombre del abrigo no se veía por ningún lado. Suspiró. Se sentía bien. Acaso no lo vería nunca más. Acaso Farkas se hubiera encargado de él para siempre. No obstante, volvió a su silla del escritorio y tecleó, decididamente.

—*Dime la verdad... ¿hay alguna forma de abandonar esto?*

—*¿Abandonar?* —cuestionó Farkas.

—*No me gusta esto. Hasta hace unos días era bastante feliz, aunque el miedo siempre estuviera presente en mi vida. En cambio ahora... no sé, es diferente.*

—*Siempre ha sido así, Mendhoza. Sólo que ahora tiene una utilidad. Además, "lo que no te mata, te fortalece".*

En parte era cierto. Después de las cosas que había vivido en las últimas semanas, cualquiera hubiera dicho que Sergio debería estar temblando como gelatina debajo de las cobijas de su cama. Y, en cambio, ahí estaba. De una pieza.

—*Pero antes tenía miedo de tonterías como cualquier otro niño.*

Y ahora... ahora tengo miedo de horribles seres sobrenaturales. Ahora tengo miedo de locos asesinos. Ahora tengo miedo de morir de una forma espantosa.

—Tú no eres "cualquier otro niño", Mendhoza. Lo siento.

—No quiero ser mediador.

—Cada quien es lo que le toca ser. Además, no todo es tan malo. Tú sólo te has fijado en lo negativo. ¿Y los héroes, Mendhoza?

Sergio se detuvo a pensar. Se suponía que había una lucha entre el bien y el mal, una lucha ancestral interminable. Él estaba a la mitad, su papel era identificar demonios, no enfrentarlos. ¿Dónde quedaban los héroes?

—Tu memoria, tu inteligencia y tu perspicacia te son muy útiles, Mendhoza. Pero a los demonios se les vence con la espada. Con ellos no se negocia.

—¿Y?

—A los demonios los reconoces por el miedo. ¿Cómo reconoces a un héroe?

—¿Cómo voy a saberlo? —respondió Sergio un tanto molesto.

—¿Qué es lo contrario al miedo?

—El valor.

—No.

—¡Claro que el valor!

—No.

Sergio dejó de teclear, tratando de pensar en algo mejor. Farkas se anticipó:

—Lo contrario al miedo es la confianza. Cuando algo no te da miedo, te genera confianza. Ahora piensa... ¿qué es lo contrario al terror?

Sergio comenzó a sentirse mareado. Cada día se sentía más atrapado, más indefenso, más comprometido con una misión que jamás había pedido. La palabra terror aparecía demasiadas veces en su vida últimamente. Sabía que lo había experimentado la noche anterior y no le había gustado nada. No quería ser mediador porque un mediador soporta el terror, convive todo el tiempo con seres y fenómenos horroríficos.

—No sé —respondió, abatido—. ¿El amor? —aventuró.

—Se parece, pero no. No existe una palabra para ese sentimiento, por eso no lo sabes. Sólo alguien que ha vivido el terror puede experimentar ese sentimiento opuesto. Y eso, Mendhoza, es lo mejor de ser un mediador.

—No me parece algo como para gritar de alegría.

En ese momento apareció Jop en el Messenger. Sergio lo saludó e inició brevemente la plática. Quería pedirle un favor. Cuando volvió a su conversación con Farkas, fue sólo para preguntarle:

—Una última cosa... ¿es Melquiades Guntra el asesino?

—Tú mismo puedes contestarte esa pregunta —dijo Farkas. Y abandonó el chat.

Sergio se acomodó en la silla. Entrelazó sus manos detrás de la nuca. ¿Sabía la respuesta?

—¿Qué favor quieres pedirme? —preguntó Jop.

—Jop, ¿qué tan bueno eres en esto de la computadora para averiguar cosas?

—Pues... me defiendo.

—Necesito que me consigas la dirección de Melquiades Guntra.

Jop tardó en contestar.

—Estás loco. ¿Para qué la quieres?

—Creo que te lo imaginas.

—¿Por qué no se la pides a la policía?

—Sé que no me la dirían. El teniente quiere protegerme, por eso ya no me pide ayuda. Pero tengo que ir a asomarme. Ellos no detectan nada que implique al asesino y yo no puedo quedarme con los brazos cruzados.

—Bueno. Pero ni creas que vas a ir solo. Yo te acompaño.

Sergio sonrió. Aceptó su oferta y lo dejó hacer su labor de búsqueda en el ciberespacio. Aprovechó entonces para ir a ducharse. Cuando salió de la regadera, Alicia ya cocinaba huevos con jamón para ambos.

—Siéntate —le ordenó Alicia, sentada a la mesa del comedor. Aún se veía molesta.

Sergio le anticipó que iría al Mercado del Chopo a conseguir algo de rock pesado. No podía decirle la verdad sobre algo tan delicado como ir a la casa del principal sospechoso de los crímenes; cada día se sentía más culpable de seguir mintiendo pero no podía detenerse. No todavía. Tomó con timidez del jugo de naranja.

—Alicia... —dijo, llanamente—. Te pido nuevamente que me perdones.

—¿Por lo de ayer?

—Por todo. Sé que he estado muy raro. Pero no todo es mi culpa, te lo juro.

Alicia dio un sorbo a su café.

—Sergio... te voy a confesar algo. Desde el primer momento en que te tomé en mis brazos, cuando huimos de papá y me adentré en el desierto, todos los días me ha asaltado una pregunta con insistencia: ¿Por qué no simplemente huí yo sola? ¿Qué necesidad tenía de cargar con un bebé que, desde el principio, sólo me dio problemas?

Sergio comprendió a lo que se refería. Alicia había renunciado a su niñez por cuidar de su hermano. Había trabajado desde que era adolescente. Se había preocupado por el bienestar de ambos siempre. No había tenido un minuto de descanso desde aquella noche de lobos. Tal vez todo habría sido mucho más fácil para ella si simplemente no hubiera rescatado a su hermano de las fauces de la bestia. Sergio comprendió perfectamente a lo que se refería.

—Nos vemos en la tarde —sentenció con tristeza, poniéndose de pie.

—Sergio, salte —apretó Alicia su taza de café. Sus nudillos se volvieron blancos por la fuerza—. No quiero que sigas metido en el asunto ése de los niños asesinados. Es una orden.

Sergio se detuvo a unos pasos de la puerta.

Alicia no quiso mirarlo porque un malestar la asaltó repentinamente, un malestar que la embargaba con frecuencia en los últimos doce años. No había sido del todo honesta con Sergio respecto a lo que en realidad había ocurrido aquella noche en el desierto y se sentía mal automáticamente siempre que hablaban de ello.

Alicia prefirió no mirarlo y seguir apretando su taza de café porque, haciendo a un lado su súbito remordimiento, advirtió que nunca antes le había reprochado ser una carga para ella. Nunca antes le había echado en cara su supuesto heroísmo. Nunca antes, durante esos doce años, los ojos de aquel lobo negro habían vuelto a su memoria con tanta insistencia.

Sergio cruzó la puerta dejando intacto su desayuno.

Capítulo veintitrés

Esperó sentado en la banqueta frente al edificio a que Jop llegara. Cuando lo vio llegar, no pudo evitar sonreír.

—¿Y esto? —preguntó al instante en que ingresaba al flamante auto de su amigo.

—Mi papá está de viaje. Y aquí, Pereda, me debe un favor.

Sergio se topó con los ojos enfadados del chofer en el espejo retrovisor.

—Nada más quiero que estén conscientes —declaró el chofer— de que estoy en completo desacuerdo con esto.

—Sí, Pereda, lo que tú digas. Ahora, maneja —remilgó Jop.

El chofer comenzó a conducir por las calles de la colonia Juárez.

—¿Conseguiste la dirección?

—La duda ofende —le respondió Jop a Sergio.

—¿Cómo le hiciste?

—Pues sí me costó algo de trabajo porque cada búsqueda me arrojaba las noticias de los periódicos. Entonces, cuando ya me estaba cansando, di con una página en la que apareció su nombre. Era una lista de alumnos de un curso que tomó Guntra de fotografía hace tres años, ¿tú crees?

—¿Y luego?

—Pues imprimí la lista de los demás compañeros y comencé a buscar uno por uno. ¡Uuuf!

—No te debe haber llevado tanto tiempo. ¡Apenas te encargué hace dos horas que lo buscaras y ya hasta vamos en dirección a su casa!

—Pues no, hasta eso que no. Al tercer alumno lo pude localizar en un chat de solteros. Y ése fue el que me dijo algunas cosas de Guntra que no te van a gustar.

Sergio tragó saliva. Los ojos de Pereda, en el retrovisor, eran una clara acusación de que no debían estar metidos en algo así.

—¿Por qué? —preguntó Sergio temeroso.

—Me hice pasar por otro alumno y se lo creyó. Empezamos a platicar y entonces saqué el tema de Guntra, que si había visto lo de las noticias y todo eso. Empezó a rememorar cuando tomaba clases con él. Contó de una reunión que hizo Guntra en su casa y en la que hizo algunas proposiciones a los demás alumnos que no le gustaron a nadie.

—¿Qué tipo de proposiciones? —preguntó Sergio

—Tenían que ver con niños y con dinero fácil. Es todo lo que te puedo decir.

—¿Por qué no te dijo más?

—Porque se supone que el tipo al que estaba yo suplantando también había ido a esa reunión. No podía decir, así nada más, que no me acordaba de lo que había propuesto Guntra, si el otro no dejaba de decir que era algo horroroso.

El auto ya había abandonado la zona centro y se dirigía hacia el sur de la ciudad por el periférico. Era un sábado soleado. Hubiera sido perfecto para ir al tianguis del Chopo. O a cualquier otro lugar.

—¿Y cómo fue que le sacaste la dirección?

—Eso no fue tan difícil. Le dije que quería ir a su casa a romperle los vidrios y que no me acordaba de la dirección.

—¿Y ya con eso te la dio?

—El tipo estaba convencidísimo de que Guntra es el asesino, Serch. Me dijo que, cuando lo vio en las noticias, se alegró de que lo hubieran agarrado.

Sergio y Pereda volvieron a mirarse a través del espejo. El chofer no pudo evitar opinar:

—Es muy posible que sí sea el asesino. Y que no viva solo. ¡Y ustedes, par de mocosos insensatos, van derechito a su casa! ¡A ver si no terminan despellejados en un saco!

—Ya, Pereda —volvió a rezongar Jop—, ni aunque quieras asustarnos vamos a echarnos para atrás, ¿verdad, Serch?

Sergio hubiera querido decir que Pereda tenía razón, que lo mejor era no meterse en aprietos innecesarios. Pero era precisamente la posibilidad de que Guntra sí fuese el autor de los crímenes la que los tenía en camino. Sergio no podía simplemente desentenderse del caso. No cuando la policía estaba tan perdida y él podía tal vez ayudarles a encontrar una pista. Ya ni para qué pensar en la amenaza que le había hecho Guntra cuando ayudó a que lo capturaran. De pronto se imaginó a Farkas advirtiéndole por teléfono que no hiciera tonterías, así que prefirió apagar su celular. Tenía que seguir adelante.

Pereda abandonó el periférico a la altura de Tlalpan y condujo hacia el centro de la delegación. Luego, dejó atrás el centro y comenzó a zigzaguear por estrechos callejones de colonias pobres hasta que se terminó el camino. Más allá del borde de la calle iniciaba un bosque. El chofer apagó el auto.

—Me da mucho gusto ver que le dieron una dirección falsa, niño Alfredo —rió, mostrándole el papel—. Esta calle sólo llega hasta el número 23. Y aquí dice número 500.

Jop palmeó en el hombro a Pereda a través del asiento.

—Yo inventé ese número, Pereda. El que habló conmigo en el chat me dijo que Guntra vivía en una casa de pura madera al final de esta calle.

Pereda hizo bola el papel y lo echó dentro del cenicero del auto. Sergio miró a través del parabrisas. Una gran casa solitaria de dos pisos se encontraba en el inicio del bosque. No era difícil identificarla: alrededor de puertas y ventanas estaban los sellos de la policía para clausurar el lugar. El ambiente era extrañamente tenebroso. El sol ya se había ocultado detrás de algunas nubes negras que, minutos antes, no se veían por ningún lado.

—No creo que puedan encontrar nada ahí —intentó desanimarlos Pereda.

—Tú nada más no le quites la vista a la casa —le ordenó Jop—. Si nos ves salir corriendo y un hombre con una sierra eléctrica viene detrás de nosotros, enciende el coche.

—No es gracioso —respondió el chofer, a sabiendas del tipo de películas que veía Jop, muy poco aptas para su edad.

Se apearon del automóvil y caminaron al borde de la calle. Era una colonia miserable. Un par de niños pequeños sin zapatos les estorbaron el paso. Estaban sucios y sin sonrisa alguna.

—Hola, ¿saben quién vive ahí? —preguntó Jop, tratando de ser cordial.

Los niños no respondieron. Uno de ellos mostró una palma desnuda y Jop le obsequió diez pesos. Se hicieron a un lado.

—Esto no me gusta nada —dijo Sergio, en cuanto pisaron el césped crecido que conducía a la casa. Un fuerte viento surgió a través de los árboles que flanqueaban el amplio inmueble de madera oscura y vieja.

—A mí tampoco.

Sergio pudo notar en la voz de Jop que ya se estaba arrepintiendo de la aventura. Ya se veía ingresando a la casa del asesino él solo. De todos modos, era algo para lo que iba preparado mentalmente. Quiso imaginarse cómo sería todo eso si contara con un héroe a su lado, si su sola compañía le ayudaría verdaderamente a aceptar más su condición de mediador o si seguiría sintiendo el enorme peso de un deber que nunca había pedido.

La casa no era nada pequeña. Tenía dos pisos, una gran puerta frontal, varias ventanas sin vidrios y un auto deportivo último modelo estacionado a un costado, con todas las llantas desinfladas. El viento mecía las cortinas del interior en forma siniestra. Y algunos de los sellos de la policía ya estaban rotos. Una palabra estaba escrita con pintura roja por todos lados, aun en el automóvil; mientras más se aproximaban, más claro se hacía el mensaje: "Asesino". La palabra aparecía repetida una y otra vez.

—Al menos ahora sabemos que Guntra vive solo —dedujo Sergio—. Nadie puede vivir en ese lugar hecho trizas.

Siguieron aproximándose. A cada paso aumentaba cierta sensación ya conocida por Sergio, un sentimiento que no le gustaba nada y que le ayudaba a detectar invisibles peligros.

Por fin llegaron a la base de madera frente a la gran puerta de doble hoja. El viento era cada vez más agresivo con ellos. Ahora tenían que cerrar los ojos por culpa del ventarrón y ya casi estaban gritando para poder escucharse.

—¿De veras quieres entrar conmigo? —preguntó Sergio.

—¡La verdad, no! ¡Pero no quiero quedarme acá afuera solo!

Sergio le hizo una seña y fueron hacia la ventana más próxima. Hicieron a un lado el sello de la policía y arrancaron algunas de las puntas de los vidrios rotos. Sergio puso la rodilla izquierda sobre el borde y se impulsó. En cuanto estuvo dentro le ofreció la mano a Jop, más bajito y con mayores problemas para ese tipo de escaladas. Jop cerró los ojos y así los mantuvo en cuanto puso los pies sobre el piso interior de la casa.

—Abre los ojos, Jop —le pidió Sergio—. Necesito que me ayudes a buscar.

—Prométeme que si los abro no voy a ver los cuatro cráneos de los niños muertos.

Sergio dejó escapar una leve risa.

—No seas burro, Jop. ¿Tú crees que si Guntra hubiera dejado los cráneos a la vista de todo el mundo no lo habría sentenciado ya la policía?

Jop se animó a abrir los ojos. Se enfrentó a una casa común y corriente. La única singularidad era el desorden. Había grandes destrozos, la mayoría de las cosas estaban rotas o fuera de su lugar. Se veía que, en cuanto la policía había dejado de montar guardia, la gente había hecho de las suyas también adentro.

—Se me hace que no vamos a encontrar nada de interés. Mira qué relajo —sentenció Jop.

Caminaron hacia el interior apenas iluminado, tratando de distinguir algo que valiera la pena entre todo el tiradero. Los muebles estaban rajados con navaja, los adornos y cuadros, en el suelo, la televisión estaba rota. No obstante, no había nada que pudiera indicar que esa era la casa de un despiadado asesino de niños.

El viento corría también adentro, dada la falta de cristales en las ventanas. Sergio miró su reloj: eran las once y media de la mañana pero parecían las seis de la tarde.

—¿Por qué estará tan oscuro? —se atrevió a preguntarle a Jop.

—No sé, pero no me gusta nada. Hay que apurarnos.

—Yo busco en el piso de arriba y tú en éste.

—No me quiero quedar solo, Serch.

—Sí, pero ni modo. Además, no hay nadie, no tengas miedo.

Jop asintió pero, antes de que Sergio subiera las escaleras hacia el primer piso, preguntó:

—Y si no estamos buscando cuatro cráneos, ¿entonces qué?

—Cualquier cosa que nos pueda decir quién es en realidad Guntra, algo que nos permita continuar investigando. Una agenda, una foto, lo que sea.

Se separaron. Sergio se enfrentó, en el piso de arriba, a una casa igualmente ordinaria. Había dos recámaras y, en la que parecía ocupar Guntra, no había, a la vista, ningún detalle que llamara la atención. Incluso tenía carteles de coches de carreras y varios discos de grupos de música pop. Todo estaba igualmente destruido, pero era fácil imaginar una casa común pese al desastre.

Sergio se dio a la tarea de revisar por todos lados, en los papeles del suelo y en los que quedaban en los cajones arrancados a la fuerza. Había, sí, varios documentos del negocio de fotografía, pero nada que indicara que Guntra estuviera implicado en los asesinatos. Comprendió Sergio por qué la policía estaba tan desconcertada.

Revisó ropa, zapatos, anaqueles y aun dentro del baño. Hasta levantó la tapa del excusado. Nada. Entonces, lo acometió un ligero temblor en los brazos. Uno que ya conocía bastante bien. Miró en todas direcciones. Era como si Guntra estuviera presente. Él o algún otro demonio. No le gustó nada el presentimiento.

Siguió revisando. Buscó mosaico por mosaico, en el piso del baño, alguno que estuviera flojo y sirviera como escondite. Nada. Comenzó, a gatas, a hacer lo mismo con las duelas del piso de madera de las habitaciones. Nada.

Y, de pronto, una idea.

—¡Claro! ¡Ya lo sé!

Se levantó inmediatamente y bajó las escaleras a toda prisa. Se encontró a Jop con la cara metida en el refrigerador.

—Guácala. Esta mantequilla debe tener como mil años. Mírala, ya está verde.

—Claro. ¿Y sabes por qué? Porque Guntra no vive realmente aquí. Esta casa es una pantalla.

—¿Tú crees?

—Estoy seguro. Un infeliz como él no puede tener patitos de porcelana sobre una mesa de centro. No es su estilo.

Jop miró hacia donde le señalaba Sergio. En efecto, un patito hecho pedazos se encontraba a los pies de la mesa de centro de la sala.

El viento arreció. Las cortinas eran levantadas casi horizontalmente.

Sergio miró detrás de la puerta de la cocina como si supiera hacia dónde dirigir la vista. Sintió que el viento helado se le metía bajo la piel y le recorría todo el cuerpo. Frente a él, pegada a la pared, estaba la tablita de la que pendían todas las llaves de la casa, las de todas las puertas y cajones, la del auto último modelo. Y, entre ellas, una con forma de león visto de perfil.

—¿Qué te pasa? —preguntó Jop.

—Guntra tiene otra casa, pero no tiene registros ni nada que nos lleven a ella. Una de esas llaves abre esa casa.

Sergio descolgó la llave antigua en forma de león. Volvió a sentir el temblor pero ahora más fuerte. Ya era un escalofrío, una posible certeza.

—Ya había yo visto antes esta llave, Jop.

—¡Cómo! ¿Dónde?

—¿Te acuerdas del primer fantasma que se me apareció en la escuela? Él la llevaba en la mano.

—¡No inventes!

Pero el escalofrío no se iba. Y Sergio, repentinamente, estuvo seguro de que no tenía nada que ver con la llave. Corrió a asomarse por la ventana. A la distancia, recortada por las nubes, vio una figura negra de grandes alas puntiagudas volando hacia la casa.

El verdadero terror.

—¡Dios mío!

—¡Qué! ¡Qué viste!

—¡No tenemos tiempo que perder! ¡Hay que escondernos!

—¡Por qué! ¡Qué pasa!

Sergio sabía que no podían correr fuera de la casa porque serían vistos. Pero probablemente tampoco era buena idea salir de la cocina. En un rápido movimiento, sacó del refrigerador la comida putrefacta y las parrillas. Arrojó todo al suelo para abrir espacio.

—¡Rápido, Jop! ¡Métete!

Jop prefirió obedecer. Tras él se introdujo Sergio y, con un certero jalón, cerró la puerta.

—¿Me vas a decir qué pasa? —le preguntó su amigo.

—¡Ssshhhhh!

No tuvo que explicar demasiado. Al instante escucharon ruidos en la casa. Un estrépito. Y luego, pasos. Jop se puso a rezar quedito, pero Sergio le tapó la boca. El frío en el refrigerador, aunado al miedo que sentían, los puso a temblar a los dos incontrolablemente. Escucharon una voz grave, profunda, como si proviniera de una monstruosa garganta.

—Maldita gente estúpida.

Luego, un buen escándalo. El de la voz comenzó a patearlo todo, a destruir lo poco que quedaba en pie o en una pieza. El refrigerador se cimbró pero, para su fortuna, no fue abierto. A eso, siguió un espeluznante rugido, uno como ninguno de los dos niños había escuchado jamás. Después, el silencio. Un silencio sepulcral.

Esperaron diez minutos más. Diez minutos que les parecieron interminables, tratando de no hacer ruido, procurando calentarse las manos con sus alientos. Pero Sergio pudo decir que ya no estaban en peligro únicamente hasta que pudo afirmar que estaban solos de nuevo. Era algo que no podía explicar, pero sí podía asegurarlo.

Empujaron la puerta y salieron. Ambos temblaban de frío. La cocina estaba sola pero era evidente que habían tenido una muy inusual visita. Los destrozos eran mayores por todos lados.

—Qué... fu-fu-fue... e-e-eso... —preguntó temblando Jop.

—No c-c-creo que quieras saberlo.

—¿A qué habrá venido?

—Tengo una teoría —dijo Sergio.

Fue directamente a la pared. La tabla de las llaves ya no estaba en su lugar, había sido arrancada. Se arrodilló a agrupar las llaves que habían caído al suelo.

—¿Qué? ¿Qué pasa?

—Falta una llave, Jop.

—¿Entonces…?

—Supongo que sólo a eso vino. A recuperar las llaves de su otra casa. Sólo que… por lo visto, le dio mucho coraje no haberlas encontrado todas.

Se escucharon golpes en la puerta. Golpes furiosos que los hicieron saltar del susto.

—¡Muchachos! ¡Niño Alfredo! ¿Están bien? ¿Qué fue ese ruido? ¡Muchachos! ¡Abran! ¡Abran!

Capítulo veinticuatro

Jop y Sergio comieron juntos en un local de hamburguesas de Perisur. Estuvieron comentando la aventura largo rato bajo la rabiosa mirada de Pereda. Sergio no dejaba de mirar la llave, aunque no estuviera seguro de que ésta lo pudiera conducir a algo. Ahí mismo, mientras comían, ocurrió un incidente que desconcertó a Sergio y que no comprendería hasta algunas horas después: una señora, con cierta rabia metida en los ojos, se acercó a su mesa y lo abofeteó sin decir palabra.

A las cinco de la tarde se separaron; Jop llevó a Sergio a una parada del metrobús pues tenía que hacer algunos encargos de su mamá. Igualmente, en el metrobús, la gente parecía mirar a Sergio con un rencor que no alcanzaba a entender.

Cuando llegó a la calle de Roma, Brianda lo estaba esperando en la plaza. Lo abordó al instante, antes de permitirle entrar a su edificio.

—Checho. ¿Ya supiste?

En su rostro había una enorme preocupación. Sergio sintió que el corazón le daba un vuelco. Nada bueno podría venir después de tal pregunta.

—¿Qué?

—Hubo un quinto asesinato.

Sergio sintió como si le hubieran dado un golpe en la cara.

—¿Cómo supiste?

—Lo están informando en todos los noticieros.

No conversaron más. Sergio se dirigió a su departamento, seguido por Brianda. Cuando llegaron, Alicia ya tenía encendida la televisión.

—¡Sergio, te voy a matar! ¿Por qué apagas tu celular?

—Es que Jop me invitó al cine —mintió rápidamente Sergio—. Y se me olvidó volverlo a prender.

—El teniente Guillén te ha estado buscando. Y yo también. Eres un inconsciente —lo regañó su hermana.

—Perdón.

—Últimamente pides perdón demasiado. Ven, siéntate. Tienes que enterarte.

Tanto Sergio como Brianda se unieron a Alicia frente al televisor sin siquiera cerrar la puerta del departamento. Una niña llamada María del Socorro Marín Reyes había desaparecido en la mañana y, a las dos de la tarde, habían entregado en su casa, en la colonia Doctores, sus restos sanguinolentos en una bolsa. Todo menos el cráneo. El saco era idéntico a los otros. El asesino era el mismo.

—Así que ahora fue una niña... —dijo, desolado, Sergio.

—La policía no tiene al verdadero asesino —concluyó Alicia.

Pero Sergio estaba callando otro detalle que había percibido en seguida. No se trataba de una niña cualquiera, se trataba de una niña de su propia escuela, el instituto Isaac Newton.

Brianda abrazó a Sergio al ver cómo se le descomponía el rostro. Éste no le quitaba la vista a la pantalla, a los ojos de la niña identificada, su largo cabello, su piel morena, al llanto de los padres y la hermana mayor. Se sentía verdaderamente horrible.

—Soy un idiota —rompió el silencio.

—No digas eso —trató de confortarlo Brianda.

—Sí, lo soy. Nunca debí señalar a Melquiades Guntra si no estaba seguro de que él era el asesino. Si no tenía pruebas. Sólo hice que la gente se confiara. Esa niña está muerta por mi culpa, porque sus padres la descuidaron.

—En todo caso, la culpa es de la policía por no poder con el caso —dijo Alicia—. Y por haberte involucrado.

Sergio no recordaba haberse sentido más decepcionado de sí mismo en toda su vida. Quería llorar pero no podía. En su corazón sabía que Guntra era responsable, pero su instinto no podía engañar a su mente, a sus razonamientos. La falta de pruebas para inculparlo había sido determinante. El asesino había atacado otra vez mientras Guntra estaba en la cárcel. Imposible seguir con esa teoría. Había que seguir investigando por otro lado.

—Te lo dije. Quiero que te olvides para siempre de todo esto —dijo Alicia—. Te está haciendo daño. El teniente comprenderá.

—De hecho, el teniente está de acuerdo —dijo una voz mientras atravesaba la puerta. Era Guillén—. No es tu culpa, que te quede claro —insistió el teniente.

—Pues no todo el mundo piensa así —musitó él—. Hace rato, una señora en la calle me dio una cachetada.

De pronto nadie supo cómo confortar a Sergio ante una señal tan clara de desprecio como esa. El silencio se adueñó de la estancia.

—Teniente... —dijo Sergio súbitamente— ¿puedo hablar con usted en privado?

El teniente miró a Alicia, quien, con una venia, dio su aprobación. Sergio fue hacia su cuarto y el teniente lo siguió. Una vez dentro, cerraron la puerta. Sergio se sentó en el banquillo de su batería, el teniente sobre la cama.

—Tu hermana tiene razón —abrió plática el teniente—. Te equivocaste, pero no es tu culpa. Todos cometemos errores.

—Sí, pero... no es lo mismo cuando un error cuesta vidas.

A Guillén le sorprendió la respuesta de Sergio. Verdaderamente se sentía responsable. Tenía que pensar cómo ayudarlo con esa culpa.

—¿Qué querías decirme?

Sergio tomó aire y se preparó. No sería fácil hablar con Guillén de lo que tenía en mente. Sólo lo había hablado con Jop y con Brianda, nunca con una persona mayor. Temía alguna reacción negativa.

—¿Recuerda que alguna vez me dijo que el caso parecía tener algo de sobrenatural?

—Sí, lo recuerdo.

—Pues es cierto. Hay fuerzas sobrenaturales detrás de los crímenes, teniente.

Guillén levantó las cejas, sorprendido. Ése no era el Sergio que conocía. No era el muchacho que todo lo razonaba y que procuraba encontrar una explicación para lo aparentemente inexplicable. De pronto sintió pena por él. Tal vez ya estaba siendo afectado mentalmente. Aun así, procuró no denotar asombro.

—¿A qué te refieres?

—¿Qué pensaría si le dijera que Guntra no es una persona normal, sino un demonio?

"Pensaría que ya perdiste la cabeza", pensó Guillén, pero se reservó esta respuesta.

—No te entiendo —dijo, en cambio.

—Un demonio tiene cualidades especiales. Puede hacer cosas que una persona normal no puede. Por ejemplo... un demonio podría abandonar la cárcel, cometer un crimen y volver antes de que descubrieran su ausencia.

Guillén se cubrió la cara con ambas manos. Se odiaba a sí mismo por haber metido a Sergio en ese caso. Odiaba al anónimo individuo que los había puesto en contacto. Ahora veía las consecuencias de involucrar a un muchacho inocente en sangrientos asuntos que sólo conciernen a la policía.

—¿Qué estás tratando de decirme? ¿Que Guntra cometió el crimen a pesar de que lo teníamos encerrado?

—Digo que es posible.

Guillén no quería molestarse. Al final, todo era culpa suya. Sergio era una simple víctima de los acontecimientos.

—Sergio... aun suponiendo que tuvieras razón, que Guntra fuera un demonio, te juro que lo hemos tenido bajo estricta vigilancia siempre. Sólo cuando va al baño no lo vigila una cámara.

—¿A qué horas desapareció la niña? —preguntó Sergio, tratando de hacer que todo tuviera sentido.

—Como a las nueve de la mañana.

—¿Y cómo a qué horas entregaron sus restos?

—Esta vez Nicte actuó realmente rápido. A las dos de la tarde hizo una llamada desde un teléfono público y nos hizo saber el paradero del saco: estaba en los depósitos de basura del edificio en el que vivía la niña.

—¿Y todo ese tiempo estuvo vigilado Guntra?

—Puedo solicitar los videos. Pero no veo el caso.

Sergio trataba de que todo encajara en algún patrón pero no podía conseguirlo.

—El único momento en que Guntra se desapareció por un buen rato —añadió Guillén— fue entre las once y media de la mañana y el mediodía, cuando entró al baño. Es cierto que se tardó, pero porque dijo que se sentía mal del estómago.

Sergio no pudo evitar recordar la visita que les habían hecho a él y a Jop en la casa de Guntra exactamente a esa hora.

—Dígame una cosa... ¿ese baño tiene ventana al exterior?

—Sí, la tiene. Pero... ¡por Dios, Sergio! ¿Te das cuenta de lo que estás sugiriendo?

Sergio comprendió que sería inútil continuar. Distraídamente tomó una de sus baquetas. Probablemente tenía razón Alicia y ya era tiempo de volver a su vida.

—Discúlpame, Sergio —insistió el teniente—. No creo que valga la pena seguir pensando en Guntra como el asesino. Y mucho menos que quieras seguir sosteniendo tu teoría con ese tipo de invenciones. Te equivocaste, admítelo.

Sergio se sintió deprimido.

—Perdón. Quise decir... que nos equivocamos —corrigió Guillén, dándole un afectuoso apretón en un hombro.

En el fondo, Sergio sabía que Guillén tenía razón, que era muy posible que Guntra sólo fuera un demonio y no el asesino. Pero no era eso lo que lo hacía sentir tan mal, sino la reacción de Guillén. Confirmaba su teoría de que el teniente nunca había creído realmente en él y sólo lo había utilizado como un recurso desesperado ante la falta de pistas. Se sintió completamente solo. Incluso renunció a la idea de pedir protección. Sabía que Guntra, al ser liberado, sería capaz de ir tras él y había pensado en pedirle al teniente que pusiera a un policía a vigilarlo. Pero ya no se sintió con ánimos.

—Tiene razón, teniente. Lo siento mucho.

—No te preocupes. Tú quedas liberado del caso. Yo, en cambio, tengo que seguir buscando al asesino. Si alguien se siente mal soy yo. Por haber sido tan inepto y por haberte metido en esto.

Sergio dejó escapar un nuevo suspiro de desánimo. No podía dejar de pensar en lo que le había dicho Farkas cuando le preguntó si Guntra era el asesino: "tú mismo puedes contestarte esa pregunta". ¿Era o no era el asesino? ¿Por qué no podía afirmarlo ni negarlo? Por otra parte, tampoco podía quitarse de encima la ecuación fallida: 2+2=3, con la que Farkas se había burlado de la conclusión a la que había llegado. Tenía que resolver el misterio, pasara lo que pasara.

Sonó el teléfono de Sergio. Ni siquiera le sorprendió recordar que lo llevaba apagado. Ya sabía de quién se trataba. Un mensaje apareció en la pantalla.

Ánimo, mediador. No todo es tan malo. Responde a esta pregunta: ¿Quién se muere en La profecía? *Ahí está la clave de todo.*

Sergio sonrió levemente. En cuanto miró el mensaje, el celular volvió a apagarse.

—¿Quién era? —le preguntó Guillén.

—Era Jop, preguntándome si me gustó la película que vimos hace rato.

—¿Y te gustó?

—No mucho.

—¿Por qué?

—No me gustan las películas de vampiros.

Capítulo veinticinco

Guntra se encargó de que todo el mundo se enterara, cuando lo liberaron, de la demanda que pensaba entablar contra el sistema de justicia mexicano por haber violado sus derechos. Su rostro apareció en todas las primeras planas echando espuma por la boca. Y desde el momento en que el demonio puso un pie en la calle, la tarde del domingo, Sergio volvió a tener miedo. No dejaba de mirar por la ventana de su cuarto y durmió terriblemente mal: sus sueños estuvieron colmados de todo tipo de feroces engendros. El lunes intentó fingirse enfermo. Estaba seguro de que sólo era cuestión de tiempo que Guntra se decidiera a atacarlo y, probablemente, matarlo despiadadamente. Pensaba que en la escuela se sentiría más desprotegido y por eso hubiera deseado no ir. Pero Alicia no le permitió faltar; ella, por el contrario, creía que le haría bien volver a su vida normal.

Sin embargo, desde que llegó Sergio a la puerta de su escuela, se dio cuenta de que no era buena idea mostrarse en público tan pronto. El padre de uno de los alumnos no tuvo ningún reparo en bajar del auto y enfrentarlo:

—¿Tienes alguna idea de por qué el asesino escogió a una alumna de nuestra escuela? ¿No se te ocurre que puso sus ojos en nosotros gracias a ti?

Sergio enmudeció. Intentó seguir de largo pero no pudo.

—Ya se me hacía muy increíble que un niño cualquiera pudiera ayudar a la policía.

Sergio quiso continuar avanzando pero ya se habían congregado, en torno a él, otros padres y algunos alumnos.

—Mi papá dice que va a poner una queja —exclamó un niño de segundo—, porque la policía nos ha expuesto a todos a un peligro, ¿cómo dijo?, ah sí, innecesario.

—Yo nada más vine para informarme si van a cerrar la escuela —afirmó también un alumno acompañado de su mamá.

Sergio no sabía cómo enfrentar toda esa hostilidad. Para su fortuna, llegó la profesora Luz.

—Ya veremos si se suspenden o no las clases —sentenció ella—, mientras tanto, les pido que pasen todos a sus aulas. Tú, Sergio, acompáñame.

Entró a la escuela y Sergio la siguió sin dejar de notar el crespón negro que ya habían colgado encima de la puerta principal, anunciando que la escuela entera estaba de luto. Se sentía apesadumbrado y ya estaba arrepentido de no haberse quedado en casa. La maestra lo llevó a su oficina y cerró la puerta.

—Bien... al final tuviste y no tuviste razón —dijo.

Sergio comprendió a qué se refería. No tuvo razón en pedir que apresaran a Guntra; tuvo razón en dudar si él sería, verdaderamente, el asesino.

Sobre el escritorio de la directora había un periódico con una foto de María del Socorro, la quinta víctima, en la primera plana. Sergio la recordó vagamente. Era del salón "C" de primer grado. Y en una ocasión había querido ayudarlo a subir las escaleras.

—Me siento muy mal. Todos me odian —declaró. Y, por primera vez desde el día anterior, la culpa lo abrumó. Una lágrima resbaló por su mejilla izquierda—. Disculpe, maestra.

—No te disculpes. Yo también he estado reprimiendo el llanto desde ayer...

Guardaron silencio por un muy buen rato, hasta que Sergio se sintió mejor.

—Maestra, quiero pedirle un favor enorme. Bueno, en realidad son dos favores.

—Veamos.

—El primero... que me permita faltar a clases el día de hoy.

—Por eso ni te preocupes. Vamos a cerrar la escuela de nuevo.

—Bueno... entonces el segundo favor. Es algo un poco más difícil. Y si se niega, lo entenderé.

La directora lo instó a hablar con un gesto.

—Quiero que me dé la dirección de María del Socorro.

Ella no supo qué responder. Los datos de los alumnos se consideraban confidenciales y, en un caso como ése, se volvía aún más importante conservarlos así.

—¿Para qué la quieres?

—Sé que podría decirle que pienso llevarle flores… pero usted es muy inteligente y estoy seguro de que comprenderá.

—Bien. Digamos que vas a llevarle flores. De lo demás… tú sabrás.

Tecleó algunos datos en la computadora, copió la dirección a un papelito y se lo entregó a Sergio. Luego, llevó una mano a su bolso y le extendió un billete de doscientos pesos.

—Mi cooperación para las flores.

—Gracias.

—Quédate aquí mientras convoco a todos al patio. En cuanto veas que es prudente, vete de la escuela sin avisarle a nadie.

La profesora Luz abandonó su despacho, no sin antes darle una palmada en la espalda. Al poco tiempo, Sergio escuchó que ella convocaba, por las bocinas de la escuela, a todo el alumnado al patio. En cuanto estuvieron todos formados por grupos, la maestra comenzó a comunicarles "los graves acontecimientos que ensombrecían las actividades de la escuela". Sergio aprovechó para salir del despacho y de la escuela. Llevaba el ánimo por los suelos y el corazón encogido. Pero no dudó de lo que tenía que hacer.

En cuanto llegó a su casa se quitó el uniforme y se puso su único traje, casualmente negro, intentando verse lo más formal posible. Se anudó una corbata. Luego, se preparó mentalmente. Si la familia de Socorro o la policía se oponían a que revisara las cosas de la niña, no podría llevar más lejos la investigación. Pero no tenía mejor plan que ése. Además, en cierta forma, sí quería disculparse con los padres.

Salió de su casa y sintió un gran impulso por irse a sentar a la plaza. Luego, el impulso lo llevó a pararse frente a la estatua de Giordano Bruno y comenzar a hablarle. Con timidez primero, luego con decisión, inició una plática que poco a poco lo hizo sentir mejor.

—Dice Brianda que puedes escuchar. Yo no sé si sea cierto. Pero sí sé que fuiste un gran pensador. Alguien que confió tanto en sus ideas como para morir defendiéndolas. Por eso te pido que me ayudes a resolver esto. Estoy seguro de que puedo hacerlo si me ayudas a recuperar esa pieza que me está faltando. Por favor. Últimamente me han pasado muchas cosas inexplicables. Pero sé que, en el fondo, puedo resolver esto con la cabeza, sin importar otro tipo de sentimientos que también me abruman, como el miedo o la fe. Ayúdame, Giordano, por favor.

—¿Ya te volviste loco? ¿Le estás hablando a una estatua?

Sergio giró el cuello. Era Brianda, con el tutú puesto. Tampoco había ido a la escuela. No pudo evitar sonreír. Él mismo le decía, con mucha frecuencia, que estaba loca por hablarle a una estatua.

—¿Tus papás tampoco te dejaron ir a la escuela?

—No. Y tampoco me dejan andar contigo. Ya se enteraron de que la niña muerta iba en tu escuela.

—Lo siento.

—No te apures. Yo le hablo a quien yo quiera y ando con quien yo quiera, aunque me castiguen.

Sergio suspiró. Sintió que debía agradecerle el gesto a Brianda pero no encontró las palabras. El panorama era tan negro que aun expresarse le costaba trabajo.

—Son las cosas que hacen las novias por los novios, ¿no? —agregó ella—. ¿Y por qué estás tan guapo?

—Te voy a pedir un favor enorme.

A Brianda no le gustó el tono de Sergio.

—No vayas a hacer tonterías, Checho. ¿A dónde vas con ese traje?

—Es una pista que me dio Farkas. Necesito que veas completa *La profecía* y me digas quién se muere en la película.

—¿Estás loco? ¿Qué bobada es esa? ¿Por qué no se lo pides a Jop? Él debe haberla visto un millón de veces.

—No fue hoy a la escuela. Siento que si le llamo lo voy a meter en problemas.

—¿Y adónde vas con ese traje?

—En cuanto tengas los nombres, me llamas al celular y me los dices, ¿sale?

—¡Claro que no! ¡Si no me dices adónde vas no hago nada!

—Ni yo mismo lo sé, Brianda. Primero voy a la casa de la niña que se murió. Luego... no sé. Depende de lo que encuentre.

—Te acompaño, mejor.

—No. Tus papás tienen razón. Puedes correr peligro.

—No me importa.

—Nos vemos luego. Te encargo. Es muy importante.

—Si te pasa algo, ya no quiero ser tu novia.

—Adiós.

—¡Es en serio!

Sergio se dio la vuelta y caminó por la calle de Roma, en dirección hacia Avenida Chapultepec para, de ahí, llegar a la colonia Doctores. Tenía la esperanza de que los familiares ya hubieran vuelto del sepelio. Tenía la esperanza de que todo se resolviera pronto. La plaza de Giordano Bruno se veía muy bien sin el hombre del abrigo. Quería recuperar el mundo sin monstruos ni demonios acechantes. Quería que todo fuera como antes, que sus miedos fueran más fáciles, más controlables.

—¡Chechooooo!

El grito de Brianda apenas lo alcanzó cuando dio la vuelta a la esquina. Decidió apurar el paso.

Capítulo veintiséis

Cuando llegó a la casa de María del Socorro, le sudaban las manos, pese a que llevaba en éstas las flores que había comprado con el dinero de la directora. También se había preparado mentalmente para cualquier cosa, que lo corrieran de la manera más grosera o que admitieran sus disculpas. Pero no dejaba de sentirse nervioso. Y el corazón no cesaba de latirle apresuradamente. Al menos no había reporteros ni gente de los medios acechando el lugar.

Llamó un par de veces al timbre exterior de la unidad habitacional. Al poco tiempo, una voz surgió de la bocina.

—¿Quién?

—Buenos días. Vengo a darle el pésame a la familia.

La puerta exterior fue liberada y Sergio entró. Sabía que, en cuanto lo vieran llegar, probablemente reaccionarían de un modo muy distinto. Pero no podía amedrentarse. Estaba consciente de que no podría hacer nada si no echaba un vistazo a las cosas de Socorro. Y ésa era su única oportunidad: colándose al interior de su departamento.

Caminó por el solitario pasillo, hacia el edificio en donde se encontraba el departamento de la quinta víctima. Pero casi en seguida comenzó a sentir miedo, ese miedo que delataba la presencia de algún ente maligno. Su respiración se entrecortó, el sudor en las sienes apareció. Estaba seguro de que algo o alguien, en alguna zona cercana, le producía tal angustia.

Miró hacia arriba, hacia el quinto piso del edificio B, donde debía estar el departamento de María del Socorro. Era una unidad habitacional de clase baja, de departamentos pequeños y sin estacionamientos a la vista. Sergio supuso que la familia de su ex compañera habría hecho grandes sacrificios para tener a su hija en la escuela Isaac Newton en vez de alguna escuela pública. Se sintió mal. Alguna esperanza habrían puesto en ella sus padres, una esperanza que ahora se había ido para siempre.

Volvió a sentir miedo. Mientras levantaba la mirada, vio que, a través de las escaleras del edificio, a descubierto, bajaba una persona de cabello largo. Una persona de traje negro y con mucha prisa. El miedo se aceleraba. El corazón le indicó que no estaba equivocado, que el miedo era cierto, que era tangible.

Se detuvo a mitad del pasillo, antes de llegar al edificio. Contempló a la figura bajar los cinco pisos. Lo supo casi al instante, pero no quería admitirlo. Pensó qué tan bueno sería echar a correr, salir de la unidad o esconderse tras los jardines del lugar. No obstante, se quedó petrificado, ancló sus pies al pasillo como si estuviera presto a recibir el golpe de un furioso vendaval.

Al fondo del pasillo apareció Melquiades Guntra. Su gran melena descuidada flotaba a cada paso que daba. Sus ojos claros, de un color muerto, se posaron al instante en los de Sergio. Iba vestido de luto. Y había salido de la casa de la familia Marín.

Sergio se quedó de pie, esperándolo, con las flores en la mano, con la mirada fija en los hórridos ojos del demonio.

Estaban totalmente solos. Nadie los veía. Sergio sabía que su miedo podía convertirse en terror en cualquier momento, pero confiaba en que no se desmayaría. Había olvidado lo terrible que era la mirada de Guntra, lo espantosa que podía ser su faz encolerizada. Estaban solos en el pasillo. Y no sabía a qué se estaba arriesgando al permanecer ahí. "Puedo soportar el terror. Puedo soportar el terror", repitió en su mente.

El demonio dio un par de zancadas y llegó hasta Sergio.

—Nos volvemos a encontrar, mediador.

Sergio apretó las flores. No quería que Guntra notara su miedo.

—¿Qué haces aquí? —se atrevió a decir.

—Me sorprende lo bien que toleras la fetidez diabólica, mediador. Estás bien entrenado —su voz era espeluznantemente grave, sobrenatural. Parecía surgir de lo más profundo del averno.

—Te pregunté qué haces aquí.

—Vine a ponerme al servicio de la familia. Tanto ellos como yo somos víctimas de los imbéciles que no saben hacer su trabajo. Tú sabrás algo de eso, mediador.

—No estoy equivocado. Sé que no estoy equivocado. Tienes algo que ver en esto y lo voy a probar.

—¡Ja, ja, ja, ja! —rió escandalosamente Guntra—. Supongo que estarás esperando que me ponga a temblar de miedo.

Puso una rodilla en tierra para poner su convulso rostro frente al de Sergio. De pronto la cara ya no era humana, era la de una aberración espantosa: los ojos se volvieron completamente blancos, los colmillos crecieron y la lengua se volvió bífida. Sergio sintió el golpe de su repugnante aliento, pero no se movió un milímetro.

—Sé dónde vives, mediador. Estoy detrás de ti. Tienes los días contados...

Sergio toleró la cercanía del demonio como si estuviera viviendo una pesadilla y pudiera despertar en breve. Incluso se mantuvo firme ante la pavorosa amenaza de Guntra. Quizás sí estaba siendo entrenado. O probablemente sólo fuera que cada día se convencía más de que sí valía la pena pelear por un mundo sin demonios.

—Creí que los vampiros no salían de sus cuevas durante el día.

Guntra acarició el cuello de Sergio con vehemencia. Los dedos, de pronto, eran largas extremidades que terminaban en uñas puntiagudas. Le acercó más el rostro y olisqueó el cuello. Luego dejó salir una profunda carcajada que apagó súbitamente.

—Deberías olvidarte de esos cuentos medievales, mediador, y abrir bien los ojos. Soportas bien el terror... pero, por lo visto, no sabes nada de nada.

—Me tengo que ir.

Guntra se puso de pie. Su rostro ya comenzaba la metamorfosis inversa, ya volvía a ser el de una persona.

—La única razón por la que no te devoro aquí, mediador —dijo Guntra pausadamente— es porque quiero hacerlo con toda calma. Quiero hacerte pasar por el más insoportable terror que hayas experimentado jamás. Quiero que contemples tu dolorosa muerte como se ve a la noche sobreponerse al día.

—¡Dije que me tengo que ir! —exclamó Sergio, y se hizo a un lado para continuar avanzando por el pasillo.

Guntra, entonces, volvió a ponerse de pie. Se alisó el traje, se pasó una mano por el cabello y también continuó su camino hacia el exterior de la unidad como si fuera una persona normal, civilizada.

Sergio comenzó a subir las escaleras con paso decidido hasta que escuchó, a la distancia, la puerta de la unidad habitacional cerrarse; Guntra ya se había marchado. Entonces, se detuvo. Se recargó contra una de las paredes y comenzó a llorar. El terror le oprimía el pecho. Le cortaba la respiración, le detenía la sangre. Casi podía sentir los colmillos de Guntra sobre su piel. No quería pasar por todo lo que estaba viviendo. Quería salir corriendo y olvidarse para siempre de todo, de crímenes nefandos, de libros malditos, de hombres lobo y otras alimañas. En ese momento estaba seguro de que no toleraría un grado de terror más; estaba seguro de que Guntra, al final, le daría alcance y cumpliría su amenaza. Pensó que su muerte sería horrible y que no tenía escapatoria. Pensó que estaba inmensamente solo, que no habría jamás consuelo alguno para él, que todo estaba perdido.

—Sergio, ¿qué haces aquí?

Y entonces, sin levantar la vista, sintió una oleada de inexplicable alivio. Fue como si alguien lo levantara en brazos y lo sacara de un negro océano que amenazaba con tragárselo. Como si saliera de la lluvia y entrara en casa, como si dejara atrás para siempre la peor de las tormentas. Incomprensiblemente sintió como si Alicia lo llevara bien cobijado a través del desierto. Como si todos los terrores del mundo pudieran ser eliminados de golpe y en éste prevaleciera la luz, no la oscuridad. Levantó la mirada.

—Te pregunté qué haces aquí.

Era el teniente Guillén, de pie en las escaleras. Se mostraba molesto. Y estaba a punto de encender un cigarrillo que acabó por regresar a la cajetilla.

—Teniente... yo...

—¿Estás llorando?

—No. Es que...

—¿Quién te dio la dirección de María del Socorro?

—Yo... este... era mi amiga, teniente —mintió Sergio.

El rostro de Guillén perdió dureza. Se acercó a Sergio.

—Comprendo. Discúlpame. ¿Vienes a ver a sus papás?

Sergio no dejaba de mirarlo. La cercanía del teniente... de pronto... Sí. Era una extraña certeza.

—Sí, teniente. Pero también... —se animó a decir Sergio.

—¡Te ordené que dejaras el caso! —lo interrumpió Guillén.

Sergio suspiró. No se sentía con ánimos de discutir.

—Está bien, teniente. Usted disculpe. Tiene razón.

—Bueno. Tampoco es para tanto. Creo que he sido demasiado duro contigo. Discúlpame tú también. Vamos, anda.

Siguieron subiendo por las escaleras. Y, mientras subían, Guillén se atrevió a decir:

—Supongo que te habrás encontrado con Guntra.

—Sí.

—No es tan mala persona, después de todo —dijo el teniente—. Se ofreció a correr con los gastos del entierro.

Sergio volvió a sentir un impulso de llanto, pero lo contuvo. Siguió subiendo las escaleras.

Solo. Inmensamente solo.

—Tiene razón, teniente. No es tan mala persona.

Llegaron por fin al quinto piso y el teniente llamó a la puerta. Al instante acudió el padre de María del Socorro.

—¿Qué pasó, teniente? ¿Todo en orden?

—Sí —respondió Guillén—. Todo en orden. Supongo que imaginé ese rugido.

El señor Marín, dentro del departamento, puso los ojos en Sergio. El teniente salió al rescate.

—Sergio viene a presentar sus condolencias.

Contra lo que pensaba, el señor Marín no opuso resistencia.

—Claro. Pasa. Supongo que tú y Soco eran buenos amigos.

Sergio prefirió no decir nada. Entregó las flores y se unió a un sombrío convivio familiar. Había varias personas reunidas, todas de luto. Recién llegaban de darle el último adiós a la niña en el cementerio. Comían de una bandeja de empanadas, bebían de un par de refrescos... y prácticamente nadie hablaba. Algunos lloraban todavía. Y, en general, el ambiente era tan funesto como cabía esperarse. Guillén condujo a Sergio con la madre de la víctima y ésta, al verlo, se inclinó y lo abrazó. Se deshizo en un torrente de lágrimas y Sergio trató de ser fuerte, trató de soportar estoicamente el desahogo de la señora. Luego, sin decir nada, la doliente madre dio un beso a Sergio y volvió a un callado rezo que estaba dirigiendo al lado de otras señoras.

El teniente se cruzó de brazos y se recargó contra una pared. Sergio hizo lo mismo, a su lado. Se respiraba un aire de tristeza que casi enfermaba a Sergio, pero no se sentía animado a hacer ni decir nada. Ni siquiera quiso tomar una empanada cuando le ofrecieron.

Entonces, el teniente, casi sin mover los labios, dijo en un susurro:

—Pon atención.

Sergio no pudo dejar de asombrarse. No esperaba que Guillén le hablara de ese modo tan subrepticio.

—A mi izquierda, sobre el pasillo, está el baño —afirmó el teniente—. A un lado está el cuarto de María del Socorro. Pide permiso para usar el baño. Yo te cubro.

Sergio seguía asombrado pero no tenía tiempo que perder. Se acercó a la señora de la casa, le pidió prestado el baño e, inmediatamente, fue hacia allá. El teniente bloqueó con su cuerpo, como si fuera un movimiento distraído, la vista de la gente hacia a esa sección de la casa.

Sergio entró a toda prisa a la habitación de la quinta víctima. Puso su mente a trabajar. Quería absorber todo lo que viera, que todo se quedara para siempre grabado en su memoria. Sobre la cama estaban los objetos que, seguramente, habría entregado

Nicte junto con los huesos de Socorro. Sergio los revisó apresuradamente. Eran apenas las ropas de ella, no había ningún efecto personal, sólo una peineta, quince pesos y un reloj de pulsera. Así que fue de inmediato a buscar en los cajones todo lo que pudiera decirle cómo era ella, a qué se dedicaba, qué era lo que hacía, porque hasta ese momento no sabía nada de su compañera, excepto que estudiaba en el 1° C y que era muy buena persona.

Dio en el cajón del buró con una pequeña bolsita de mano blanca. Supuso que esa bolsa sería la que estaría utilizando en los días recientes para salir a la calle. El sábado en que la habían secuestrado no la llevaría porque no tendría pensado salir por mucho tiempo, seguramente habría ido a la tienda o algo así. Sergio la revisó tratando de no hacer ruido. Vio un estuche de maquillaje, un espejito, el celular de Soco, su credencial de la escuela, algo de dinero, el boleto de una rifa, una agenda y una calculadora chica. Cerró la bolsa y fue al clóset. Lo abrió también en silencio y se puso a esculcar en sus suéteres, en sus pantalones, en sus faldas, en sus abrigos, en sus...

De pronto lo asaltó una revelación. Fue como salir de la oscuridad a la luz más resplandeciente. Volvió a la bolsa. Un torrente de adrenalina lo invadió. Los latidos de su corazón se aceleraron.

Sacó el boleto de la rifa. El premio era un MP3 Player.

—¡Cómo pude ser tan ciego! —dijo en un grito apagado—. ¡Qué tonto soy!

Tomó el boleto y se lo echó a la bolsa del traje. Salió rápidamente de la habitación. Guillén seguía obstruyendo, con su cuerpo, la vista de los familiares hacia esa zona de la casa. Sergio se puso a un lado de él, fingiendo naturalidad.

—¿Encontraste algo? —murmuró el teniente.

Sergio lo reflexionó por unos instantes. Luego contestó, con gran decisión:

—No, teniente. Nada.

Guillén no pudo evitar mostrar su decepción.

—Ni hablar. Lo intentaste.

—Me tengo que ir, teniente. Nos vemos —afirmó rápidamente Sergio.

Guillén sospechó de la súbita urgencia de Sergio por irse. No obstante, se quedó un rato más con la familia. Se animó a comer empanadas y tomar refresco. Pensaba en los tiempos en que creía que los misterios podían resolverse con una palabra clave, una secuencia de letras, un símbolo. Encendió un cigarro sin pedir permiso.

Para entonces, Sergio ya estaba tomando un taxi con dirección a Plaza Insurcentro, el nuevo centro comercial. Una gran excitación lo colmaba, una mezcla de miedo y entusiasmo. Ahora sabía que iba en pos de la pista correcta.

Nicte, sexta labor

Nicte hubiera querido dejar a Sergio para el final, para el momento en que pudiera decir, "siete menos siete, da cero, misión cumplida."

Pero nadie debe oponerse a la voluntad de los dioses. No cuando éstos se muestran tan complacientes con sus servidores.

Justo del otro lado del cristal, estaba él, Sergio Mendhoza, el chico de la televisión, la víctima a la que había reservado el último sitio, la osamenta sin una pierna que necesitaba para lograr un trabajo perfecto.

Sí, lo había imaginado en el séptimo lugar. Pero era un verdadero golpe de suerte que hubiera vuelto por su propia voluntad. Y completamente solo.

Nicte no iba a desaprovechar tal fortuna.

La sexta labor, pues, estaba en camino.

"Siete menos seis, da uno."

El fin estaba cerca.

Capítulo veintisiete

"*Para vencer, sin armas y sin muerte, al que no puede morir, sólo el que no puede morir.*"

Sergio miró el mensaje que había llegado de pronto a su celular. No comprendía el significado, aunque sabía perfectamente quién se lo enviaba. Un nuevo mensaje llegó.

—*Es uno de los consejos que vienen en cierto libro que te obsequiaron, mediador. Tengo el presentimiento de que muy pronto te arrepentirás de no haberlo leído.*

—¿Nicte también es un demonio? —preguntó Sergio de mala gana.

—*¿Quién habla de Nicte? Estoy hablando de cierto amigo de pútrido aliento que cada día te acorrala más.*

—Ahora no tengo tiempo de pensar en Guntra.

—*Como quieras, Mendhoza. Quise contactarte por última vez porque tal vez no volvamos a hablar nunca más.*

—¿Qué dices?

—*Ojalá que tu muerte no sea horrible, mediador. Pero no te hagas muchas ilusiones... casi todos los mediadores mueren de las formas más espantosas. Así que, buena suerte.*

Sergio comenzó a temblar. Sabía que se aproximaba a algo desconocido pero no sabía qué, no reconocía el miedo, la nueva sensación. Algo parecido a la angustia le colmó el pecho.

—Farkas... dime lo que sepas, por favor —se atrevió a suplicar.

—*Hice lo que pude, mediador. Lo que sigue es el verdadero terror, uno tal que desearás morir para no tener que enfrentarlo. Espero que estés preparado.*

—Farkas... por favor...

—*¿Cuánto miedo puedes soportar, Mendhoza? ¿Cuánto? Ahora es cuando lo descubrirás. Buena suerte.*

Lo último que deseaba Sergio en ese momento era preocuparse por sí mismo, por eso detestó la súbita aparición de Farkas. Tenía miedo, sí. Uno nuevo. Uno que lo hacía sentir completamente alerta, con los músculos tensos, los nervios de punta, el corazón a punto de estallar.

—¿Estás bien, muchacho? —le preguntó el taxista, al notar el cambio en el semblante de Sergio.

—Sí, señor, no se preocupe.

No necesitaba esa nueva distracción, así que se puso a borrar todos los mensajes de Farkas del buzón de su celular. Trató de tranquilizarse y obligó a su cerebro a enfocarse en el caso.

En su mente prevaleció entonces un solo pensamiento, el de su último descubrimiento: que a todos los niños se los había llevado Nicte con sus carteras. A todos, excepto a dos: a Celso Navarro y Socorro Marín. Las otras tres víctimas habían desaparecido con sus objetos personales, puesto que llevaban consigo sus carteras al momento de ser secuestrados. Nicte las había devuelto junto con los huesos. Pero de ellas había sustraído algo muy importante antes de regresarlas. "Por eso no había una coincidencia que se repitiera en los cinco casos", se decía Sergio mientras el taxi hacía el recorrido hacia el centro comercial, "porque Nicte se había encargado de eliminar esta coincidencia. Al menos las veces que pudo hacerlo".

Nicte no había podido sustraer el boleto de la rifa en el caso de Celso y de Socorro porque no lo llevaban consigo cuando fueron secuestrados. Y ése, dedujo Sergio, tenía que ser el punto de conexión entre los cinco eslabones de la cadena.

Cuando se bajó del taxi ya había olvidado la plática con Farkas y la revelación se hacía cada vez más fuerte. Los niños habían sido seguidos hasta sus casas por una razón: Nicte sabía de antemano dónde vivían.

Entró Sergio al centro comercial y, aunque se sentía entusiasta por el descubrimiento, trató de no mostrarse demasiado optimista. Ahora estaba solo y no podía cometer errores. Se había prometido no involucrar de nuevo a nadie hasta no estar completamente seguro de estar haciendo bien las cosas. Se detuvo justo en el lugar en el que, según sus conclusiones, había iniciado todo.

Fue directamente al kioskito de la entrada.

Ahí, tal y como recordaba, se ofrecía el premio de un MP3 Player a los que desearan dejar en el buzón su opinión respecto al nuevo centro comercial. Sergio se acercó al kiosko y revisó las hojas de opinión. Efectivamente, en éstas había que dejar los datos personales (nombre, dirección, teléfono) y luego desprender el boleto para reclamar el premio en caso de ser afortunado. Al menos los cuatro primeros niños habían pasado por el centro comercial, cosa que Sergio había podido deducir cuando detectó que sus padres habían revelado fotografías en el negocio de Guntra. Lo que no había podido concluir era que los cuatro habían anotado sus datos para participar en la rifa porque tres de ellos habían sido despojados del boleto por su captor.

Miró en todas direcciones. Sabía que el kiosko era la conexión. ¿Pero quién estaba detrás de la rifa? Seguramente había alguien que espiaba a los niños cuando anotaban sus datos y luego extraía la información del buzón para ir tras ellos hasta sus casas. ¿Quién podría ser? ¿El mismo Guntra? Había varias cámaras de vigilancia en distintos puntos del centro comercial. ¿Sería posible que una de esas cámaras estuviera manipulada para mandar la señal a otro sitio? ¿Tal vez hacia "Moloch, Revelados Ultrarrápidos"? Sergio se daba cuenta de que tendría que ser cauteloso, pero por nada del mundo dejaría ningún hilo suelto, no esta vez. Se aproximó a la oficina de vigilancia, cercana al kiosko. Aún se encontraba ahí el letrero invitando a la gente a donar su ropa vieja. Había un gran ventanal de esos que permiten la vista de un solo lado para poder observar sin ser visto. Del lado en el que Sergio se encontraba era solamente un gran espejo. Se acercó y, seguro de que estaba siendo observado, golpeó con los nudillos sobre el cristal.

Aguardó unos instantes.

—¿Qué se te ofrece? —dijo una voz a sus espaldas.

Detrás de él apareció la mujer policía que había conocido en su primera visita al centro comercial.

—Buenas tardes —saludó Sergio.

—Ya nos conocíamos, ¿no? —dijo ella, afable.

—Sí. El otro día que vine con el teniente Guillén —respondió él, trayendo a su memoria el nombre que ella había dado: Ariadna Gutiérrez.

—Cierto —confirmó ella. Tenía una linda sonrisa—. ¿Y qué te trae por aquí?

—Es que... bueno... —dudó Sergio—, ¿recuerda que estaba yo ayudando con una investigación?

—Ah sí. Creo haber visto algo en la tele.

—Bueno... pues me surgió una duda.

—¿Cuál?

—¿Usted sabrá quién es el encargado de sacar de aquel buzón las opiniones que deja la gente? —señaló Sergio al kiosko.

La mujer policía miró hacia allá. Apretó un poco la mirada. Intentaba hacer memoria.

—Ummhh... creo que sí. Acompáñame. Ahorita averiguamos —dijo.

Pasó uno de sus brazos sobre los hombros de Sergio y lo encaminó hacia la oficina de vigilancia. Cerró la puerta tras ellos. Una agradable música de concierto salía de las bocinas de la oficina. La ropa de segunda mano, donada para los pobres, hacía bulto en una esquina.

—¿Te gusta la música clásica? —preguntó ella mientras se dirigía hacia uno de los armarios de la oficina.

—Pues no mucho —admitió Sergio.

—¿Qué tipo de música te gusta más?

—La verdad... el Heavy Metal —respondió, un poco apenado.

—Ah, qué caray —sonrió ella—. Pues entonces, si quieres, ponemos otra estación. Esa te ha de parecer horrible.

—¡No, cómo cree! Déjela —se opuso Sergio.

—Bueno, como quieras —volvió a sonreír ella.

Sergio se sintió un poco incómodo y desvió la mirada. Se paró frente al gran ventanal y se puso a estudiar detenidamente la oficina. Se dio cuenta de que, desde esa posición, era muy fácil mirar hacia todas las personas que entraban en el centro comercial sin que éstas se dieran cuenta. También había algunas televisiones pequeñas dispuestas sobre una de las repisas. Todas recibían la señal de las cámaras distribuidas por el centro comercial. La mujer policía comenzó a revisar algunas cajas dentro del armario interior de la oficina, dándole la espalda a Sergio. Frente a la oficina de vigilancia había una estética unisex; Sergio se entretuvo estudiando a los hombres y mujeres que cortaban el pelo en ese lugar aprovechando que ellos no podían verlo. ¿Y si alguno de ellos fuera Nicte?

Volvió a mirar a la oficial de policía, muy ocupada revisando expedientes. A Sergio le pareció un poco extraño que ella no supiera quién era el responsable del buzón y que tuviera que verificarlo contra algún oculto archivo. No obstante, prefirió no impacientarse. De todos modos, sospechaba que la pista no tendría que llevarlo hacia el responsable del buzón sino hacia alguien que, seguramente, habría abierto el buzón sin permiso. Melquiades Guntra, tal vez.

Sonó su teléfono celular. Miró a la policía, que continuaba buscando con gran diligencia entre los papeles de sus cajas y sonrió, apenado. Ella le devolvió la sonrisa. Se animó a contestar, esbozando una disculpa por tener que hacerlo.

—¡Checho! ¿Dónde andas?

—¿Qué pasó, Brianda? ¿Tienes lo que te encargué?

—¿Estás bien? Creí que vendrías a comer. Te estuve esperando en la plaza.

—No. No he tenido tiempo de comer. ¿Averiguaste los nombres?

—Estuve pensando... me encargaste esa tontería nada más para deshacerte de mí, ¿verdad?

—No. Te digo que es importante.

—Pues no te entiendo. No sé cómo pueda ayudar en nada esta bobada.

Ariadna Gutiérrez desapareció de la vista de Sergio. Éste miró sobre sus hombros pero no pudo localizar adónde se había metido. Al parecer había entrado al clóset para buscar en otras cajas. O quizás había salido de la oficina sin que él lo notara. Trató de no darle importancia.

—Yo tampoco lo entiendo pero se supone que ahí está la clave de todo. Dime, ¿quién se muere en *La profecía*?

—Pero te advierto que no voy a poder dormir en varios días. La película está bien fea. El niño que sale te hace creer que el diablo sí existe, te lo juro.

"Ojalá no fuera así", pensó Sergio. "Ojalá".

—¿Quieres los nombres de los personajes o de los actores?

—No sé. Dime todo lo que hayas apuntado.

Sergio volteó nuevamente. Y de un solo golpe se dio cuenta de lo evidente que era la verdad, sólo que era tan difícil de creer que por eso se había negado a aceptarla desde que había llegado al centro comercial. La mujer policía lo observaba desde el interior del clóset, oculta entre las sombras. Su mirada era la de alguien que está decidido a hacer algo terrible y apenas tiene tiempo para decidirse. Ya no llevaba la gorra de policía en la cabeza. Y había dejado de sonreír, su rostro estaba transformado. Al parecer, lloraba inconsolablemente. Sergio volvió a tener miedo.

Estaba frente a frente con Nicte.

"Claro", pensó Sergio fugazmente. "Nicte es una diosa griega, no un dios. A eso se refería Farkas cuando me dijo que si no me servía de nada ese dato. ¡El asesino es una mujer!".

Empezó a lamentar que, por su falta de perspicacia, hubiera tenido que enfrentarse al asesino sin ningún tipo de advertencia o de alarma interior. Había entrado a la oficina por su propio pie a ponerse en las manos del criminal como un corderito que va al matadero. Se hizo para atrás instintivamente, chocando con una de las repisas. Midió la distancia hacia la puerta cerrada. Pensó que nadie, en los pasillos del centro comercial, podía verlo en ese momento. Meditó qué tan útil sería gritar con todas sus fuerzas.

Brianda estaba contándole cómo un personaje de *La profecía*, el fotógrafo, moría degollado por unos vidrios, en el preciso instante en que Sergio dejó caer su teléfono celular al suelo.

Nicte, sexta labor

Forcejeó con Sergio hasta que logró ponerle el trapo húmedo de somnífero en el rostro. Luego, todo fue fácil. El cuerpo del muchacho comenzó a perder fuerza hasta que se resbaló hacia el suelo como un muñeco. Y lo depositó sobre la repisa con mucho cuidado, como si temiera interrumpir su repentino y obligado sueño. No tenía tiempo que perder. Así que aprovechó para redactar la sexta nota de una vez. "Todo ocurre por una razón". Luego, firmó de forma apresurada: "Nicte". Y fue de vuelta al clóset del archivo. Tomó uno de los sacos vacíos en los que el servicio postal le hacía llegar la correspondencia de los negocios del centro comercial e introdujo el brazo completo para asegurarse de que fuera de buen tamaño.

"Ahora", se dijo, "todo tiene que hacerse rápido, muy rápido". Tomó el saco, levantó al niño en brazos y caminó de espaldas hacia una puerta interior que, al abrirse, le condujo hacia el estacionamiento techado del centro comercial.

"Hay que actuar antes que la policía o la misión quedará inconclusa", se dijo mientras abría la puerta lateral de la destartalada camioneta. En un instante consiguió introducir a Sergio al auto sin que nadie notara nada. En los centros comerciales nadie tiene ojos para eventos extraordinarios; nadie está realmente mirando.

Empujó a Sergio hacia el fondo, recargándolo contra las cobijas y cojines que había utilizado ya en cinco ocasiones anteriores para amortiguar el peso de otros cinco niños inconscientes.

Hurgó entre sus ropas. Sus ojos se abrieron enormes. Tomó

la llave en forma del león y comprendió que, efectivamente, todo ocurre por una razón.

Encendió el auto y, a toda velocidad, arrancó hacia el exterior de Insurcentro. No paraba de repetir: "Siete menos seis, da uno. Siete menos seis, da uno. Siete menos seis... da uno".

Capítulo veintiocho

Brianda gritó con todas sus fuerzas pero Sergio nunca le respondió. De repente escuchó un golpe seco y la voz de Sergio, del otro lado, enmudeció. No obstante, como su amigo no había interrumpido la llamada, Brianda se quedó escuchando y gritando desde su lado de la línea hasta que se le agotó el saldo a su teléfono celular y la llamada llegó a su fin. Habían transcurrido ocho minutos apenas.

Luego, desde el teléfono de su casa, marcó de nuevo al celular de Sergio pero éste llamaba sin que nadie lo contestara. Dejó un recado en el buzón y automáticamente las lágrimas acudieron a sus ojos. Estaba segura de que algo terrible le había ocurrido a su amigo. No podía olvidar aquel día en que, antes de ir a Chapultepec, Sergio les había platicado, a ella y a Jop, que Melquiades Guntra era un demonio. Y que lo había amenazado.

—¡Brianda! —entró su madre a la habitación—. ¿Qué te pasa? ¿Por qué gritas como loca?

En la pantalla de la televisión del cuarto de Brianda estaba el menú principal del DVD de *La profecía*.

—¡Señorita! ¿No te prohibí terminantemente ver esa película?

Brianda no hizo caso del regaño y corrió a los brazos de su madre.

—¡Mamá! ¡Algo malo le pasó a Checho!

La señora abrazó a su hija, sin saber exactamente cómo reaccionar.

—¿Qué? ¿Por qué lo dices?

—Estaba hablando con él y de repente se quedó callado. Luego se oyeron unos ruidos raros y después ya nada.

—¿Ruidos raros? ¿Qué clase de ruidos raros?

—No sé. Me dio la impresión de que se hubiera caído o algo así.

La señora siguió abrazando a Brianda, quien ya lloraba copiosamente.

—Cálmate, Brianda —trató de consolarla— estoy segura de que está bien. Sólo se le debe haber acabado el crédito o algo así.

—No, mamá. Yo fui quien le llamó —chilló Brianda—. Me quedé escuchando un ratote, hasta que se me acabó la tarjeta.

Apretó con fuerzas a su madre porque sentía que había ocurrido algo horrible y ella, aunque había estado en cierta forma presente, no había podido hacer nada para evitarlo.

—Mamá, tengo que hablar a la policía.

—Pero hija...

—¡Por favor!

A la señora Elizalde le admiró la determinación de su hija. Ya no dijo nada. Por el contrario, se apartó de su camino. Brianda tomó nuevamente la extensión del teléfono de la casa que tenía en su habitación. De pronto se dio cuenta de que no sabía qué número marcar. Quería hablar directamente con el teniente Guillén y no sabía dónde localizarlo. Prefirió, entonces, hacer otra llamada antes. Revisó en su teléfono celular el número que buscaba y lo digitó en el aparato sobre su tocador.

—¿Bueno? —respondió Alicia del otro lado.

—Alicia, habla Brianda —dijo ella mientras se limpiaba las lágrimas.

—¡Brianda! ¿Pasó algo? —preguntó en seguida Alicia sin siquiera saludar. Ya se temía que la llamada no significaría nada bueno, pues la niña nunca le había llamado a su celular.

—Ay, Alicia. Yo le dije a Checho que no fuera solo...

—¿Adónde? ¿Qué pasó, Brianda?

—Estaba hablando con él hace rato y de repente se calló pero no se cortó la comunicación. Y después de eso le he estado llamando pero ya no contesta su teléfono.

—¡Válgame Dios! —respondió Alicia.

Luego siguió un profundo silencio. Brianda no sabía qué más

decir, se había quedado sin palabras. El llanto volvió a asomar en sus ojos.

—¿Pero... adónde fue? —preguntó rápidamente Alicia, como si saliera de repente del estupor.

—Primero me dijo que iba a ir a la casa de la niña que mataron. Y que luego no sabía —respondió Brianda, tratando de no llorar mientras hablaba.

—¿Ya llamaste al teniente Guillén?

—No. Quería saber si tú tienes su teléfono para llamarle.

—No te preocupes. Yo le llamo.

Alicia cortó la comunicación y Brianda se quedó expectante, con la mirada puesta en el vacío. El mal presentimiento se apoderaba de ella.

La señora no tenía cabeza para nada, por eso se puso a acomodar un poco la habitación. Pensaba en las peores posibilidades y no quería ver pasar a su hija por algo tan terrible como la muerte de un ser querido tan pronto. Son cosas que ocurren en la vida, que las personas mueran sin previo aviso. Pero cuando se tienen doce años, el golpe puede ser más terrible, más devastador. Tomó la hoja que tenía Brianda todavía aprisionada entre sus manos y la estudió. No entendió nada de la lista que contempló. Gregory Peck, Lee Remick, David Warner... Prefirió regresársela a Brianda y volver a abrazarla.

Cuando Brianda controló su llanto, se puso de pie y confrontó a su madre. De pronto parecía un poco más dueña de sí misma. Pese a su atuendo de ballet y peinado de cola de caballo, la señora comprendió que su hija estaba creciendo, que los acontecimientos la estaban haciendo más fuerte.

—Mamá... voy a la plaza. Luego voy a la casa de Checho.

No parecía una petición, parecía un aviso. La señora no quiso enfadarse. Le acarició la cara y asintió gravemente.

Brianda se acercó a su clóset, extrajo un suéter, tomó sus llaves y su teléfono celular sin saldo, dio un beso a su madre y desapareció tras la puerta de su habitación. A los pocos minutos ya estaba frente a la estatua de Giordano Bruno. Su madre podía verla desde la ventana de su cuarto, sintiendo el corazón encogido y una terrible necesidad de cobijarla, de evitarle lo que probablemente estaba por venir.

A la media hora llegó el teniente Guillén acompañado del sargento Miranda en un auto común y corriente. Ambos reconocieron la figura de Brianda mordisqueándose las uñas en la plaza, sentada frente a Giordano Bruno. Una vez que estacionaron el coche, fueron a unírsele.

—Cuéntamelo todo —pidió Guillén en cuanto llegó a su lado.

Brianda le repitió la historia y esta vez no lloró. Al terminar su relato, no pudo dejar de preguntar:

—¿Usted cree que el asesino lo haya agarrado, teniente?

Guillén quería ocultar sus emociones pero no podía. Su semblante reflejaba una comprensible angustia.

—Supongo que es posible —confesó.

Al poco rato ya estaban los tres, en silencio, frente a la estatua. Las palabras parecían sobrar. Guillén no dejaba de lamentar secretamente no haber puesto a un policía que vigilara a Sergio, no haber sido lo suficientemente previsor.

—Teniente... —dijo Brianda para romper la calma—, yo creo que el señor que agarraron antes, el señor Guntra, tiene algo que ver.

—¿Sí? ¿Por qué, pequeña?

—Porque Checho me contó que lo había amenazado.

Guillén la contempló con dulzura. Hubiera querido creer que tenía razón.

—Guntra estuvo en la delegación casi todo el día, Brianda, charlando amistosamente con el capitán Ortega. Es imposible que haya sido él. Al final parece que no es tan mal hombre.

—¿Y si tiene un cómplice? —repuso Brianda, suspicaz.

—Si tiene un cómplice... —admitió el teniente—, entonces nosotros no hemos sido lo suficientemente listos como para detectarlo. De todos modos... este tipo de asesinos seriales siempre actúan solos.

Volvieron al silencio. La tarde ya moría, la noche se apoderaba del mundo. Entonces, Alicia llegó en su pointer dorado. Lo introdujo al estacionamiento del edificio y se bajó a toda prisa. El teniente y los demás se acercaron a ella.

—Teniente, qué bueno que ya está aquí. ¡El maldito tráfico! —se quejó—. Vengo desde la carretera de Puebla y el tráfico está imposible.

Brianda supo, con sólo verla, que había llorado todo el camino. Tenía el maquillaje descompuesto y los ojos rojos. Ambas se abrazaron por un breve instante. Luego, subieron todos, excepto el sargento, al departamento del tercer piso. Ya pasaban de las ocho de la noche.

Brianda preparó café mientras Alicia hablaba con el teniente.

—Tengo a todas mis unidades buscando por toda la zona, se lo juro, señorita Mendhoza —exclamó Guillén—. El mismo capitán está pidiendo refuerzos a otras delegaciones.

—Se lo agradezco, teniente, pero... ¿y si lo capturó Nicte? ¿Tiene usted alguna nueva pista?

A Guillén se le quebró un poco la voz cuando dijo:

—No. Lo siento mucho.

El ambiente se volvió de gran pesadumbre. Nadie quería mencionarlo, pero todos temían que en cualquier momento llamaran a la puerta para entregar una bolsa llena de huesos. Brianda sirvió el café. Incluso ella se preparó uno, pero Alicia le impidió llevarse la taza a la boca.

—No, Brianda —le sugirió—. Será una larga noche y creo que te conviene dormir.

—Puede ser —dijo ella—, pero no quiero.

Dio un trago a la taza y se sumó al silencio. Alicia no le rebatió esa decisión. Guillén se puso de pie y volvió a marcar al celular de Sergio. "El número está apagado o fuera del área de servicio", le informó esta vez una voz grabada. Durante horas había estado llamando con la esperanza de que, si Sergio no tenía consigo su teléfono, alguien pudiera oírlo sonar y se animara a contestarlo. Pero ahora, de acuerdo al mensaje, seguramente ya se habría agotado la batería. Maldijo su suerte en silencio.

Cuando dieron las diez y media de la noche, el teniente ya había preferido unirse a la guardia del edificio que sostenía el sargento Miranda desde el auto. No podía concebir que Nicte se aproximara al lugar sin que le echaran el guante. Probablemente fuera su última oportunidad de atraparlo y no iba a desaprovecharla. Ciertamente le dolía en el alma que lo agarraran de ese modo, precisamente con esa sexta víctima, pero era ese mismo coraje el que le hacía sentir que jamás se perdonaría si Nicte salía impune de ese nuevo crimen.

Y a cada minuto que pasaba y no veía a nadie aproximarse al edificio con bultos grandes, más crecía su esperanza de que Sergio estuviera perdido como la otra noche, en vez de haber sido secuestrado. Todos los vecinos que volvían de sus trabajos al edificio eran revisados por Guillén. Todos eran cuestionados, tanto los individuos que se consideraban sospechosos como los que llevaban entre manos algún objeto voluminoso de apariencia irregular. Pero nada. Dieron las once de la noche. Luego las once y media. Y nada.

Guillén subió nuevamente al departamento a hacer compañía a Alicia y a Brianda. Cuando arribó, vio que esta última trataba de tranquilizar a Jop por teléfono. Recién le había dado la noticia y éste había querido correr hacia allá; Brianda trataba de impedir por todos los medios que se escapara de su casa y tomara un taxi, tal y como había amenazado. Alicia, por su parte, simplemente trataba de no volver a llorar.

—Me acabé mis cigarros —anunció el teniente en cuanto Brianda colgó el teléfono—. Voy a ir a una tienda de veinticuatro horas a comprar más. ¿Se les ofrece algo?

Alicia negó sin decir una palabra. Brianda también.

Entonces, el teléfono sonó.

Para ser casi las doce, si no eran los papás de Brianda, podría ser Sergio. O alguien más inesperado. Alguien a quien nadie conocía la voz pero que podía, con una sola llamada, desatar los más dolorosos y terribles sentimientos.

Alicia se apresuró a contestar. Sus ojos se mudaron de terror. Crecieron desorbitadamente. El teniente adivinó la naturaleza de la llamada y se asomó a la calle por la ventana del cuarto de Alicia.

—¡Sargento! ¡Baje del auto y revise los alrededores! ¡Avise a las demás patrullas! —gritó.

Miranda bajó del automóvil y, radio en mano, cruzó la calle para obtener un mejor panorama de la zona, tratando de dar con algún sospechoso que arrestar. Guillén volvió a la estancia, al lado de Alicia.

—¿Qué pasó? ¿Era él? ¿Era Nicte?

Ella asintió lentamente. Dos gruesas gotas abandonaron sus ojos y se arrastraron por sus mejillas. Brianda lloró instantáneamente.

—¿Qué le dijo, Alicia? —insistió Guillén.

Alicia no podía creerlo. Se cubrió el rostro. El teniente tuvo que ir hacia ella.

—¡Alicia! ¡No tenemos tiempo que perder! —la tomó de los hombros—. ¡Dígame si era él y qué le dijo! ¡Tal vez podamos apresarlo todavía!

Alicia comenzó a gritar súbitamente.

—¡No, teniente! ¡No podemos! ¡Es imposible! ¡Es imposible!

—¿Por qué?

—¡Porque hace mucho que se fue! ¡Porque ya no está por aquí!

—¿Qué quiere decir? —respondió, horrorizado, el teniente.

Alicia no dijo nada. Había reprimido sus sollozos por unos instantes. Se zafó de los brazos del teniente y cruzó la estancia para llegar a la puerta del cuarto de Sergio. Desde ahí, miró al interior sesgadamente. El terror asomó a su rostro.

—¡Qué pasa, Alicia! ¿Qué le dijo? —volvió a insistir el teniente.

—¡Me dijo que Sergio está en el clóset de su cuarto! —gritó Alicia.

El teniente fue hacia ella y la hizo a un lado. En efecto, el clóset de Sergio estaba abierto y, dentro, estaba un saco café amarrado con una cuerda.

—¡Me dijo que el dolor está bien! —gritó Alicia, cubriéndose la cara nuevamente—. ¡Me dijo que el dolor es bueno!

El teniente tuvo que controlarse para no venirse abajo. Fue a la bolsa y la abrió inmediatamente. No fue la nota lo primero que sacó, sino la pierna ortopédica de Sergio. Nicte había actuado verdaderamente rápido esta vez.

Alicia no pudo más y tomó la bolsa entre sus brazos, como si con ello pudiera dar un último abrazo a su hermano. Brianda prefirió no entrar al cuarto. Sus gritos se escucharon a través de la calle, hasta su propia casa.

CUARTA PARTE

Nicte, sexta labor

Caminó a través del oscuro pasillo, sosteniendo fuertemente la antorcha. Aunque en su rostro había señales de satisfacción, no se permitía sonreír. Era cierto que había conseguido ya avanzar seis peldaños de la escalera, pero algo en su interior le decía que la misión entera estaba a punto de venirse abajo, que tal vez se había metido con quien no debía y ahora tendría que pagar. La policía iría en su búsqueda sin concederle ninguna tregua.

El interior de esa sección de la casa siempre estaba oscuro. Así la había conocido y así la había dejado, como una forma de respeto por aquellos a quienes estaba vengando. Todo intacto para que el recuerdo siempre estuviera vivo, siempre presente. En el interior de cada una de las siete habitaciones, la sangre seca todavía se encontraba ensuciando el piso. Todo lo había dejado Nicte tal cual lo encontró al llegar para que la memoria de los muertos no fuera afectada.

Siguió avanzando por el pasillo de la mazmorra, sin luz eléctrica y sin ventanas, hasta que llegó casi al fondo.

Antes de entrar a la sexta habitación sacó de su bolsillo la llave en forma de león. La observó detenidamente. "Todo ocurre por una razón", se dijo. Luego, dibujó en su mente la imagen de la última víctima, una niña de la colonia Obrera a la que ya tenía identificada. En menos de dos o tres días quizás podría decir: "Siete menos siete, da cero. Misión cumplida".

Y tal vez, entonces, darse un tiro para acabar definitivamente con las imágenes mentales que la torturaban incesantemente. Tal vez. Todavía no lo había decidido.

Colocó la antorcha sobre el soporte a un lado de la pesada puerta de madera.

Entró a la habitación.

Capítulo veintinueve

Los lobos lo habían alcanzado. Y se deleitaban con su carne dando feroces tarascadas que le arrancaban alaridos. No podía hacer nada. Era como si estuviera atado porque sus brazos no le respondían. Miró entonces hacia los lados y se dio cuenta de por qué no podía mover sus miembros: ya habían sido desprendidos de su cuerpo por las bestias hambrientas. El rojo brillante de su propia sangre en los colmillos de los lobos fue lo último que vio antes de sumirse en una negra y profunda inconsciencia. "Así que esto es la muerte", se dijo Sergio. "Así que esto es".

El rechinido de una puerta lo despertó.

—¡Auxilio! —gritó— ¡Aliciaaaaa!

Se incorporó y notó en seguida que no se encontraba en su casa. Una tenue luz surgía apenas a través de una rendija vertical. Se puso alerta. La puerta se abrió y reconoció a Nicte, a la mujer policía, alumbrada apenas por una antorcha en la pared exterior.

Se echó hacia atrás. Se encontraba desnudo en una especie de celda muy antigua. No había ventanas, no había foco en el techo, no había muebles, sólo un catre pequeño pegado a la pared y montones de aserrín por todos lados. En el suelo, una mancha enorme de color rojo oscuro, haciendo de macabra alfombra a un cráneo, una calavera humana recostada de perfil.

—¡Auxilio! —gritó Sergio. Sintió la ausencia de su pierna ortopédica, de sus ropas.

"Así que esto es la muerte".

—Grita todo lo que quieras. Nadie podrá escucharte —dijo Nicte.

—¡Auxilio! —gritó nuevamente Sergio.

Nicte arrojó ropas a sus pies y se recargó contra una pared.

—Vístete.

Hasta ese momento se le ocurrió a Sergio que tal vez no se encontraba atrapado entre la vida y la muerte. Ni siquiera estaba lastimado. Lo último que recordaba eran los brazos de Nicte en su cuello y el trapo en la cara, la súbita inconciencia. Luego, su sueño recurrente. Al final, había despertado en esa sucia celda. Pero nada le dolía. No estaba golpeado o malherido. Solamente tenía frío. Y estaba desconcertado, muy desconcertado.

Nicte miraba intencionalmente hacia otro lado, recargada contra la pared y con los brazos cruzados. Sergio aprovechó para ponerse de pie y vestirse. Eran ropas viejas, sucias. Pero eran mejor que nada. Su mente comenzó a trabajar a toda velocidad para dar con una explicación a todo eso pero, por más que se esforzaba, no lograba producir nada. Terminó por sentarse en la cama, un tanto abatido. No tenía miedo, pero tampoco podía asegurar que Nicte no fuera a asesinarlo en las próximas horas de una manera espantosa.

—¿Y mi pierna, mis ropas?

Nicte no respondió.

—¿Qué le hiciste a mi pierna?

—Aquí no la necesitarás.

Sergio se percató de un punto rojizo en su antebrazo. Ya comenzaba a sacar conclusiones, aunque temía hacer preguntas directas sobre su suerte.

—Puedes usar las muletas de Apolo para caminar.

Señaló hacia una esquina de la habitación. Un par de muletas se encontraban recargadas ahí.

—¿Apolo? —preguntó Sergio.

Nicte señaló con la cabeza hacia el cráneo que estaba en el centro de la habitación.

—Es una broma muy tétrica —afirmó él.

—Créeme —dijo Nicte—, no hay nada de broma en todo esto.

—No entiendo nada.

—No se trata de que entiendas.

—¿Voy a dormir en este calabozo?

—Al menos por esta noche. Te ayudará a pensar. Te ayudará a ver cuán afortunado eres.

Sergio miró en derredor. El catre estaba sucio de sangre seca también. ¿Quién era el tal Apolo? ¿Alguna víctima de alguna otra serie de crímenes? ¿Lo había sacrificado ahí mismo y sólo conservaba Nicte su cráneo como trofeo? ¿Acaso su propia calavera se uniría pronto a la del desafortunado Apolo?

Se echó un poco hacia atrás para recargar su espalda contra la pared de la húmeda habitación. Los ojos de Nicte comenzaban a parecerle temibles. No era muy difícil comprender que padecía algún tipo de demencia.

—Puedo preguntar... ¿Dónde estamos? —hubiera preferido cuestionarla respecto a su futuro inmediato, pero no se atrevió.

—Aquí la de las preguntas soy yo.

Diciendo esto, Nicte le mostró la llave que extrajo de entre sus ropas cuando estaba desmayado. Sergio miró al metálico león en las manos de su captora como si fuera su única conexión con el pasado, con su vida cotidiana. Ahí, a la mitad de esa tenebrosa cámara que parecía la antesala del horror, sintió que la llave era una señal de que sí tenía una vida en otro lado.

—¿De dónde sacaste esto? —lo cuestionó Nicte.

Sergio trataba de sacar conclusiones a toda prisa. Pero la sed... el hambre... el frío... se sintió súbitamente mareado. Tuvo que volver a apoyarse en la pared para no caer.

—Ya hablarás, Sergio. No tengo prisa —declaró Nicte.

Guardó la llave en uno de sus bolsillos y se aprestó para salir de la celda.

—Tienes una cama muy confortable, allá en tu casa. Piensa en ella mientras tratas de conciliar el sueño aquí.

—¿Por qué me castiga? —replicó Sergio.

Nicte abrió la puerta. Estaba poniendo punto final a la conversación. Sergio no pudo más. Sintió que tenía que saberlo. Pensó su siguiente pregunta, "¿Cuándo piensa entregar mis huesos a mi hermana?", pero se detuvo. Repentinamente su mente comenzó a trabajar y a conectar los puntos. Algo en lo dicho por Nicte le producía una nueva inquietud. "Tienes una cama muy confortable", había dicho ella; y un segundo después Sergio había sentido que comprendía. Fue como si se abriera una ventana en su mente por tan sólo un segundo. "Tienes una cama muy confortable allá en tu casa", repitió Sergio interiormente. No, no era lo que había dicho, sino cómo lo había dicho. El tono. La inflexión en la voz. Era como si Nicte supiera de lo que estaba hablando. Era como si *en verdad* conociera su cama, como si hubiera estado ahí, como si...

De pronto, todo encajó en su lugar. Supo la verdad al instante. Detectó ese pequeño detalle que había pasado desapercibido para todos. La policía, los padres de familia... él mismo. Seguramente porque las lágrimas obstruyen la visión, impiden ver con claridad el horizonte. Recordó el momento en que, para poder pensar mejor, había abandonado su clase de biología. Ojalá no lo hubiera hecho.

—Te recomiendo que descanses —dijo Nicte con una amarga sonrisa—. Y trata de no molestar el sueño eterno de Apolo.

Sergio ya no agregó nada. Tenía la vista fija en la calavera cuando ésta, y el resto del cuarto, fueron devorados por las tinieblas.

* * *

Jop y Pereda esperaban dentro del auto afuera del edificio donde vivía Brianda. Los señores Otis, los padres de Jop, ya se habían adelantado a la funeraria junto con Alicia y el teniente Guillén, pero Jop había querido pasar por su amiga en coche. Sentía que debían estar más unidos ahora que había ocurrido algo tan horrible que los afectaba igualmente a ambos. Y el señor Otis, increíblemente, había apoyado a su hijo sin chistar. Le había prestado el coche y el chofer sin cuestionarlo en nada. Era una mañana gris con amenazas de lluvia. Y Jop, usualmente tan jovial, no decía nada mientras esperaba a que bajaran Brianda y su familia.

Pereda se animó a hablar.

—Era un buen amigo, ¿no, niño Alfredo?

—El mejor, Pereda —contestó Jop, todavía con el ánimo por los suelos—. Era el mejor camarada de todo el mundo. Y mira que yo tengo amigos de chat hasta en Sudáfrica.

—¿Lo va a extrañar mucho?

Jop asintió. En realidad, estaba pensando que, en próximos días, conseguiría que lo expulsaran también de la escuela Isaac Newton para no sentirse tan solo en ella ahora que Sergio ya no compartiría aula con él. Hizo acopio de fuerzas y varios recuerdos lo asaltaron. Se sorprendió sonriendo.

—¿De qué sonríe, niño Alfredo?

—¿Sabes que Serch, a los dieciocho, iba a tocar la batería mejor que John Bonham?

—¿John qué? ¿Y ése quién era?

Alguien golpeó al vidrio del auto con urgencia.

—¡Brianda! ¡Me asustaste! —exclamó Jop.

Brianda, quien portaba un vestido negro largo, golpeaba al vidrio con la palma abierta. Tenía toda la cara de estar huyendo.

—¡Qué esperas, Jop! ¡Ábreme! —apresuró ella a su amigo.

Jop abrió la puerta del cadillac y se recorrió para que ella entrara.

—¿Qué pasó? —la cuestionó.

—Ahora te explico. ¡Vámonos, Pereda!

—Pero... —balbuceó el chofer.

—¿Qué no oíste? —lo reprendió Jop—. ¡Arranca!

Pereda negó con la cabeza, seguro de que estaba haciendo mal. No obstante, encendió el coche y lo hizo avanzar. Apenas pudo ver, por el retrovisor, al padre de Brianda, en traje negro y sin corbata, salir en pos de ellos.

—Esto no me gusta nada, niño Alfredo —se quejó el chofer.

—Cállate, Pereda. Y sigue manejando. ¿A dónde vamos? —preguntó Jop a Brianda.

—Vamos a Insurcentro —repuso ella, muy segura de sí misma.

—¿Por qué? ¿Qué pasó?

—Descubrí algo.

El celular de Brianda comenzó a sonar, así que ella prefirió apagarlo para no tener que dar explicaciones a sus padres. Jop aprovechó para hacer lo mismo.

—¿Qué? ¡Cuéntame! —insistió Jop.

—¿Prometes no reírte?

—Lo prometo.

—¿De veras?

—¡Claro! ¡Qué pasó!

—Creo que Checho no está muerto.

A Jop se le iluminó el rostro. Era una de esas noticias que, aunque no fueran ciertas, daba gusto creérselas.

—¿Por qué dices eso?

—Por esto —dijo Brianda, pasándole un papel todo arrugado.

Jop lo tomó y se puso a revisarlo.

—¿Y estos nombres qué tienen que ver? No entiendo.

—Checho me pidió que viera *La profecía* y le dijera quiénes se mueren en la película.

—¿Por qué no me lo pidió a mí?

—Fue lo que le dije. Pero no me interrumpas. Te digo que me puse a ver la película y a apuntar todos los que se mueren.

—No te entiendo.

—Al principio yo tampoco entendía. Por eso hice esta lista. Apunté los nombres de los actores de un lado y cómo se llaman sus personajes del otro. Entonces me di cuenta de algo.

—¿De qué? ¡No la hagas de emoción, Brianda!

—Hace rato, mientras mi mamá me peinaba para ir al velorio, estaba puesto un canal en la tele, uno de películas viejas. Entonces, en la película que estaban pasando en ese momento, sale Gregory Peck.

—Ajá, ¿y?

—Mira la lista. Es el primero. Gregory Peck, que sale como Robert Thorn.

—¡No te entiendo! —gritó Jop.

—Yo tampoco —admitió Pereda.

—¡Es que es una pregunta capciosa! —exclamó Brianda—. ¿Quién se muere en *La profecía*?

Jop y Pereda se miraron a través del espejo retrovisor.

—¡Nadie! —gritó Brianda, entusiasta—. Me di cuenta al ver que ese mismo señor aparecía en la otra película. Nadie se muere en *La profecía*. Todo lo que ocurre en esa película, como en todas las películas del mundo, es de mentiras. Por eso Gregory Peck puede salir después en muchas otras películas más, porque al terminar *La profecía* sigue vivo. Nadie se muere en *La profecía*, como tampoco nadie se muere en *El exorcista*. Ni siquiera en *La masacre en Texas*, que me has contado que es muy sangrienta, hay muertos. Nadie. Nadie. Nadie. La respuesta es: Nadie.

—¿Estás segura de que ésa es la respuesta?

—Checho me dijo que era una pregunta que le hizo Farkas para darle una pista. Si le piensas tantito, ésa tiene que ser la respuesta, porque...

—¿Porque qué?

—Porque si no... entonces yo me voy a morir de la tristeza —adujo Brianda, poniéndose súbitamente seria—. No me imagino el mundo sin Sergio.

Jop ya no quiso cuestionarla. Prefirió participar en la alegre posibilidad de que fuera cierto, que su amigo estuviera vivo en algún lado.

—¿Y a qué hemos venido a Insurcentro, si se puede saber? —preguntó Job cuando Pereda ya estaba ingresando al estacionamiento.

—Vamos a enfrentar al señor Guntra. Estoy segura de que él sabe dónde está.

—¿Enfrentarlo? —respondió Jop con un ligero temblor en la voz.

—Sí. Y te juro que, o me dice qué le hizo a Checho, o me va a conocer enojada.

Jop tragó saliva. No conocía a Brianda enojada, pero definitivamente no creía que pudiera medir fuerzas con un demonio por muy feo que se le pusiera el carácter.

Pereda apagó el motor del auto.

Capítulo treinta

Un llanto lo despertó.

Abrió levemente los ojos después de dormir unas cuantas horas. No podía saber si todavía era de noche en esa mazmorra. Apenas se colaba un poco de luz a través de la puerta pero, a falta de ventanas, bien podían pasar días enteros y él jamás se enteraría del tiempo transcurrido.

Nuevamente, el llanto. Era apenas un lloriqueo que surgía de algún sitio más allá de la puerta. Se espabiló. En principio creyó que era su imaginación; ahora estaba seguro de que no era así. Que el llanto era real.

Puso sus ojos en Apolo, la calavera que le hacía compañía. ¿Quién sería? ¿Cómo habría muerto? ¿Qué tendría que ver con los crímenes que él había estado investigando?

Más llanto. Se sentó en el catre. Supuso que habría otro niño en alguna celda contigua. Se levantó. Caminó hacia la puerta y tosió para darse a notar. El llanto siguió sin aumentar de volumen.

—¿Quién llora? —preguntó.

Nadie respondió. Volvió a preguntar.

—¿Quién llora?

Después de unos segundos, una voz surgió de la oscuridad.

—¡Cállate! —dijo la voz—. ¡Te pueden oír!

—¿Quiénes? —preguntó alarmado Sergio. En la voz del otro niño se apreciaba un gran temor.

—¡Los que nos trajeron aquí!

—No te entiendo.

—Hace rato oí gritos horribles. El tipo invocaba al diablo. ¡Quiero irme de aquí!

Volvió el silencio. Luego, nuevamente los sollozos.

—Niño... ¿quién eres? ¿cómo te llamas?

Nadie respondió.

—Niño...

—Me llamo Osvaldo.... y no quiero morir... no quiero morir... no... quie...

El llanto se fue apagando poco a poco hasta que el silencio se sobrepuso por completo.

—Niño... niño...

De pronto fue como si nunca hubiera existido. Como si el llanto hubiera sido arrastrado desde una pesadilla hacia el mundo real para terminar desvaneciéndose.

Sintió un escalofrío que ya tenía muy bien identificado. En un ambiente tan tenebroso como ese, supuso que cualquier cosa podría pasar... recibir la visita de algún demonio, por ejemplo. Miró hacia el interior de su celda. Clavó sus ojos en las cuencas vacías del cráneo de Apolo, en el aserrín que lo rodeaba, en las desnudas paredes. No podía distinguir de dónde había surgido el llanto, pero todo indicaba que de la puerta que confrontaba a la suya. Algún otro prisionero que esperaba su destino. O... tal vez...

Se escucharon los goznes de la puerta principal, la que conducía a la mazmorra. La luz se coló hacia el interior de la cámara. Sergio advirtió que ya era de día.

Los pasos de Nicte se apresuraron hacia el interior. Bajó las escaleras a toda prisa y se dirigió a la sexta celda. Insertó la llave y abrió.

—¿Y bien? —dijo ella en cuanto entró a la habitación. No llevaba antorcha; ya no era necesaria—. ¿Descansaste?

—Más o menos —respondió Sergio, receloso.

—Ten. Te traje calzado. Espero que te venga —dijo Nicte, al momento de arrojarle un zapato en tan mal estado como sus ropas.

Notó Sergio entonces, gracias a la nueva luz matinal, que la playera que portaba era amarilla... y que tenía en el centro un gastado logotipo de un tiburón. Se trataba de una playera promocional de esas que regalan las estaciones de radio. Lo asaltó la memoria. Y sintió una nueva oleada de miedo.

—Apúrate —le ordenó Nicte—. Ya voy retrasada.

Sergio tomó las muletas y salió del encierro, tras de Nicte. No pudo evitar mirar hacia la celda de enfrente. La puerta estaba abierta y trató de asomarse al interior, pero no pudo hacerlo. Nicte lo empujó hacia las escaleras. De todos modos, estaba prácticamente seguro de que no habría nadie en el interior. Ni en esa ni en ninguna otra celda. Su mente seguía sacando conclusiones.

—Éste es el sótano de la casa. Tiene siete celdas. Y ya no volverás por aquí si colaboras.

Subieron las escaleras y llegaron al piso superior, a la planta baja. Se escuchaba una música agradable de piano, idéntica a la que Nicte tenía puesta en su oficina en la plaza comercial. Detrás de la música, en el exterior de la casa, ladridos de perros.

Se hallaron de pronto en una confortable sala con chimenea y muebles rústicos. El sol ya estaba alto en el cielo. Probablemente serían las nueve de la mañana.

—Espérame aquí. Y no toques nada —dijo Nicte.

Sergio aguardó sin atreverse a sentarse mientras Nicte entraba a la cocina. Miró el aparato de sonido, del que salían las notas del concierto de piano, en la parte superior de un alto librero. Puso sus ojos en todos los objetos que lo rodeaban. Era una cabaña acogedora. ¿Quién iba a decir que guardaba, en el sótano, tan oscuros secretos? Un vago rumor de trabajo lo alcanzó y giró el cuello. En un cuarto aledaño, una especie de pequeño taller, pudo distinguir a qué se debía el sonido y comprobó, al fin, su teoría. En efecto, todo encajaba. "¿Quién se muere en *La profecía*?", pensó.

Aprovechó la tardanza de Nicte para mirar hacia afuera de la cabaña y abarcar con sus ojos la distancia. Una pared de coníferas cubría por completo el horizonte. A través de todas las ventanas de la cabaña sólo se distinguían árboles. No se veía ninguna otra casa, nada que indicara la presencia de vecinos. Al menos contó tres perros doberman haciendo guardia a un lado de la camioneta. Volvió a sentir escalofrío.

Luego, casi por casualidad, sus ojos se posaron sobre una mesita al lado de la puerta de entrada. Su corazón palpitó con fuerza.

Una cartera se encontraba ahí abierta, como olvidada por descuido. Miró sobre su hombro. Nicte se encontraba de espaldas aún en la cocina. Supuso que no tendría mejor oportunidad que esa, así que se aproximó con cautela. Un rápido vistazo bastó para comprender en seguida la naturaleza de la venganza de Nicte.

—Ten, come —lo sorprendió ella, sosteniendo un plato con pan duro y un vaso con agua, justo cuando Sergio fingía mirar por la ventana.

Pan duro y agua. Pensó quejarse, decirle que era muy poco, que no había comido nada desde la mañana del día anterior... pero, si sus conclusiones eran ciertas, sabía que Nicte lo castigaría precisamente por todo lo que sus niños no habían tenido. Comida, cama... y una buena muerte. Así que prefirió guardar silencio.

—Date prisa, te dije que ya voy retrasada.

Se sentó en un sofá y devoró el pan. Luego, acabó con el agua de un solo trago. Nicte lo contemplaba de pie, en silencio, con una mirada fría y rencorosa. Sergio terminó su precario desayuno y no sintió ningún alivio, como si no hubiera comido nada. Además, si el punto rojizo de su antebrazo no lo engañaba, sabía que la debilidad no se debía sólo a lo poco que había dormido o a la falta de alimento. Una incipiente rabia nació en su interior. Acaso por eso es que se atrevió a preguntar.

—¿Y si tu venganza está completamente equivocada, Nicte?

Su mirada fue insolente, retadora. Pero ella no pareció molestarse. Por el contrario, hasta sonrió. Luego, súbitamente, lo abofeteó.

—Las lágrimas por Apolo están vertidas —afirmó ella tranquilamente—. Y sus huesos reposarán pronto en la tierra. De lo otro... aunque no es de tu incumbencia, ya me encargué en su momento.

Sergio soportó el golpe sin quejarse, sin aumentar su enojo, sin quitarle los ojos de encima a Nicte. Porque en su mente desfilaron las fotografías que observó en la cartera minutos antes. En todas, el tema era el mismo. Sólo rostros de niños con los ojos cerrados. Cinco hombres, dos mujeres. Siete fotografías, seis de ellas marcadas al reverso con una cruz. Siete gráficas tomadas a siete niños después de haber fallecido. Siete venganzas. Siete niños durmiendo el inagotable sueño de la muerte. Recordó con detalle el rostro de cada niño porque sabía que ya los había visto antes. A todos. Y trajo a su mente el rostro de uno, especialmente rubio y de anteojos, que le había hecho un par de tétricas visitas, una de ellas en el sanitario de su escuela. Y pensó que la venganza de Nicte, en efecto, estaba totalmente equivocada porque ninguno de los ya vengados realmente descansaba en paz.

Nicte ya no agregó nada. Lo empujó con violencia hacia el cuarto del que se desprendía ruido de trabajo. Lo detuvo en la puerta.

—Bienvenido al Tártaro, Sergio.

* * *

—No sé por qué tienes tantas películas de terror si eres bien miedoso —le dijo Brianda a Jop mientras caminaba entre los carros del estacionamiento de Insurcentro. Su amigo no dejaba de quedarse rezagado.

—¿Por qué lo dices?

—Porque no se te ven muchas ganas de querer acompañarme.

—Es precaución —se defendió él—. ¿Qué no recuerdas que Sergio nos dijo que Guntra es un demonio?

—A mí no me importa —respondió ella sin aminorar el paso—. Si es cierto lo que pienso, ese tipo tiene a Checho. Y no lo voy a dejar en paz hasta que me diga dónde lo tiene.

—A lo mejor sería bueno hablarle al teniente Guillén.

—No. Él ya descartó a Guntra como sospechoso. Tenemos que hacer esto solos.

Siguieron corriendo, ella delante, él atrás, hasta que llegaron a la puerta de entrada del centro comercial. Al instante se detuvo Brianda, presa de un extraño presentimiento.

—¿Qué pasa? —le preguntó Jop.

—No sé… como que tuve una rara sensación.

—¿Cómo de qué?

—No estoy segura. Mejor sigamos.

Continuaron su camino a toda prisa hasta que llegaron a la sección en la que se encontraba el negocio de revelados ultrarrápidos. Lo que vieron los detuvo en seco. A Brianda le costó trabajo asimilar la noticia.

—No puede ser —dijo.

Unos trabajadores estaban desmantelando el negocio. Ya retiraban el letrero que decía "Moloch". Los anaqueles estaban vacíos. Los aparadores y el mostrador, también. No quedaban rastros siquiera de que hubiera sido una tienda de cámaras fotográficas o cualquier otra cosa.

—Creo que ya no trabaja aquí —declaró Jop.

—¿Y ahora qué hacemos?

Jop lo meditó un momento. Cierto, tenía miedo, pero si la idea de Brianda resultaba cierta, tendría que hacer lo que fuera para dar con Guntra.

—Sé que me voy a odiar a mí mismo por decirte esto... pero...

—¿Qué, Jop?

—Yo sé dónde vive Guntra.

—¿En serio? ¡Cómo!

—Lo averigüé por Internet porque Sergio me lo pidió. El otro día fuimos él y yo a su casa. Fue una experiencia horripilante. La verdad no quisiera volver... pero si se trata de salvar a Sergio...

—No tenemos tiempo que perder —resolvió ella.

Volvieron sobre sus pasos a toda carrera. Atravesaron los pasillos del centro comercial y llegaron a la puerta del estacionamiento. Entonces, Brianda volvió a detenerse.

—¿Qué pasa? ¿Otra vez? —Jop notó que algo raro se dibujaba en la cara de su amiga.

—Sí... no sé... de repente...

Miró hacia los lados, tratando de dar forma a la idea que la había asaltado. Pero, al no notar nada peculiar, sacudió la cabeza y siguió corriendo. Jop apenas iba detrás de ella. Llegaron al auto completamente agitados. Pereda les abrió la puerta con un gesto de gran disgusto. Ambos se subieron a toda prisa.

—Niño Alfredo, sus padres me han ordenado que los lleve al funeral —dijo el chofer a Jop.

—¡Ay, Pereda! —se quejó éste—. ¿Por qué no apagaste tu celular como hicimos Brianda y yo? ¡Ya lo echaste todo a perder!

—Lo siento, niño Alfredo, pero yo trabajo para su padre, no para usted.

Brianda se quedó paralizada, como si la hubiera fulminado un rayo. La revelación cobró forma en su cabeza.

—¡Claro! ¡El celular! —exclamó.

—¿El celular? —dijo Jop.

—¡Sí! ¡Ya sé por qué tuve ese presentimiento hace rato! ¡Vamos! Se bajó del auto y Jop detrás de ella.

—¡Niños! ¡Vuelvan acá, por favor! ¡No me metan en más problemas! —gritó Pereda.

No obstante, ambos muchachos siguieron corriendo de vuelta al centro comercial. En cuanto llegaron a la puerta de entrada, Brianda paró su carrera. Un tanto agitada, se recargó al principio del pasillo.

—¡Por Dios, Brianda! —la instó Jop—. ¿Me vas a decir qué te pasa?

—¡Ssshhh! —lo calló ella.

Guardaron silencio por un rato y entonces ella hizo que Jop lo notara.

—¿Escuchas?

—Qué.

—Esa música…

—¿Cuál música?

—Es música clásica. Viene de por aquí… —dijo Brianda mientras caminaba hacia la oficina de vigilancia del centro comercial.

—Tienes razón. Viene de ahí dentro. ¿Pero qué tiene que ver eso?

—Vas a decir que es una bobada pero… cuando hablé ayer con Sergio, se escuchaba como fondo una música similar. Y cuando se quedó mudo, la música esa continuó sola. Es la misma estación de radio.

—Tiene que ser una coincidencia.

—Puede ser, pero…

—¿Puedo ayudarles en algo?

Ambos trataban de mirar hacia el interior de la oficina haciendo sombra con las manos, cuando una voz femenina los hizo voltear.

—Dije que si puedo ayudarles en algo.

Nicte, séptima labor

Con las llaves de su oficina en las manos, Nicte, de rostro serio, confrontaba a ambos niños.

—Disculpe, señora… —dijo Brianda— es que se nos perdió mi mamá y queríamos ver si usted puede ayudarnos a localizarla.

Nicte los miró con suspicacia. Probablemente fuera verdad. No podía arriesgarse.

—Está bien. Pasen. Ahora la voceamos por el sistema de sonido de la plaza —dijo mientras insertaba su llave en el picaporte de la puerta de la oficina.

Brianda y Jop se miraron a las espaldas de ella. Estaban nerviosos. Y Jop, para variar, se quedó un poco rezagado. Todo eso le daba muy mala espina.

En cuanto entraron a la oficina Brianda advirtió que en el aparato de sonido estaba puesta la estación de música clásica que había escuchado por ocho minutos el día anterior, hasta que se le acabó el crédito a su celular. Pero no podía estar segura de nada hasta que…

Nicte se sentó a la silla que estaba frente a los monitores y encendió un amplificador al que estaba conectado un micrófono. Se acercó el micrófono pero, antes, lo tapó con una mano.

—¿Cómo se llama su mamá, niños? —dijo ella.

Los ojos de Brianda la delataron. Su rostro estaba lívido, blanquecino. Su labio inferior empezó a temblar. También Jop lo percibió.

—¿Qué te pasa, niña? —dijo Nicte. Y no pudo dejar de mirar hacia el mismo sitio al que se dirigían los ojos de Brianda.

Ahí, en el suelo, debajo de la repisa, estaba el teléfono celular de Sergio. Era inconfundible porque estaba reparado con cinta adhesiva.

Se encontraron los ojos de Nicte y de Brianda. Ambas parecieron adivinar lo que pensaba la otra. Luego, todo ocurrió en cuestión de segundos.

—¡Corre, Jop! —gritó Brianda.

Jop pudo alcanzar la puerta y salir de ahí. Pero Nicte ya estaba sobre el cuerpo de Brianda, sujetándolo con ambas manos.

La lucha duró muy poco tiempo. El necesario apenas para que Nicte alcanzara la botella de somnífero y obligara Brianda a olerla.

Ahora tendría que actuar rápido. Muy rápido.

Capítulo treinta y uno

Sergio recordó que, en sus pesquisas por Internet, mientras investigaba el origen del nombre de Nicte, surgió la palabra Tártaro en alguna página web. Tártaro era como llamaban los antiguos griegos al infierno.

Después de seis horas de estar cosiendo en silencio, comprendió que tal vez no estuviera tan equivocado el apelativo. Ni siquiera había avanzado una cuarta parte de la labor que le tocaba y ya se sentía desfallecer.

En los rostros de los otros cinco prisioneros alrededor de la mesa se dibujaban por igual la desesperanza, la tristeza y el miedo. Estaba contento de verlos, pero al mismo tiempo, no le alegraba encontrarlos en tales condiciones. Varios habían bajado de peso y estaban pálidos y demacrados. Observó también que todos llevaban las ropas de los niños muertos. Él mismo llevaba la camiseta amarilla de Apolo y esto le producía una rara inquietud. Comprendía que Nicte quisiera que los niños muertos tomaran el lugar de los ahí presentes, pero... ¿cómo funcionaba a la inversa? ¿Cuál era el castigo por no terminar con la tarea encomendada? Nicte no había dicho nada al respecto. Una extraño desasosiego, o tal vez un incipiente miedo, le recorrió todo el cuerpo.

El trabajo era simple, rudimentario y mecánico. La orden de Nicte era que cada uno debía confeccionar un cobertor al día zurciendo diversas figuras en grandes pedazos de tela. Trenes, caballitos, muñecas, soldados, ositos, únicamente motivos infantiles debían ser cortados de un montón de ropa vieja para decorar las cobijas. Una manta al día por cada niño. "Una manta al día... para algún anónimo niño de la calle", había deducido Sergio.

Miró las manos de todos. Excepto las de María del Socorro, todos los demás tenían los dedos vendados con pedazos de tela. Era evidente que el uso constante de la aguja les había causado, con el tiempo, sangrantes pinchazos. Miró con atención a cada uno. Con él, sumaban seis niños completamente aislados en medio del bosque, vigilados por tres feroces perros, sin escapatoria, sin esperanza, condenados por una eternidad si Nicte no decidía otro destino para ellos. El tártaro. "El infierno", musitó Sergio.

Habían pasado varias horas desde que Nicte abandonó la cabaña. Y le parecía a Sergio que era tiempo de hablar. Él había estado con los padres de todos. Acaso les haría bien saber que la policía seguía investigando.

Sintió una gran simpatía por ellos pero, principalmente, por Jorge Rebolledo, el primer secuestrado. Había soportado varias semanas el suplicio y, aunque era el más delgado, también era el que trabajaba más rápidamente. Tal vez por la experiencia de decenas de cobertores fabricados, tal vez porque había entrado en alguna especie de resignación. Constantemente se empujaba los anteojos con el dedo índice y seguía trabajando. Sin pausa. Sin descanso. A Sergio le dio verdadero gusto verlo con vida. Luego, puso su mirada en Celso, en Adrián, en José Luis, en María del Socorro...

Supo, sin más, que tenía que romper el silencio.

—Ayer estuve en tu funeral, Soco.

María del Socorro había estado evitando mirar a su compañero de escuela desde que éste llegó. Tal vez estaba luchando contra la desesperanza de verlo ahí, en el último lugar en el que querría encontrarse a nadie. En cuanto cruzaron miradas, no pudo contener las lágrimas.

Los otros cuatro también detuvieron su labor, extrañados.

—Y podría decirse que también en el tuyo, Celso.

—¿Cómo sabes mi nombre? —lo cuestionó el muchacho.

Su intención era contarles toda la historia, hablar de lo que había vivido al lado de Guillén, hacerles saber que había conocido a sus padres, relatarles las líneas de investigación que lo habían conducido hasta Nicte. Pero se arrepintió en seguida. Adrián Romero subió uno de sus brazos a la mesa y Sergio notó, por primera vez desde su llegada, una herida bastante fea. Se fijó con atención: eran marcas de colmillos. Su corazón se aceleró. Hizo una rápida revisión a los otros muchachos. Su vista se detuvo en Jorge. En la parte baja del cuello tenía una marca similar, si acaso diferente porque ya estaba cicatrizada. El miedo lo invadió. Supo que tenía que dejar para después las explicaciones.

—Nicte tiene una lista de siete niños a los que está vengando. Conmigo completó al sexto. ¿Alguien tiene idea de lo que tiene pensado hacer con nosotros cuando reúna a los siete?

Un distante trueno fue lo único que hizo eco a la pregunta de Sergio. La tarde amenazaba lluvia.

—Entonces creo que tenemos que ocuparnos en algo más útil que zurcir cobijas antes de que ella vuelva a casa.

Nicte, séptima labor

Ariadna Gutiérrez Medina, alias Nicte, se dio cuenta de que era demasiado tarde.

La policía, para esos momentos, ya tendría todas las referencias de la camioneta. Las placas, principalmente.

Pese a que había tenido la última ocurrencia de utilizar a la niña del vestido negro como séptima víctima, sabía que esto ya no sería posible. Ahora el mundo sabría su identidad, conocería su rostro. La misión quedaría inconclusa por culpa del muchacho que había podido escapar.

Los dioses habían dejado de favorecerla. Detuvo el auto en un callejón y descansó su cabeza contra el respaldo del asiento. Comenzó a llorar.

Y sus lágrimas la transportaron al día número uno de su venganza. Justo cuando entró a la cabaña en el bosque y descubrió los horrores de sus cámaras internas. Su mente viajó al momento en que, recién contratada como jefa de vigilancia del centro comercial, descubrió la mirada aterrorizada de un niño en los monitores, la elocuente mirada de un niño de la calle que era llevado, contra su voluntad, por un hombre de mirada torva a través de los pasillos de Insurcentro. Su mente volvió al momento en el que un mal presentimiento la llevó a abordar su camioneta y seguir el vehículo en el que ambos, niño y adulto, habían subido. Luego, al instante justo en el que había entrado a la cabaña, pistola en mano.

Una mente puede fácilmente trastornarse con una imagen tan poderosa como un golpe en el cráneo. Qué decir de siete golpes, siete acometidas violentas, siete conmocionantes visiones.

Ariadna Gutiérrez hasta ese momento había sido una mujer sencilla, de costumbres solitarias y hábitos arraigados, cuya única cualidad notoria tal vez fuera que había desarrollado un cierto gusto por la música de piano y la mitología griega. En su primer trabajo serio, a los once años, como muchacha de servicio, mientras desempolvaba un diccionario descubrió que Ariadna era el nombre de la hija de Minos, rey de Creta. Le agradó, después de haber padecido enormes carencias durante su infancia, imaginarse a sí misma como una princesa griega. A partir de entonces estudió los mitos helénicos, aunque su nivel de educación sólo llegó hasta la escuela secundaria, que terminó hasta la edad adulta.

Ariadna Gutiérrez Medina, alias Nicte, nació en un cinturón de miseria de la Ciudad de México. Hija de padres alcohólicos, huyó de su casa a los siete años y tuvo que enfrentarse al hambre y el frío de las calles por cuatro años, hasta que una mujer caritativa le ofreció su primer empleo, le ayudó a terminar la escuela primaria, le inculcó el gusto por la buena música... y le permitió estudiar a los griegos.

Nunca había despuntado en la escuela. Nunca había sido particularmente bonita. Nunca se había distinguido por ser muy popular. Pero era una mujer empeñosa y responsable. A sus treinta años ya había trabajado como afanadora, obrera y, recientemente, como mujer policía. Tenía el deseo oculto de ser madre, pero nunca había corrido con la suerte del amor. Tal vez por eso había tomado la elección de una vida solitaria, casi sin ambiciones, casi en el anonimato, olvidando para siempre a los griegos y la música de concierto.

Ariadna Gutiérrez fue una mujer sencilla, meticulosa, ordenada y, probablemente feliz, hasta el día en que tuvo que enfrentar, en la oscuridad de una mazmorra, la visión de un niño atrozmente descuartizado. Hasta el día en que su cordura fue zarandeada hasta los cimientos. Hasta aquel día de los siete cuerpos mutilados, las siete pavorosas cámaras, los siete vientres abiertos como bocas, los siete charcos de sangre, las siete vidas diezmadas en espeluznantes y siniestros sacrificios.

La mente de Nicte, tras el volante, volvió al momento en el que, pistola en mano, bajaba al sótano de la cabaña, descubría los horrores y dejaba de ser la callada y complaciente mujer de una existencia inofensiva para convertirse en aquella niña resentida que, urgida por la envidia y el rencor hacia los que tenían más que ella, decidió que su vida tenía que proyectarse más allá de la que le estaba destinada... mendigando siempre, sufriendo siempre, anhelando siempre. Temiendo siempre. Y convino que tan atroces crímenes clamaban venganza. Y se dijo que la madre de la venganza, para los griegos, se llamaba Nicte. Y ella, Ariadna Gutiérrez, siempre había deseado, en secreto, ser madre.

Su mente viajó al momento en el que, habiendo entrado sin ser notada, ejecutó a sangre fría a los dos hombres que descubrió en el interior de la cabaña, los dos hombres que habían perpetrado los sacrificios. Un tiro en la cabeza bastó. Y entregó los cadáveres de los dos asesinos a los tres perros que encontró en una jaula. Los llamó cerberos, los guardianes del infierno. Y se ganó su confianza. Los hizo suyos.

Niños de la calle, los siete. Niños que nadie habría de extrañar. Niños que podían desaparecer de la faz de la Tierra sin problema, como en su momento la princesa Ariadna, que cada noche, cuando dormía en la calle, rezaba por la llegada del amanecer. Niños sin padres. Niños sin madre. Niños que habían de ser enterrados en secreto, que nadie habría de llorar, que nadie habría de añorar. Nadie. A no ser que... a no ser que...

Un automóvil deportivo negro se estacionó detrás de la camioneta, obligando a la mente de Nicte a volver al presente. Lamentó nuevamente no haber podido completar su misión. Les había dado nombre y sepultura a seis de sus niños. La última, a la que había llamado Minerva, quedaría sin venganza.

Se limpió las lágrimas.

Abrió la guantera y extrajo una jeringa.

Se arrepintió en seguida. No se sentía optimista. Brianda estaba inconsciente en la parte trasera de la camioneta, pero Nicte comprendió que ya no podría hacer nada con ella. Ya no podría extraer de sus venas la sangre con que habría de manchar sus ropas y los huesos de esa otra niña a la que le debía un funeral y lágrimas verdaderas. Todo era inútil.

Golpeó con furia el tablero de la camioneta. Recargó la frente contra el volante. Había sido una larga persecución a través de la ciudad. Estaba exhausta.

Sintió una presencia, una mirada.

Se puso alerta. Miró por el retrovisor.

Llevó, por acto reflejo, su mano a la pistola. No le gustaba nada lo que estaba sintiendo.

Y al ver, a través del espejo, al hombre que se bajó del automóvil negro, supo que, en efecto, esa era la pieza que le había estado faltando. Y lamentó su ceguera. Comprendió que Sergio Mendhoza tenía razón.

Lamentó haber pensado, todo ese tiempo, que las indagaciones que habían conducido a Sergio y a la policía a Insurcentro eran simplemente erróneas, que estaban equivocadas.

Ahora todo cobraba un nuevo sentido. Ahora veía que todo tenía un significado. Por eso su primer niño, al que bautizara como Perseo, estaba esa tarde en el centro comercial acompañado de un siniestro adulto. Por eso su espíritu no había encontrado paz desde aquella noche maldita en que se había metido a la casa en el bosque a hurtadillas. Por eso su instinto no paraba de decirle día con día que los hombres que habían sido devorados por los perros eran sólo sirvientes de uno que era más poderoso y perverso. Por eso no dudó un instante más. Sacó la pistola de la funda, le quitó el seguro y se bajó de la camioneta.

Se quedó sin aliento en cuanto puso los pies en la calle. Eso que tenía frente a sí no era humano, no era de este mundo. La sorpresa la inmovilizó. No pudo reaccionar a tiempo.

Brianda estaba tan profundamente dormida en ese momento que no escuchó el grito. Ni se enteró de la sangre que salpicó los vidrios y las puertas de la camioneta. Tampoco notó cuando el vehículo avanzó de nuevo, abandonando para siempre, en el callejón, el cuerpo inerte de Nicte.

Capítulo treinta y dos

Jop se puso dar de golpes contra los asientos de cuero del cadillac.

—¡Cómo es posible que los perdiéramos! ¡No puede ser! —gritó una y otra vez—. ¡No puede ser!

—¡Le dije que detuviéramos una patrulla, niño Alfredo! —gritó el chofer.

—¡Y yo te dije que no dejaras de acelerar, Pereda!

—¡Y yo le dije que no desobedeciera a su padre!

—¡Y yo te dije que te pasaras los altos y no frenaras en las esquinas!

Entonces, se hizo el silencio, uno muy profundo. La vida cotidiana en las calles hizo sentir a Jop como si todo hubiera sido un sueño. La gente se mostraba indiferente a lo que ellos acababan de vivir... Y a Jop le dieron una ganas tremendas de irse a su casa y ver películas, entrar al Internet, hacer él también como si la pérdida de Sergio y Brianda jamás hubiera pasado, tratar de convencerse de que podría encontrarse a sus dos amigos en el chat, hablarles por celular o verlos en la plaza de Giordano Bruno. Pero, por mucho que quisiera despertar de la pesadilla, sabía que era imposible. Que lo que acababa de vivir era real. Y se sentía responsable.

—¡Soy un idiota! ¡Ahora los dos van a morir por mi culpa!

Pereda lo vio por el retrovisor. No sabía ni qué decir.

—Tenías razón, Pereda —se lamentó Jop—. Hubiéramos buscado una patrulla.

Pereda optó por no agregar nada. Súbitamente, Jop se tranquilizó. Respiró hondo y, como si se tratara de otro muchacho, no uno que ha sido expulsado de casi todas las escuelas secundarias de la ciudad, prendió su teléfono celular. Luego, decididamente, marcó un número. Y aguardó.

—Papá. Ya sé que me merezco de castigo la silla eléctrica, la inyección letal y la cámara de gases; nada más te pido que me guardes todos esos castigos para más adelante. Necesito que me pases al teniente Guillén si está ahí con ustedes en el funeral de Sergio. Es súper urgente. Luego ajustamos cuentas tú y yo.

Esperó un poco más.

Pereda lo miró con admiración. En efecto, parecía otro muchacho.

* * *

En cuanto terminaron de comer las seis raciones de pan y agua que Nicte les había dejado, la lluvia comenzó a arreciar. Lo que, por varias horas fue una lluvia fina, se convirtió súbitamente en una potente tromba, con rayos, truenos y furiosos vendavales. Eran casi las seis de la tarde. La casa se empezó a cimbrar al poco rato.

—¿Siempre llueve así por aquí? —preguntó Sergio, un tanto alarmado. Parecía una tormenta fuera de lo normal.

—No —contestó José Luis—. Desde que yo he estado aquí, ha llovido dos veces. Y nunca como ahora.

—Cerremos todas las ventanas —sugirió Sergio cuando, empujada por el viento, se azotó una de las puertas del piso superior.

Para entonces Sergio ya sabía cuál era la vida en la cabaña y por qué el miedo estaba presente en la mirada de todos sus compañeros. Cualquier falta en los niños (no entregar su cobertor diario, por ejemplo) era castigada con un día entero de encierro en las celdas del sótano sin comida y sin agua. Las marcas de colmillos en Adrián y Jorge se debían a un par de intentos fallidos por huir, aunque José Luis también había sido atacado por un perro en una pierna: Nicte lo había lanzado contra él por haberla insultado. Dormían en el suelo y no tenían derecho a nada, excepto a usar el baño y a sus precarias raciones de comida. Ni siquiera les estaba permitido cubrirse con las mantas que ellos mismos fabricaban. Éstas eran recogidas cada noche por Nicte, antes de encerrar a los niños en el taller y recordarles cuán afortunados eran de tener una familia en algún lado.

Los seis muchachos se dispersaron por la casa y no se volvieron a reunir frente a la chimenea hasta que dejaron la tormenta completamente fuera. En las caras de todos se reflejaba una comprensible inquietud: ahora tenían un plan de escape; tal vez no el mejor, pero sí uno que les permitía creer que su suerte podría cambiar a partir de ese día.

Puesto que Nicte siempre ingresaba a la casa acompañada de un perro, la idea era simple pero con posibilidades: Jorge fingiría un desmayo a la mitad de la estancia. Sergio y Socorro, previendo que Nicte se aproximaría en seguida, tratarían de sorprenderla por la espalda, quitándole la pistola que cargaba. Si sus acciones tenían éxito, podrían amedrentarla con su propia arma, si no... todavía contaban con el plan B. Pero éste era un plan que nadie deseaba llevar a cabo.

Adrián y José Luis intentaron prender el fuego de la chimenea, buscando ahuyentar el frío que ya comenzaba a sentirse pero, al poco rato de estar frotando dos maderas, se rindieron.

—Ojalá tuviéramos radio —dijo parcamente Jorge, mirando la tocadora de discos compactos, fuera de su alcance. En sus manos tenía el estuche del concierto que sonaba, una y otra vez, en las bocinas del aparato: el concierto número dos de Sergei Rachmaninoff. Cada día, Nicte les programaba un concierto distinto. Un concierto que se repetía inagotablemente hasta su vuelta a casa. Con el tiempo, los cautivos se habían acostumbrado a que eso también formaba parte de su infierno particular. Al menos ahora sabían el nombre de lo que estaban escuchando.

Nadie se animaba a romper el silencio, apenas cubierto por el arduo golpeteo de las gotas sobre la ventanas y la música de piano en las bocinas. El frío parecía aumentar. Se respiraba una tensión creciente.

Cada uno de los seis callados prisioneros sostenía un palo de escoba al que le habían sacado filo tenazmente con una lámina que hallaron en la cocina. Seis macilentos niños armados, seis guerreros obligados a dar la lucha por su libertad. El plan B era el ataque frontal, a punta de lanza, contra Nicte y su cerbero. El plan B significaba mancharse las manos de sangre y abría la posibilidad de morir en la batalla. Por eso ninguno quería abrigar la idea de que fallara el plan original.

—¿Es cierto que los perros devoraron completos a dos hombres? —dijo María del Socorro.

Sergio sintió un leve escalofrío, pero éste no tenía nada que ver con lo dicho por María del Socorro. Llevó su mirada más allá de los vidrios de la ventana. Probablemente ya estuviera dando inicio eso que quedaba pendiente. Tal vez estaba a punto de comenzar el último episodio del caso.

—Al menos es lo que a mí me dijo cuando intenté escapar —respondió Adrián—. Que esos animales se estuvieron comiendo, por varios días, los cuerpos de los que antes eran sus dueños.

Una fuerte luz consiguió alumbrar súbitamente la estancia. El trueno no se hizo esperar; el rayo tenía que haber caído muy cerca.

—¿Alguien sabe por qué nos escogió a nosotros? —se atrevió a preguntar ahora Socorro.

El frío y la tensión aumentaban. A Sergio le sorprendió que nadie contestara a la pregunta de la única niña del grupo. Hasta ese momento había supuesto que Nicte hablaba con ellos. Ahora veía que parte del infierno que vivían era no comprender lo que les estaba ocurriendo.

—¿En serio no lo saben? —exclamó.

Todos negaron con la cabeza.

—Es por el parecido que tenemos con los niños que está vengando. Cada uno de nosotros tiene un símil en el grupo de niños de la calle que fueron asesinados en esta casa y que ella decidió vengar. Apolo, por ejemplo, el niño que me corresponde a mí, carecía de una pierna. Estoy seguro.

—¿Qué quieres decir con que los está "vengando"? —cuestionó José Luis.

—Podría ser solamente que les quiso dar un buen funeral. Pero quién sabe. Por eso hay que terminar esto cuanto antes.

—¿Cómo sabes que eran niños de la calle? —preguntó Celso.

Sergio iba a responder que por las maltrechas ropas que todos llevaban y que eran las mismas que portaban las víctimas al ser asesinadas, iba a decir que lo sabía por las fotografías, por los espectros, porque sólo así todo cobraba sentido, pero en ese momento el miedo lo volvió a acometer. Y trató de identificarlo, apartarlo, darle forma.

La lluvia comenzó a amainar, no así la tormenta eléctrica. El primer movimiento del concierto comenzó a volverse muy dramático. A Sergio le pareció tétrica la cadencia de la melodía, el escalofrío no se iba. Un ligero sudor había aparecido en sus manos. El miedo se materializaba. No comprendía qué estaba ocurriéndole. Se parecía mucho a…

—¿Qué? ¿Pasa algo? —fue la voz de Celso la que se sobrepuso a la música, leyendo en Sergio que algo no estaba bien.

En las mentes de todos se instalaban nuevos temores, nuevas desconfianzas. Ya casi daban las siete. La lluvia siguió bajando de intensidad hasta volverse una llovizna pertinaz.

Fue esa inesperada calma la que consiguió que se escuchara, con toda claridad, un tintineo proveniente de la cocina.

—¡Qué fue eso! —gritó, sobresaltada, Socorro.

—Algo se cayó en la cocina —adivinó Jorge.

—¿Algo cómo qué?

—Habrá que averiguarlo —se animó Sergio a levantarse, sin muletas. Sabía que tenía que enterarse del origen del ruido o no podría con el peso de la curiosidad. Sentía que el miedo crecía a cada minuto y no terminaba de entenderlo, así que, cuando vio de qué se trataba, respiró con alivio. Volvió a la sala.

—Sólo era esto. La llave que yo traía conmigo cuando Nicte me secuestró.

—No entiendo. ¿Tú traías esa llave cuando ella te secuestró? —le preguntó Adrián.

Sergio sintió incrementarse el temor. Ahora lo sabía. Era toda una certeza. No era un producto de su imaginación. Existía en realidad. Era la advertencia de algo horrible que estaba por ocurrir.

—¿A qué te refieres, Adrián? —puso frente a sus ojos la llave en forma de león, convencido de que no era casual que la llave hubiera caído al suelo en ese preciso momento. Suponía que alguna incorpórea mano podría haberla extraído del gancho en el que estaba colgada, con toda la intención de apresurar el fin del último capítulo.

—¿Cómo a qué? Pues ésa es la llave de la mazmorra. La llave que abre todas las puertas de las celdas. Nicte siempre la lleva consigo, pero ahora me imagino que se le olvidó. ¿Por qué dices que tú la traías?

Sergio no tardó en hacer las conexiones mentales para obtener la respuesta que estaba necesitando. Por eso el caso estaba inconcluso todavía. Por eso el miedo, el terror que estaba sintiendo… porque recordó, súbitamente, de dónde había tomado, él personalmente, esa copia de la llave de las cámaras en las que habían asesinado a los siete niños de Nicte.

Un rayo cayó a muy poca distancia. El ensordecedor trueno fue instantáneo. Luego, la insoportable certeza, la pavorosa convicción de lo que se avecinaba.

Se escuchó el lejano sonido de un motor de auto. Siendo el único de pie, sólo él pudo ver, a través de la ventana, que la camioneta de Nicte se acercaba a lo lejos a la cabaña. Comenzó a jadear, se le dificultó la respiración. El temblor de sus manos se hizo evidente. Pese al frío, una gota de sudor resbaló de su sien derecha hasta la mejilla.

—¿Qué te pasa, Sergio? ¿Estás bien?

Vio cómo las luces de la camioneta crecían al aproximarse.

—Ya vuelve Nicte —anunció Jorge, siguiendo la mirada de Sergio a través de la ventana—. Todos a sus puestos.

En el rostro de los demás niños hizo eco la voz de Jorge. La inquietud era palpable. ¿Estaban verdaderamente listos para correr el riesgo, para morir si era necesario?

Socorro, por su parte, percibió que Sergio estaba extrañamente alterado, que a él lo afectaba otro tipo de preocupación.

—¿Qué pasa, Sergio? ¿Qué te pasa?

Sergio tragó saliva. Cerró los ojos. Trató de conjurar su terror pero el sentimiento era mucho más grande que todo lo que había sentido antes. Trató con todas sus fuerzas de sobreponerse. Sabía que no tenía tiempo que perder.

—Muchachos… tendremos que olvidarnos del plan. Quien viene ahí no es Nicte.

—¿Qué dices? —preguntó Socorro.

—Que el que viene en esa camioneta no es Nicte.

Pensó por unos instantes cuáles eran sus posibilidades, si podría escapar, huir, esconderse. Comprendió que al menos no debía arriesgar a sus compañeros.

—Van a tener que confiar en mí. Tomen esta llave y enciérrense en el sótano.

"Cualquiera puede tener miedo. Lo importante es qué haces al respecto".

—¡Pero por qué! —gritó Socorro.

—No hagan preguntas. Créanme. No salgan de ahí. Y lo más importante: Quédense quietos, no hagan ruido. No salgan hasta que haya pasado todo.

—¿Pasado qué? ¿Quién viene en la camioneta de Nicte, Sergio? —preguntó Celso—. ¿Cómo lo sabes?

—¡Porque lo sé! ¡Porque sólo alguien como el que viene ahí puede producir un miedo como el que estoy sintiendo!

—¡Dios mío! —gritó nuevamente Socorro, cubriéndose la cara.

Lo que vieron los muchachos en los ojos de Sergio fue tan convincente que no dudaron en correr hacia las escaleras que conducían al sótano.

Sergio seguía con las pupilas puestas en los faros de la camioneta que se acercaba, cuando escuchó cómo los cinco niños echaban llave a la mazmorra desde adentro.

"Para vencer, sin armas y sin muerte...", trajo a su mente el último mensaje de Farkas, pensando que de algún modo podría ayudarse con él, utilizarlo para evitar los eventos que se anunciaban, pero abandonó la idea en seguida. El mensaje era, para variar, demasiado críptico como para descifrarlo en tales circunstancias.

Supo que, si salía vivo de esa experiencia, jamás olvidaría la tonada del segundo concierto para piano de Rachmaninoff.

Se despidió en silencio de su hermana, de sus amigos, de su casa, de su escuela, de sus cosas.

Por un instante le arrancó una sonrisa el recordar que, en otro tiempo, había anhelado tocar la batería como John Bonham.

Un rayo le iluminó por segundos el rostro.

"¿Cuánto miedo puedes soportar, Mendhoza? ¿Cuánto?"

El imponente sonido del trueno sacudió toda la casa.

Capítulo treinta y tres

Se acercó a brincos a la ventana. La camioneta no tardaría ni un minuto en llegar a esa zona del bosque. Arriesgándolo todo, corrió hacia la cocina y se introdujo en el clóset de la alacena a toda prisa, entre algunos utensilios de limpieza. Jaló la puerta para encerrarse. Trató de no hacer ruido.

"Esto no está pasando. No está pasando. No está pasando".

En breve, escuchó cómo abrían la puerta de la entrada sin ningún problema; el que entraba llevaba su propia llave. El miedo aumentaba. La noche ya había tendido su negro manto sobre la habitación, sobre la casa, sobre el bosque. Todo estaba siendo absorbido por una oscura tiniebla.

Escuchó la lluvia. Y los pasos. Luego, la puerta devuelta a su marco. Un callado trueno. Y la hórrida respiración.

La hórrida respiración.

"Dios mío… Dios mío…"

Más pasos. Trataba de no hacer ruido, trataba de apretujarse más hacia el fondo de la alacena. Apenas pudo apagar un grito que estuvo a punto de escapársele.

—¡Moloch, mi señor! ¡Traigo una ofrenda! —tronó la voz en la sala.

Su mente se disparó. ¿Una ofrenda? Pensó de inmediato en Ariadna, en Nicte. Seguramente habría sido capturada y ahora serviría como obsequio para el diablo que estaba siendo invocado. ¿Pero no era Moloch el diablo al que se le sacrificaban… únicamente…?

—Una tierna niña… mi señor… —continuó la voz.

El terror de Sergio se incrementó. ¿¡Una niña!? ¿Qué estaba ocurriendo?

—Despierta… dulcecito… despierta…

El grito que escuchó entonces Sergio le heló por completo la sangre. Y supo que no podría seguir ocultándose. Supo que su suerte estaba echada.

Después del agudo grito, un gran silencio. No necesitó de más para darse cuenta de que estaba en las garras del demonio y que no podría hacer otra cosa con su miedo que enfrentarlo.

Abrió la puerta de su escondite y saltó de vuelta a la cocina. Lo que vio antes de llegar a la sala le hizo sentir mareado, creyó que se desmayaría. El demonio estaba frente a Brianda, inconsciente sobre el suelo, mostrando sus enormes fauces abiertas, los ojos ciegos y titilantes. El hedor nauseabundo que llegaba hasta él era casi insoportable.

—Bien hecho, mediador… —dijo Guntra sin cambiar la postura, sin dirigirle la mirada—. Sabía que no te resistirías a salir de tu guarida.

—Déjala. Sé que viniste por mí.

Guntra volteó para mirarlo. Y Sergio sintió una poderosa descarga de terror. No veía cómo podría salir vivo de tan atroz experiencia. Los ojos del demonio eran la viva personificación del mal. Poco a poco el rostro realizaba una espeluznante metamorfosis, perdía sus rasgos humanos, se convertía en una infernal aberración.

—Error, mediador —dijo Guntra irguiéndose—. Vine porque aquí iba a establecer mi verdadero negocio. Pero creo… que eso ya lo sabes. Así que no perdamos el tiempo y vayamos a lo nuestro.

—¿Negocio?

—¿Sabes cuánto está dispuesta a pagar cierta gente por un corazón? —su risa estentórea hizo que el último trueno pareciera una broma.

Sergio se sintió invadido por una gran repulsión. No quería seguir escuchando.

—Un buen corazón… lleno de buenos sentimientos… lleno de sueños infantiles inconclusos… —continuó Guntra—. Hubiera sido un negocio muy próspero… lástima que esa estúpida mujer policía descubrió a los imbéciles que me trajeron a los primeros siete niños. Lástima por ella, quiero decir, porque terminó decorando el pavimento con su sangre. ¿Te interesa saber cómo le hice estallar la garganta?

De la espalda de Guntra surgieron un par de alas negras que rasgaron sus ropas. Sus miembros se alargaron, se convirtieron en garras. Las orejas ya eran puntiagudas; el hocico, inmenso.

Sergio comenzó a echarse hacia atrás.

—¿Sabes qué es lo mejor de todo? —continuó Guntra—, que no importan todos los obsequios que le haya ofrecido a Moloch antes… sé que cuando le entregue tu inmóvil cuerpecito me va a elevar de rango en sus huestes infernales. Un mediador, eso sí que le hará sonreír.

—¿Qué quieres de mí? —preguntó Sergio, aún echándose hacia atrás.

—Quiero tu miedo. Quiero tu dolor. Quiero tu desesperación. Quiero el peor grito que puedas dar. Quiero que supliques que te mate y luego… cuando vuelvas de tu desmayo… descubras que apenas he comenzado contigo.

Sergio miraba en todas direcciones. No había escapatoria. Ni siquiera tenía consigo su pierna ortopédica.

—Soportas bien el miedo, mediador. Hubieras sido un digno enemigo. Lástima.

Se acercó a Sergio con lentitud.

—Lástima por ti, quiero decir.

El volumen y la pestilencia del rugido que emitió Guntra obligaron a Sergio a mirar hacia otro lado. Estaba seguro de que ese era su fin. Mas, cuando abrió los ojos, el demonio ya no estaba ahí. La estancia estaba vacía, la cocina también… a la vista sólo estaba el cuerpo desmayado de Brianda. Y justo cuando ya pensaba que todo había sido una alucinación, una horrible pesadilla, surgió del techo la voz estentórea de Guntra. Se encontraba agazapado como una araña sobre el cielo raso.

—Y por cierto… no te hagas muchas ilusiones respecto a tus amigos, mediador. Me tardé en acabar con Nicte por una sola razón: porque sabía que me estaba llenando la casa de angelitos. Contando los que encerraste en el calabozo, suman siete. Siete es un número que encanta a Moloch. En cuanto termine contigo, volveré por ellos. Será un festín digno de ser recordado.

Sergio estaba paralizado. Guntra continuó:

—Así que… ¿Qué estás esperando? ¡Corre!

No tuvo tiempo para pensar más. Se aferró a las muletas y fue directo a la puerta. La abrió e ingresó en la helada cortina de lluvia.

Corrió a grandes zancadas hasta que llegó a las inmediaciones del bosque, justo en el punto en el que encontró a los perros, apenas alumbrados por la luz de la tormenta: los tres animales estaban completamente descuartizados, sus húmedas y sangrantes entrañas esparcidas sobre la hierba.

Se internó en el follaje y miró sobre su hombro. No veía que Guntra fuera tras él, pero sabía que así era. Sus peores horrores se materializaban. Corría con todas sus fuerzas, como en sus pesadillas y, sin embargo, sabía que sería alcanzado, que nada de eso tenía caso.

La lluvia arreció, y sólo por la ocasional luz de los rayos podía orientarse de vez en cuando. Por momentos, mientras avanzaba en el enorme laberinto de árboles, piedras y arbustos, sentía que el demonio podría confundirse y perderlo, que tal vez aún podría cobijar la esperanza de lograr salvarse.

Comenzó a escuchar ruidos extraños, ruidos que se confundían con el de la lluvia. Creyó que granizaba, o que Guntra lo iba siguiendo con un arma de alto calibre. Parecía una extraña maquinaria. O el rugido de un motor. Creyó que se volvía loco. Las muletas se hundían en el fango y, a cada cinco o seis pasos perdía una o terminaba en el suelo. Y el tiempo que le llevaba levantarse o recuperar las muletas le parecía infinito.

Estaba cansado. La lluvia le cortaba la respiración. El miedo era certeza. Ya no era una malévola fe, era la certidumbre de que, tarde o temprano, estaría viviendo los peores horrores.

Se volvió a caer. La muleta derecha quedó atrapada entre una piedra y una raíz. No quiso perder el tiempo. La olvidó y siguió con la otra.

Un rayo iluminó la escena. Guntra volaba de frente hacia él. Quiso defenderse con la muleta y el demonio se la arrancó de un golpe. Luego, el vampiro dio un viraje y volvió, con las alas desplegadas, sobre él. Sergio intentó esquivarlo pero la sola ráfaga de viento lo obligó a caer en tierra. Guntra aterrizó sobre él y, levantándolo con sus fuertes brazos, lo empujó contra un árbol.

—Me hubiera gustado divertirme más, mediador… pero creo que ya estuvo bien de jueguitos.

Lo aprisionó contra el árbol y le desgarró la camisa. Luego, con una gruesa raíz que arrancó de la tierra lo amarró al tronco para inmovilizarlo. Sergio lo veía todo sin emitir un quejido. Estaba convencido de que moriría. Ahora sólo quería que fuera pronto. Lamentablemente, de acuerdo a las amenazas de Guntra, seguramente no sería así.

"Así que esto es el terror", se dijo. "Eso es el verdadero terror".

Guntra pareció adivinar sus pensamientos, porque se aproximó a él y, con nuevo golpe de fétido aliento, dijo:

—Realmente soportas el terror, mediador. Bien entrenado, habrías dado una digna batalla.

Sergio levantó la vista y confirmó que Guntra lo había amarrado al árbol por una sola razón: para hacerle pasar por las peores cosas y regocijarse en su dolor, su miedo, su agonía, como si disfrutara de un banquete. Los rayos volvieron a iluminar el deforme cuerpo del demonio. Y Sergio convino que, si habría de morir, trataría de no darle el gusto a Guntra de regocijarse en su dolor, intentaría no demostrarle su miedo, procuraría que sus lágrimas se confundieran con la lluvia.

Guntra preparó una de sus garras para cortar el torso desnudo de Sergio cuando, súbitamente, le cambió la mirada.

—¿Qué ocurre? —dijo, confundido, el demonio.

También Sergio lo advirtió. Súbitamente, todo estaba bien. Súbitamente sintió que sus sentimientos corrían de un extremo al otro, que del terror pasaba a alguna otra extraña manifestación de tranquilidad. Era una repentina confianza que lo invadía y lo transportaba.

—Por Moloch, ¿qué está ocurriendo? —repitió Guntra.

Estaba a mitad de la noche, en lo más profundo del bosque, soportando los embates de un despiadado monstruo, aguardando la más espantosa de las muertes y, aun así, Sergio dejó, súbitamente, de sentir miedo. Como si una luz lo hubiera invadido todo, como si hubiera aparecido Alicia en medio de la pesadilla y lo hubiese levantado en sus brazos para ponerlo lejos de las fauces de los lobos... sintió que todo, a partir de ese momento, tendría que estar bien.

Cierto, se parecía a la confianza. O, tal vez, al amor. O a la amistad, a la alegría, al valor. Era imposible saberlo. Una sensación de bienestar para la que no se ha inventado ningún nombre. Farkas se lo había dicho. Tenía razón. Y era exactamente lo contrario al terror, porque su espíritu viajó de un extremo al otro como si fuera arrancado de golpe de las garras de la muerte.

Lo supo. Y trató de mirar a través de la lluvia, de la oscuridad, sólo para cerciorarse.

Un disparo detonó a la distancia. Luego, otro.

Guntra fue alcanzado por la espalda. Su grito fue ensordecedor.

—¡Sergio! —dijo una voz desde la noche—. ¿Estás bien?

Trató de decir que sí, pero un golpe lo alcanzó. Una de las garras de Guntra le hizo saltar la sangre.

—Así que ya no estás solo... —rugió el demonio—. No importa. Me encargo primero de él. Y luego vengo por ti.

Sergio quiso prevenir al teniente respecto a la naturaleza del enemigo que había de enfrentar, pero fue demasiado tarde. Guntra alcanzó a Guillén de un salto y lo prensó del cuello.

Un nuevo disparo volvió a estallar. Guillén no había perdido su arma cuando Guntra lo atrapó. El demonio salió repelido.

—¡Válgame Dios! —gritó Guillén—. ¿Qué es eso?

Guntra se incorporó. Ahora parecía haber crecido en tamaño y en ferocidad. Las balas lo habían hecho sangrar, pero no lo habían debilitado. Sergio contempló la escena con un nuevo temor, el de la posibilidad de que los demonios sí pudieran tomar el control del mundo. Que el mal, al final, prevaleciera.

Ahora, en su máxima cualidad demoniaca, Guntra parecía medir unos tres metros. Sus grandes alas negras le conferían una imagen de monstruo antediluviano. Y estaba furioso. El teniente Guillén hizo otra detonación. El demonio sintió el impacto pero no se arredró.

"Todo está concluido", pensó Sergio. "El teniente no podrá hacer nada en contra del demonio. Y todo habrá acabado".

Un nuevo disparo.

Y otro…

Y otro…

"A menos que…", se dijo Sergio. Y reconoció que no tendría otra oportunidad para descifrar el mensaje, para descubrir su secreto, para apoyarse en él. Así que lo repitió una y otra vez. Una y otra vez. Una y otra vez.

"Para vencer, sin armas y sin muerte, al que no puede morir, sólo el que no puede morir, para vencer, sin armas y sin muerte, al que no puede morir, sólo el que no puede morir, para vencer…"

Una y otra vez. Una y otra vez hasta que, súbitamente, comprendió.

Miró hacia su derecha, hacia donde se encontraba la cabaña de los horrores. Y se concentró. Hizo un llamado con todas sus fuerzas, con toda su mente, con todo su corazón. No sabía qué más hacer.

La lluvia seguía. Las lágrimas también. Era una plegaria, una súplica, una última esperanza. Si aún valía la pena luchar, lo haría aunque fuese de ese modo.

Volvió a fijar sus ojos en Guillén. Lamentó no haber estado "bien entrenado".

Siguió concentrándose, enfocando su mente, su valor, su coraje, el nuevo sentimiento que lo acometía, en ese solo llamado.

"Por favor… Por favor…"

Inesperadamente, la luz de unos ojos lo hizo voltear de nuevo hacia su derecha. Unos ojos que solamente él percibió. Los ojos tristes de un niño.

"¿Será posible?", se preguntó, olvidándose por un momento de la batalla que libraban el teniente y Guntra.

Un niño muy triste, de ropas maltrechas, apareció de pronto en el bosque. Y se acercó a Sergio.

"¿Será...?", volvió a preguntarse. Pero sólo hasta que la lluvia le dio una breve tregua y reconoció al que lo miraba comprendió que su empeño había dado resultado. Y supo que, al final, sí sería posible que la eterna batalla entre la luz y la oscuridad volviera a definirse, al menos en ese capítulo, hacia el lado correcto. El niño se aproximó hacia Sergio. Lo acarició en la mejilla sangrante. Le sonrió con melancolía.

Detrás del otro niño, surgió uno más. Y luego, otro. Una niña. En total, después de unos instantes, ya eran siete. Y a todos, en cierto modo, los conocía.

"Para vencer, sin armas y sin muerte...", repitió Sergio en su mente. "Sólo el que *ya* no puede morir".

Escuchó que Guillén se quedaba sin balas. Luego, que Guntra emitía un temible rugido.

—¡Por Dios...! —alcanzó a gritar el teniente.

Una larga fila luminosa de seres fantasmales contempló por un par de segundos a Sergio. En sus ojos había un indescriptible sentimiento. Acaso aquél del que sabe que puede, por fin, ajustar las cuentas, descansar en paz.

"Gracias, amigos. Gracias, Osvaldo..." musitó Sergio, haciendo mención al único nombre que sabía que no era inventado.

Los siete espectros fueron hacia donde Guntra ya sostenía al teniente nuevamente del cuello con una de sus garras. Estaba a punto de asestarle una última y letal mordida.

Sergio cerró los ojos.

El nuevo rugido del demonio coincidió con un luminoso rayo. Era un rugido distinto a los anteriores. Atronador. Insoportable.

Múltiples voces infantiles resonaron en los oídos de Sergio antes de que su cuerpo, aún atado al árbol, se venciera y resbalara hacia la tierra húmeda.

La lluvia comenzó a ceder.

Capítulo treinta y cuatro

Detuvo su carrera. Se volvió. Levantó la vista. Había llegado a la zona del bosque donde la vegetación era menos densa. Como otras veces, concentró los ojos en ese punto de la ladera en el que las bestias habían de aparecer. Emitían aullidos más rabiosos que otras veces. La oscuridad era también más profunda.

Decenas de lobos bajaban por la pendiente. No tenía escapatoria. Pero, a diferencia de otras veces, ahora comprendió. Y se oyó a sí mismo repetirlo: "No tengo escapatoria". Algo en su interior cambió. Suspiró hondamente. En vez de darle la espalda a la jauría, la enfrentó.

Se vio reflejado en los ojos encendidos del lobo negro.

Entonces... una luz resplandeciente.

—¡Teniente! ¡Sergio ya volvió en sí!

Al abrir los ojos se encontró con los de Jop. Se dio cuenta de que estaba recostado en uno de los sillones de la sala de la cabaña y Jop le alumbraba el rostro con una linterna. Llevaba puesta una chaqueta de la policía que le venía grande.

—Jop... ¿qué haces aquí? —dijo, al incorporarse. Se llevó la mano a la mejilla, pues aún le dolía. Tenía puesta una gasa. La música de piano ya había terminado. Posiblemente, el caso de los siete esqueletos decapitados también.

—¿Cómo que qué hago aquí? ¿Y quién crees que reconoció la camioneta desde el aire, eh?

El teniente Guillén entró a la casa.

—¡Gracias a Dios! Por un momento creí que no despertabas. Aunque ya conozco esa costumbre tuya de dormir por horas como una piedra.

Sergio se sintió nuevamente inundado por ese sentimiento de

paz que sólo alguien que ha conocido el terror puede sentir. Sabía ahora que estaba en buen camino. Sabía ahora que todo estaría bien.

Súbitamente, unos brazos lo rodearon. Era Brianda, quien se soltó a llorar instantáneamente.

—¡Cálmate, Brianda! ¡Lo vas a asfixiar! —le reclamó Jop.

Brianda no decía nada. Simplemente no quería dejar de abrazarlo. Hasta que Sergio comenzó a fingir que no podía respirar fue que lo dejó ir.

—¡Sabía que estabas vivo! —le dio un golpe efusivo—. ¡Lo sabía!

Cuando Sergio pudo al fin incorporarse sobre el sillón, notó que ya no llovía. Brianda sostenía entre sus manos la playera amarilla con el tiburón en el centro. Las luces azules y rojas de las patrullas que se encontraban fuera de la cabaña creaban sombras fantásticas en el interior.

—Gracias… —se animó a decir Sergio—. Muchas gracias a los tres.

—De nada —respondió Jop—. Pero tú y el teniente van a tener que hablar con mi papá para que no me castigue hasta que cumpla dieciocho años.

—Cuenta con ello —dijo Guillén.

El teniente se puso de pie y fue por un termo al exterior. En cuanto volvió, sirvió chocolate caliente en una taza para Sergio.

—Esto te hará sentir mejor.

—¿Y los demás muchachos?

—Están allá afuera. Sus familiares ya fueron notificados. No hubo un solo padre que no quisiera venir hasta acá —respondió Guillén.

—Me da mucho gusto, aunque…

—¿Aunque qué?

—Teniente. ¿Ya sabe usted toda la historia?

—Dimos con los archivos del verdadero negocio que pensaba iniciar Guntra. Venta de órganos. Pretendía secuestrar niños de la calle y… —no supo cómo continuar. Internamente agradecía que sólo hubieran sido siete las víctimas del demonio.

—Guntra me dijo que había asesinado a Ariadna Gutiérrez —exclamó Sergio.

—Cierto. Dimos con su cadáver mientras buscábamos la camioneta en helicóptero.

Sergio adivinó, por el rostro de Jop, que éste había tenido que presenciar el lamentable estado en que Guntra había dejado a Nicte.

—No voy a dormir en varios días —confirmó Jop—. La sangre en la vida real no es como en las películas.

—Estaba muy trastornada —agregó Sergio—. Aunque no creo que todo haya sido su culpa. Lo que presenció aquí la debe haber traumatizado. Tal vez por eso se propuso esa misión tan extraña.

El sargento Miranda asomó la cara a través de la puerta.

—Teniente… el helicóptero está listo. En cuanto usted lo decida podemos partir.

—Creo que podremos irnos, muchachos —exclamó Guillén—. He dispuesto que los tres vuelvan por aire a la ciudad conmigo.

—¿Ya le avisó a Alicia, teniente?

—No. Creí que preferirías hacerlo tú.

Sergio asintió. Guillén lo ayudó a levantarse y le ofreció el par de muletas que habían rescatado del fango para que caminara hasta el helicóptero. Cuando ya estaban por salir de la cabaña, Sergio recordó algo.

—Teniente… la llave en forma de león, ¿quién se la quedó?

Guillén introdujo la mano a su chaqueta y le entregó la copia que tenían los niños antes de ser rescatados.

—Aún hay algo que debo hacer. Jop, préstame tu linterna. ¿Me acompaña, teniente, por favor?

A pequeños pasos bajó con Guillén al sótano, abrió la mazmorra y fue directamente a la séptima celda. El teniente lo seguía de cerca. Sergio le pidió que abriera la puerta. La luz de la linterna alumbró el interior, los huesos irregularmente ordenados de la que Nicte llamara "Minerva" resplandecieron en el suelo.

—No sabemos nada de ella. Sólo que corrió con la misma suerte que los otros niños de Nicte. Creo que si la policía le organiza un funeral digno, todo este asunto habrá terminado bien.

—Comprendo. Cuenta con ello.

La puerta volvió a su marco. Ambos recorrieron de vuelta el pasillo. Subieron las escaleras y salieron de la cabaña. El caso de los esqueletos decapitados quedaba para siempre atrás.

Jop y Brianda ya estaban en el interior del vehículo. En cuanto subieron Guillén y Sergio, el piloto encendió motores. Guillén se sentó como copiloto; Sergio, en la parte de atrás, al lado de sus amigos. En breves instantes despegaron.

—Oficial... —pidió Guillén al piloto mientras señalaba hacia una sección del terreno—, por favor, alumbre hacia esa parte del bosque.

—A la orden.

El piloto dirigió las luces del helicóptero hacia donde le pedía Guillén. Los árboles se encontraban calcinados, desnudos de ramas. En una zona de aproximadamente treinta metros de diámetro, no había más que despojos de vegetación.

Guillén obsequió una mirada cómplice a Sergio. Sólo ellos dos conocían los extraordinarios eventos que habían acontecido en ese lugar marcado del bosque. "Fuerzas sobrenaturales", pensaba Guillén, aún sin dar mucho crédito a la idea. Pero lo que había presenciado no podía ser llamado de otra forma. Así que sonrió al muchacho, tratando de dejar en claro que no volvería a dudar de él. De cualquier modo, el sentimiento de satisfacción que lo invadía no era inventado. Súbitamente recordó por qué había escogido la profesión de policía. Súbitamente recordó por qué había decidido portar una placa, luchar por el bien, combatir las injusticias. Recordó que anhelaba ser como los héroes que protagonizaban las historietas que leía de niño.

Sergio volvió a dirigir su vista hacia los árboles que habían sufrido la espantosa destrucción de un demonio. Se sintió bien después de mucho tiempo. Ahora sabía que podría descansar por fin, después de muchos días de tanta tribulación. Miró a sus amigos, al teniente, a la ciudad que ya se dibujaba en el horizonte. Había negros nidos de maldad en todos lados, pero también bastiones invencibles de bondad. Todo era cuestión de no perder la esperanza y continuar la lucha. Sí, sabía que seguiría teniendo miedo… sabía que volvería a experimentar el terror algún día, pero ahora estaba seguro de lo que debía hacer.

—Por cierto, teniente... —dijo Sergio—. Teniente... Teniente…

No obtuvo ninguna respuesta. Guillén se había quedado dormido con la cabeza apoyada sobre el pecho.

Capítulo treinta y cinco

—*S*ólo *quería despedirme, Mendhoza.*

Sergio recién volvía del sepelio, pero sabía que, antes de marcharse, no había dejado prendida la computadora. Y que tampoco había iniciado sesión en el chat. Pero no le importó. Se sentó frente al escritorio y se puso a teclear de inmediato.

La ceremonia fue el verdadero punto final del caso. Los dos ataúdes, el de Ariadna Gutiérrez y el de Guadalupe Meza, habían bajado a la tierra en el mismo panteón y en el mismo instante. Ambas cajas estaban cubiertas por sendos cobertores tapizados con caballitos, trenecitos, muñecas...

Todo el mundo estuvo ahí, los padres de las cinco "víctimas", Sergio y Alicia, Brianda, Jop y, por supuesto, el teniente Guillén. Y los inevitables reporteros.

Después de tres días de indagaciones, la policía había conseguido que los padres de cuatro de los siete niños de Nicte identificaran a sus hijos gracias a las fotografías publicadas en varios periódicos de circulación nacional. Entre ellos, los padres de "Minerva", cuyo verdadero nombre era Guadalupe Meza. También los de Osvaldo. Y la madre de Mario Torres, bautizado por Nicte como "Apolo", quien llamó directamente desde Guatemala. Su hijo había escapado de la miseria en un tren hacia México. En un descuido, Mario había caído del tren y éste le había cortado la pierna derecha. Convaleció en Chiapas un tiempo y, cuando pudo caminar con muletas emigró a la ciudad de México... para encontrar su destino.

La pobreza. Ese había sido el verdadero drama en todos los casos. El procurador de la ciudad, quien estuvo a cargo del discurso para los medios informativos y para los invitados al acto luctuoso, trató de dejarlo muy en claro.

—Cuando un niño desaparece, deja el mismo hueco siempre. Sea un niño de la calle o uno con todos los privilegios —dijo al micrófono—. Nuestra obligación, como adultos civilizados, como habitantes de esta ciudad, es notar siempre que falte uno de nuestros niños. Por cada niño en la calle somos responsables todos. Y es nuestro deber hacer algo para que encuentren el camino de vuelta a casa.

Las fotografías de los siete niños de Nicte habían sido ampliadas y estaban a la vista de todos. Niños que iban recuperando poco a poco sus nombres, sus historias.

—"Todo ocurre por una razón" —continuó el jefe de Guillén—. Si sigue habiendo niños en situación de calle, niños maltratados, niños que prefieren enfrentar el frío, el hambre y los peligros de la urbe a seguir en sus casas, es porque algo estamos haciendo mal. Todo ocurre por una razón. Y no basta cubrirlos con una manta a medianoche, como hacía Nicte, para modificar su suerte. Hay que cambiar lo que estamos haciendo mal… para que las cosas nos resulten bien.

Guillén hizo una discreta mueca. No podía evitar sentir que todos los discursos del procurador estaban siempre enfocados a producir simpatía entre los reporteros y la gente.

Poco a poco, sin emitir un sonido, los asistentes fueron dejando atrás los catafalcos, que ya iban siendo cubiertos por los enterradores. A cada golpe de tierra se iban quedando solos Guillén, Sergio y Alicia.

—Teniente, estaba pensando… —dijo Sergio, una vez que ya no había nadie con ellos en el cementerio—. Que tal vez el caso sí se hubiera podido resolver con una o dos palabras clave, como usted alguna vez me confió. O con una secuencia de letras.

Guillén dejó de mirar al hueco que ya iba siendo cubierto de tierra.

—Sorpréndeme.

—Lo estábamos viendo en la clase de biología en esos días, precisamente. Los ácidos nucléicos.

Guillén regresó la vista a la labor de los enterradores.

—ADN —dijo pausadamente, dando en parte la razón a Sergio.

—¿Por qué no hicieron pruebas de ADN a los restos?

—Las hicimos —admitió Guillén—. Pero sólo de la sangre. No de los huesos. Nadie dudó que los huesos correspondieran a las víctimas porque el asesino entregaba ropas y sangre auténticas junto con esqueletos falsos. Y justo en el momento en que los padres ya estaban realmente desesperados. La procuraduría dispensó todas las autopsias. Era más fácil para todos creer lo peor.

—¿Sabe por qué no entregaba Nicte los cráneos en realidad? —dijo Sergio—. Lo estuve meditando.

Guillén tuvo que rendirse.

—Casi todos los niños de mi edad tenemos algún trabajo de dentista. Con eso habría bastado para advertir que los huesos no correspondían. Nicte estaba loca, sí. Pero no era ninguna tonta.

—¿Qué es eso? —preguntó Alicia, interesada, al ver que Guillén extraía de su saco un pedacito de papel doblado.

—Estoy buscando en qué ocupar mi mente cuando no estoy en la delegación. Se llama papiroflexia. Y es extremadamente difícil.

El papelito, doblado en múltiples secciones, carecía completamente de forma. Sergio y Alicia se miraron, tratando de ocultar su sonrisa.

—No estará intentando dejar de fumar... ¿O sí? —sonrió Alicia.

Guillén prefirió seguir peleando por dar forma de ave a la hoja en sus manos. Una labor "extremadamente difícil".

—¿Quiere ir a la casa al rato, teniente? —preguntó Alicia—. Vamos a ver una película y a comprar pizza. Irán los amigos de Sergio.

—Eh... muchas gracias. Lo pensaré.

Se separaron de Guillén e hicieron el camino de regreso a su casa en silencio. Alicia conducía el auto tratando de hacerse a la idea de que Sergio, después de todo lo que había vivido, era otro. Podía percibir el cambio. Se daba cuenta de que la actitud de su hermano era distinta, como si hubiera sido contratado para un trabajo muy importante y ahora hubiera decidido tomarse la cosa en serio. Siempre había creído que lo acontecido en el Desierto de Sonora tenía un significado mayor. Lo que *realmente* había acontecido. ¿Sería momento de hablar con Sergio respecto a esa noche? En uno de tantos semáforos... quiso decir algo, pero no encontró las palabras. Aún después de tantos años, lo ocurrido había sido tan inconcebible, tan inexplicable, que no sabía cómo relatarlo sin sentir que se trataba de un cuento, una fantástica invención, un producto de su mente. Porque todo el mundo sabe que los animales... son animales solamente... incapaces de...

Prefirió guardar silencio.

Sergio, por su parte, se quedaba con las lágrimas que Alicia había derramado al momento de volver a encontrarlo. Se fundieron en un silente abrazo de varios minutos, sin discursos de ningún tipo. No eran muy buenos para transmitir sus emociones pero esto cada día parecía menos importante. Las cosas siempre estaban perfectamente claras entre ellos.

Sabía, no obstante, que tendría que hablar con su hermana algún día. Sería bueno que, si iban a seguir viviendo juntos, Alicia supiera quién era realmente el muchacho que dormía en la recámara de al lado, qué es lo que se supone que hace un mediador. "Aunque... también... sería bueno que yo mismo lo supiera", pensó sagazmente.

Llegaron al edificio en la calle de Roma y Sergio pudo ver a la distancia, antes de que Alicia introdujera el auto al estacionamiento, que las flores que Brianda había llevado a Giordano Bruno en gratitud por "cuidar a Sergio" seguían intactas al pie de la estatua. Él mismo ya había tenido una plática de agradecimiento con el monje, una plática que, curiosamente, no lo había hecho sentir incómodo. Era una de esas cosas que ahora le daba gusto creer: que Giordano podía realmente escucharlo, aunque esto escapara por completo de toda explicación racional. En los últimos días había decidido que tenía derecho a creer en lo que él quisiera. Y si iba a tener que enfrentar demonios, lo haría con las armas que él mismo escogiera. Conversar con Giordano Bruno ahora le traía paz. Y seguiría haciéndolo mientras tuviera que luchar con fuerzas desconocidas cuyo origen no comprendía.

Mientras subían las escaleras, Alicia se sintió con la obligación de decir:

—Te prometo que pronto nos mudamos a un edificio que tenga elevador.

Sergio siguió subiendo sin lamentarse. De una puerta del segundo piso asomó un hombre, un viejo que Sergio no conocía y que, escoba en mano, le sonrió a manera de bienvenida. Sergio le devolvió la sonrisa. Luego, el viejo cerró la puerta.

—No es necesario. Me gusta aquí. De hecho... me gusta mucho aquí.

Entraron al departamento y cada uno fue a su cuarto. Sergio no recordaba haber dejado prendida la computadora. Pero no le importó.

—Sólo quería despedirme, Mendhoza.

—Creí que no volvería a hablar contigo. Tenía que agradecerte el favor.

—Si hubieras abierto alguna vez tu libro...

—¿Cómo lo haces? ¿Por qué estamos tan comunicados?

—Te lo dije una vez. Por la sangre.

—No te entiendo. Por una vez déjate de enigmas y dime quién eres.

—Me tengo que ir, Mendhoza. Mi labor contigo ha terminado.

Sergio miró con algo de tristeza el último mensaje. No quería admitirlo pero sentía que estaría un poco desamparado sin la ayuda de Farkas.

—¿Ya no tendremos estas pláticas? —preguntó.

—Nos veremos las caras algún día, Mediador. Eso sí te lo puedo prometer. Aunque no estoy seguro de que te vayan a gustar las circunstancias en que nos veamos.

—¿Por qué?

—No te confundas mediador. No jugamos para el mismo equipo.

Sergio sintió el escalofrío ese que ya tenía tan conocido. Su respiración se agitó.

—¿A qué te refieres?

—Adiós, Mendhoza. Espero que te favorezca tu nuevo corte de pelo.

—¡Espera!

El mensaje de que Farkas había cerrado la sesión fue contundente. Hizo sentir a Sergio desolado. ¿A qué se refería con eso de que no jugaban para el mismo equipo? ¿Acaso Farkas... era...?

Se puso de pie. Puso un disco de Led Zeppelin y dio vuelta a sus baquetas a una mano, tratando de encontrar algo de tranquilidad. Pero no podía sacarse de la cabeza la despedida de Farkas.

Entonces, como si siempre hubiera sabido que eso era lo que debía haber hecho desde el principio, volvió a la computadora. Fue al Buscador y tecleó la palabra "Farkas". Luego, presionó el botón para que el Buscador le mostrara únicamente las imágenes.

Nada en particular. Pero comprendió por qué al instante.

Cambió el idioma del buscador. Una y otra vez. Así hasta que en las preferencias del programa seleccionó el húngaro. Las palabras exactas de la bruja habían sido: "Farkas... hace mucho que no escuchaba ese nombre en tu lengua". Dirigió el cursor del *mouse*. Presionó el botón. Lo que vio lo dejó sin aliento. El miedo volvió. Decenas de fotografías con un mismo rostro invadieron la página de su computadora. Se puso de pie como impulsado por un resorte.

—¡Alicia! ¡Ahorita vengo!

—¿Qué? ¿A dónde vas ahora?

—Es importante.

—¿Y tus invitados? ¿Qué les digo?

—Que no me tardo.

Alcanzó a toda carrera la puerta. Y bajó las escaleras de dos en dos, tratando de no tropezar. Era una tarde quieta de domingo. Y las calles estaban casi vacías. El ánimo de la ciudad era un tanto melancólico, sin viento, sin nubes, sin ruido.

Corrió a través de la calle y dio vuelta en la esquina con Dinamarca. De ahí, siguió hasta llegar al edificio en construcción en el que se había metido una vez en pos de aquel demonio que tanto le había molestado en días pasados. Cruzó la puerta de la obra negra, aún clausurada, todavía detenidos los trabajos. No recordaba el sitio exacto; en aquella ocasión había hecho el recorrido de noche, impulsado por el miedo, por el instinto de supervivencia. Ahora era llevado por la rabia, la necesidad de saberlo todo, de conocer la verdad que hay al fondo de todas las cosas.

Al cabo de varios minutos dio con el cuarto donde se encontraba aquella vez una hoguera prendida. Apenas la luz llegaba de la calle, pero reconoció al instante el lugar por el olor a carne descompuesta, los desnudos huesos de perros y gatos que habrían servido de alimento al monstruo que ahí se alojaba. ¿Qué es lo que iba buscando? Ni él mismo lo sabía. No había huellas de la identidad del individuo, de su nombre o su pasado. Tal vez se había equivocado. Tal vez no. La cabeza le daba vueltas. Se agachó para tratar de identificar, en el suelo, alguna pertenencia olvidada, algún objeto, lo que fuera.

Pero sólo hasta que levantó la vista supo que estaba en lo correcto. Supo que la sangre a la que se refería Farkas era la suya. Era una sangre derramada hacía doce años en el Desierto de Sonora.

Sobre las paredes del gran cuarto a medio construir, innumerables textos escritos con carbón. Innumerables textos que le arrancaron a Sergio un lamento. Tenía frente a sí la evidencia de las artes oscuras que tantas veces se había cuestionado.

Todos los mensajes formaban parte de las conversaciones que había sostenido en los pasados días con el enigmático Farkas.

"*¿Por qué un niño de doce años está interesado en música tan vieja?*", decía la primera.

Sus ojos recorrieron todas las paredes, centímetro a centímetro

"¿CUÁNTO MIEDO PUEDES SOPORTAR, MENDHOZA?".

"*Llámame Tío Farkas.*"

"*Sólo hay un modo de que detengas esto*".

"*Por siglos el mundo estuvo a merced de los demonios*".

"*Sé cosas, Mendhoza. Muchas cosas. Cosas que es imposible que otros sepan.*"

"Me necesitas."

"Lo que sigue es el verdadero terror."

"El verdadero terror… el verdadero terror… el verdadero terror…" resonó en sus oídos como un macabro eco.

¿Qué diabólicas artes le permitían a Farkas, desde su guarida, comunicarse con él escribiendo con carbón en una pared? ¿Así que entonces… Farkas, en efecto, era…?

Un sonido a sus espaldas lo hizo voltear. Reconoció al instante de qué se trataba. Eran las patas de una bestia. Huía. En esta ocasión huía. Había sido descubierto y evitaba el enfrentamiento.

Sergio se aprestó. Tenía miedo, pero también quería conocer la verdad. Quería ver a los ojos a aquel a quien lo unía la sangre, su propia sangre. Corrió lo más rápido que pudo. Hizo el camino de vuelta a toda prisa. Pero al llegar a la calle, ésta estaba completamente vacía. Miró en todas direcciones. Nada. A lo lejos, sí, un aullido. Un lastimero aullido que poco a poco se fue perdiendo en la naciente noche.

Trató de traer a su memoria el rostro del hombre del abrigo. No pudo. Se lamentó por ello.

A mitad de la calle se detuvo a atender cierta comezón que le acometió debajo de la rodilla derecha, justo en el lugar en el que encajaba la prótesis. Se recargó en una pared.

Tantos años de ver su rostro en pesadillas… Y ahora… ahora…

Siguió su camino de vuelta a casa. Algo no concordaba. ¿Por qué, si "no jugaban para el mismo equipo" había recibido tanta ayuda de él?

Estaba sumido en sus pensamientos cuando, al atravesar la plaza, se encontró con Brianda. Era bueno verla con su atuendo de siempre, el luto no le sentaba bien.

—Oye… ¿te puedo hacer una pregunta? —la abordó.

—La respuesta es sí, Checho. ¡Claro que sí!

—¿De qué hablas?

—Ah… ¿no me ibas a preguntar…?

Sergio sonrió. Brianda siempre decía que algún día, cuando crecieran…

Se sintió bien. Olvidó por un momento de dónde venía.

—¿Qué me ibas a preguntar, entonces? —lo cuestionó ella.

—Ya se me olvidó —respondió tácitamente. Pensaba preguntarle cómo había resuelto la última pista de Farkas. Lo cierto es que ya no importaba.

Entraron juntos al edificio en la calle de Roma. Ella se atrevió a tomarlo de la mano. Él no quiso retirarla. Brianda pensaba que tal vez era una de esas cosas...

Al entrar al departamento, se enfrentaron con un lente apuntando a sus caras.

—Unas palabras para el noticiero —dijo Jop detrás una cámara de video.

—¿Y eso? —preguntó Brianda.

—Me la regaló mi papá —declaró Jop, muy ufano—. Por la ayuda que presté para resolver el caso. ¿Qué les parece? Hasta me dijo que estaba orgulloso de mí.

—Qué bien —respondieron al unísono.

—Ya siéntense —interrumpió Alicia—. Vamos a poner la película.

—Sí. Nada más espérenme un momento. Voy a mi cuarto a dejar mi suéter y vuelvo —respondió Sergio.

Alicia lo miró con suspicacia. Conocía a su hermano.

—Bueno... pero no tardes.

—¿Y el teniente? —preguntó antes de entrar a su habitación.

—Se disculpó. Dijo que le había surgido algo importante.

En realidad, Guillén se encontraba, en ese momento, marcando los teléfonos de varios viejos amigos. Le urgía encontrar "algo importante" en su vida. Para entonces ya tenía apalabradas dos citas para jugar al dominó y una para tomar café con una antigua condiscípula. Era el primer domingo, en mucho tiempo, que no iría al cine a quedarse dormido.

Sergio entró a su cuarto y se arrodilló inmediatamente frente al bombo, el tambor más grande de su batería. De entre las cobijas que ponía para amortiguar el sonido, extrajo un libro. Uno muy grande y viejo. Lo puso sobre su cama y dio vuelta a la gruesa portada.

Tienes en tus manos la mejor herramienta para aniquilar demonios.

Úsala con sabiduría.

No malgastes su poder.

El avance de las tinieblas depende de tu valor, de tu entereza.

Sé un digno mediador.

—¡Sergio! ¡Ya pusimos la película! —gritó Alicia.

Sergio avanzó un poco las páginas. Miró las ilustraciones. Se detuvo en una en la que un hombre lobo atacaba a un muchacho con apariencia de campesino.

—¡Sergio, apúrate!

Sus ojos se posaron en los colmillos del hombre lobo, en la sangre que saltaba de la mordida que asestaba el monstruo sobre su víctima. Sintió un nuevo cosquilleo en la pierna derecha.

—¡Ay, no me digas que es de miedo la película! —se quejó Brianda.

—Claro. Es de mi colección —se jactó Jop.

"Un digno mediador", pensó Sergio.

Se puso de pie. Se quitó el suéter. Miró por la ventana a Giordano Bruno.

Cerró el Libro de los héroes.

Salió de su habitación. ❧

Esta obra se imprimió y encuadernó en el mes de octubre de 2013,
en los talleres de Litográfica Ingramex, S.A. de C.V.
en la ciudad de México, D.F.